ROGER SMITH

THRILLER

MANN AM BODEN

AUS DEM ENGLISCHEN VON
ULRIKE WASEL UND KLAUS TIMMERMANN

TROPEN

MIX
Papier aus verantwortungsvollen Quellen
FSC® C083411

Tropen
www.tropen.de
Die Originalausgabe erschien unter dem Titel
»Man Down« im Verlag Tin Town

Printed in Germany
Cover: Nele Schütz Design, München
unter Verwendung eines Fotos von © gettyimages/jgareri
Gesetzt in den Tropen Studios, Leipzig
Gedruckt und gebunden von CPI – Clausen & Bosse, Leck
ISBN 978-3-608-50217-6

TEIL EINS

Es gibt keine fremden Länder.
Einzig der Reisende ist fremd.

Robert Louis Stevenson

1

Eine Stunde, bevor die bewaffneten Männer kamen, stand John Turner neben seinem überdimensionalen Swimmingpool, trank Mineralwasser aus einer Flasche und beobachtete, wie die Sonne langsam über den Tucson Mountains unterging.

Die Hitze der Sonora-Wüste erstickte das Tal, lastete auf dem Sand, den Felsen und den Saguaro-Kakteen, die rings um sein Haus Wache standen. Ein Tumbleweed rollte über das nicht eingezäunte Grundstück der Turners, als wäre das kugelartige Gewächs direkt aus einem Hollywood-Western herangeweht worden.

Mit einem asthmatischen Röcheln durchbrach der automatische Poolreiniger die Wasseroberfläche und saugte Luft ein, während seine kreisrunde Gummilippe gegen die gekachelte Wand klatschte. Das Plastikgehäuse des Reinigers hatte die Form eines Cartoon-Hais, das aufgerissene Maul eine Reihe gezackter Zähne. Das Teil mit dem wenig überraschenden Namen »PoolShark« war nicht so leistungsstark wie viele vergleichbare Geräte, doch dank seines witzigen Designs (in einem Fernsehspot, dessen Soundtrack an die Titelmusik von *Der weiße Hai* erinnerte, jagte es fröhlich kreischende Kinder durch Vorstadtpools) war es ein Erfolgsmodell und fand im amerikanischen Südwesten reißenden Absatz. Turner, der sein Alleinimporteur war und es in seiner Heimat Südafrika spottbillig produzieren ließ, konnte sich dadurch nördlich von Tucson sein Haus leisten, eine lächerliche Mischung aus Frank Lloyd Wright und Pueblo-Retrostil.

Turner tippte mit seinem Slipper auf die Nase des Hais, der prompt wieder untertauchte und davonglitt, wobei er den zuckenden weißen Gliederschlauch, der ihn mit dem Filter des Pools verband, hinter sich herzog.

Eine große blonde Frau trat mit einem Karton in den Armen aus dem Gebäude, in dem sich Turners Büro befand. Die letzten Sonnenstrahlen färbten ihr Haar flammend rot.

Sie sah ihn nicht an und ging stattdessen zur Einfahrt, wo ihr staubiger kleiner Mazda zwergenhaft neben dem bulligen Subaru Forester seiner Frau parkte.

»Grace, warte!«

Die Frau blieb stehen, und Turners elfjährige Tochter Lucy kam aus dem Wohnzimmer auf die geflieste Terrasse gelaufen.

Turner hörte seine Frau rufen: »Beweg deinen Arsch sofort wieder hier rein, du kleines Biest«, und sah, wie Tanya Lucy an den Schultern packte, zurück ins Haus bugsierte und die Glastür zuknallte. Sie schimpfte das Kind aus und fuchtelte mit dem Zeigefinger wie mit einer Waffe vor dem Mädchen herum, das nach draußen starrte, wo der Kleinwagen klappernd ansprang und davonfuhr.

Tanyas nasale südafrikanische Stimme wurde vom Dröhnen eines Jets übertönt, dessen Kondensstreifen wie eine Line Kokain vor dem dunkler werdenden Himmel aussah. Turner beobachtete das Flugzeug, bis es nicht mehr zu sehen war, und summte einen alten R.E.M.-Song, dessen Titel er vergessen hatte.

»Daddy?«

Seine Tochter mit ihrem typisch amerikanischen Akzent tauchte neben ihm auf. Sie würde wie jeden Freitag bei einer Freundin übernachten und hatte ihren gepackten Rucksack schon in der Hand.

»Kommt Grace wieder?«

»Ich weiß es nicht, Kleines.«

»Mom sagt Nein.«

»Deine Mutter sagt viel.«

»Echt, sie ist voll die Spaßbremse.«

Turners Lachen verstummte, als Tanya im Subaru auf die Hupe drückte. Lucy stellte sich auf die Zehenspitzen, um ihm einen Kuss zu geben, und lief zum Wagen.

Turner trank den letzten Schluck aus seiner Flasche, während er zusah, wie seine Frau und Tochter davonfuhren. Ihr Auto brauste die Straße entlang, die sich zwischen ebenso großen und pompösen Häusern wie dem seinen hindurchschlängelte. Man hatte sie alle auf Riesengrundstücken errichtet, die der Wüste abgerungen worden waren.

Es wurde rasch dunkel, die Nacht senkte sich wie ein Vorhang; Turner schlenderte ins Haus, fröstelte kurz in der eisigen Luft der Klimaanlage und öffnete die Glastür, um die Wärme hereinzulassen.

Er nahm eine neue Flasche Mineralwasser aus dem Kühlschrank und setzte sich vor den Fernseher, um Baseball zu gucken, dessen Regeln ihm selbst nach fast einem Jahrzehnt in den Vereinigten Staaten noch immer ein Rätsel waren. Zehn Minuten später hörte er das Grollen des SUV und das Quietschen, als der Wagen mit staubigen Bremsen anhielt.

Seine Frau erschien im Türrahmen.

»Bild dir bloß nicht ein, dass ich für dich koche«, sagte sie.

»Hab ohnehin keinen Hunger«, sagte er, die Augen auf den Bildschirm gerichtet.

»Was denn? Hat der Kleine etwa Liebeskummer?«

Turner hatte keine Lust, darauf einzugehen. Also schwieg er und verfolgte einen Ball, der in die Zuschauermenge segelte.

Tanya ging in die offene Küche; er hörte das Schließen der Kühlschranktür und das Knacken, als der Verschluss einer Wasserflasche aufgedreht wurde.

Sie kam zurück und blieb neben dem Esstisch stehen, auf dem Modezeitschriften verteilt lagen, die seine Tochter für ein Schulprojekt geplündert hatte.

Seine Frau hob eine verchromte Schere mit gezahnten Klingen auf.

»Sie hat schon wieder meine Geflügelschere benutzt.«

»Sie ist ein Kind.«

»Ja ja, nimm sie nur in Schutz«, sagte sie und ließ die Schere mit einem lauten Knall wieder auf den Tisch fallen.

»Ich nehme sie nicht in Schutz.«

»Was zum Teufel soll das?«, murmelte Tanya, als drei Männer mit Pistolen aus der blasslila Dunkelheit der Terrasse auftauchten, die Gesichter hinter Skimasken verborgen.

Zwei von ihnen waren groß, einer klein.

Tanya wollte hastig nach Turners BlackBerry greifen, das neben den Zeitschriften auf dem Tisch lag, doch einer der großen Männer stürmte auf sie zu und schlug ihr so fest mit dem Lauf seiner Pistole ins Gesicht, dass ihre Wange aufplatzte und eine Blutfontäne an die weiße Wand spritzte, geschwungen wie in einem postmodernen Gemälde.

Tanya sank benommen in sich zusammen, ihr Blut tropfte auf den Holzboden.

Turner war aus dem Sessel hochgeschossen, doch als derselbe Mann ihn auf die Knie zwang und ihm den Pistolenlauf in den Mund stieß, sagte ihm eine Stimme, dass der Daumen des Schicksals jetzt auf die Waage der Gerechtigkeit drückte.

2

Was für ein Scheißklischee, dachte Turner, als die Pistole in seinen Mund stieß und das Stahlkorn an der Mündung ihm den weichen Gaumen kitzelte, während er blutend und triefnass vom Regen neben seiner umgestürzten Kawasaki stand. Er befand sich mitten auf der endlosen Louis Botha Avenue, der Nabelschnur, die die postapokalyptische Innenstadt von Johannesburg mit ihrem strahlenden Kind der Liebe, dem fernen Sandton, verband. Blitze tanzten Juju über den schimmernden Bürotürmen und Luxushotels.

Selbst das grellorange Licht, mit dem die Straßenlampe die regennasse Glatze seines Angreifers zum Glänzen brachte, kam ihm irgendwie abgeschmackt vor: eine typische Film-noir-Beleuchtung, die von knappen Budgets, ausgelutschten Fernsehschauspielern und improvisierten Drehbüchern zeugte.

Wie die abgegriffenen Krimi-Stereotype – Aufgüsse der zigmal aufgewärmten Plots von all den schlechten US-Serien und Filmen –, in die Turner immer wieder verfiel, wenn er high genug war (aber nicht so high, dass er vollends abstürzte, mit dem Gesicht nach unten auf dem Boden landete und den fleckigen, stinkenden Teppich seines Zimmers vollsabberte), um seinen Ekel und Selbsthass zu verdrängen, den Computer hochzufahren und sich als Autor zu versuchen.

Um zu versuchen, etwas Frisches und Lebendiges und, Scheiße, ja, etwas Bedeutungsvolles zu schreiben.

Denn damals in Südafrika, als das neue Jahrhundert erst ein paar Jahre alt war, hatte Turner sich selbst als Schriftsteller gesehen – Denis Johnson trifft Charles Bukowski trifft Hunter S. Thompson, sagte er sich, wenn er besoffen war; völliger Mist, erkannte er in seinen immer selteneren nüchternen Momenten. Allerdings setzte das Manuskript auf der Festplatte seines Computers schon damals Schimmel an. Sein unregelmäßiges Einkommen hatte er stattdessen damit erzielt, Partydrogen an weiße Hipster zu verticken.

Der kahlköpfige Schwarze stieß Turner in den Kofferraum eines blitzblanken BMWs und knallte den Deckel zu. Während der Wagen in die Nacht startete, blieb sein altes Motorrad wie ein gestürztes Pferd in der nassen Gosse liegen.

Turner, der in dem dunklen, engen Raum kaum die Augen offen halten konnte, wurde von zwei kürzlich geschluckten Mandrax und der Schaukelbewegung des Wagens in den Schlaf gelullt.

Er hatte die Schlaftabletten nach einer Kokainlieferung an ein erschreckend spießiges Paar nicht weit von seinem Cottage eingeworfen, weil er dachte, das Methaqualon würde ihn, noch bevor er zu Hause ankam, in seine warmen Arme schließen, er würde durch die Tür torkeln und aufs Bett fallen, vollständig angezogen, aber total weggetreten, unerreichbar für die gnadenlose, öde Welt.

Es war anders gekommen.

Er war aus dem Haus seiner Kunden in eine dieser Johannesburger Sommernächte getreten, die nach Ozon und Benzin stanken. Tiefe Wolken verdeckten den Mond, Blitze legten eine Lichtshow hin, für die das Hochplateau – fast zweitausend Meter über dem Meeresspiegel – berühmt war, und Donner grollte wie Artilleriefeuer.

Turner hoffte, noch vor dem Wolkenbruch nach Hause zu kommen, doch kurz nachdem er seine Maschine angeworfen hatte, setzte der Regen sintflutartig ein, und bald schüttete es wie aus Eimern.

Die Kawasaki durch diesen Wasserstrom zu fahren, während Busse und Taxis rasend schnell an ihm vorbeizogen, war Wahnsinn, aber Turner hielt durch. Doch kurz vor Death Bend touchierte ein Wagen sein Hinterrad, er flog über den Lenker und rutschte auf dem überfluteten Asphalt weiter, bis sein Helm gegen den Bordstein krachte.

Seine Maschine schlitterte in ihn hinein, und Regenwasser zischte auf dem heißen Auspuff, der ihm das Bein verbrannte; seine Jeans waren während der Rutschpartie aufgerissen worden.

Fußgänger, die unter Vordächern Schutz gesucht hatten, beobachteten, wie sich Turner mit blutendem Bein aufrappelte und den Helm abnahm, während Fahrzeuge, die gefährlich dicht an ihm vorbeirasten, ihn mit dreckigem Wasser bespritzten.

Er setzte an, den Fahrer des Wagens wütend zu beschimpfen, doch plötzlich hatte er einen Pistolenlauf im Mund.

Und jetzt lag er im Kofferraum des BMWs, schon halb eingeschlafen.

Ein letzter Rest Selbsterhaltungswille, ein schwaches, flackerndes Lämpchen in einem dunklen Ozean aus Lethargie, brannte noch, und er tastete den Kofferraum ab. Als er einen grünlichen Schimmer erspähte, dachte er zuerst, er würde halluzinieren, doch dann sah er genauer hin und erkannte, dass es eine selbstleuchtende Lasche war.

Er zog daran, und der Kofferraumdeckel sprang auf. Turner konnte ihn gerade noch festhalten, ehe er auf den leichtläufigen deutschen Scharnieren komplett hochklappte.

Turner hielt den Deckel innen fest, spähte nach draußen, versuchte, sich zu orientieren.

Er konnte lediglich Straßen sehen, nass vom Regen, der ebenso plötzlich aufhörte, wie er begonnen hatte.

Als der Wagen an einer Ampel hielt, schob er den Deckel hoch und ließ sich auf die Straße fallen, direkt vor ein heranbrausendes Sammeltaxi, das ihm nur knapp ausweichen konnte. Er sprang auf. Um sich herum sah er den Müll, die kaputten Straßen und die entkernten Gerippe ehemals prächtiger Art-déco-Häuser.

Großer Gott, er war mitten im Zentrum Johannesburgs, einer innerstädtischen Hölle aus Hochhaus-Slums, Crackhuren, nigerianischen Drogenbossen und zairischen Sexsklavenhaltern, wo Dante sich vor Angst in die Hose gemacht hätte.

Eine Gegend, in die er sich seit Jahren nicht mehr gewagt hatte, in der seine weiße Haut ein Leuchtfeuer für die schwarzen Pendler darstellte, die sich auf der verdreckten Straße in Sammeltaxis drängelten und ihn anstarrten, als wäre er ein Voodoo-Fetisch.

Turner rannte los, humpelnd auf seinem verletzten Bein, den Kopf benebelt von Drogen.

Als er von hinten angesprungen wurde, duckte er sich weg und rollte sich ab, im Glauben, es wäre sein Entführer.

Aber es war schlimmer.

Ein Rudel verwilderter, zerlumpter Kinder fiel über ihn her. Sie stanken nach Unrat und dem Klebstoff, den sie schnüffelten, und waren bewaffnet mit abgebrochenen Flaschenhälsen und Drahtschlingen. Sie bissen ihn, traten und stachen auf ihn ein, rissen mit kleinen Händen an seiner Kleidung.

Ein Schuss fiel, und eines der Kinder, ein wollhaariger kleiner Alien, höchstens zehn Jahre alt, fiel tot zu Boden, während die anderen blitzartig in ihre Albtraumwelt flohen.

Der Entführer richtete seine Waffe auf Turner, der mit einem Schulterzucken aufstand und zurück zum Wagen ging. Er konnte kurz den Fahrer sehen, als entgegenkommende Scheinwerfer dessen Cornrows beleuchteten, dann wurde er in den hinteren Fußraum gestoßen. Der Mann mit der Pistole setzte sich auf die Rückbank. Seine Nikes stanken, als wären kleine Tiere darin verendet.

Sie fuhren noch einige Minuten durch die verwahrlosten Straßen und hielten vor einem völlig heruntergekommenen Gebäude. Der Fahrer öffnete die hintere Tür, große Hände packten Turner an den Armen und zerrten ihn heraus.

Während Turner durch Abfallreste auf das Mietshaus zuschlurfte – kein Strom; flackernde Kerzen und Paraffinlampen machten die Bewohner zu Schattenrissen auf den Bettlaken, die vor geborstenen Fenstern hingen –, merkte er plötzlich, dass er dieses Haus kannte, dass er in einem anderen Leben schon mal hier gewesen war.

Anfang der Achtziger, Jahre bevor die Post-Apartheid-Schleusentore sich öffneten und eine Flut aus Schwarz und Braun und Fremd freisetzten, als dieses kleine Mietshaus – Desroy Mansions – sich noch fest an eine Aura schwindender Vornehmheit klammerte, hatte seine schwangere Mutter den zehnjährigen Turner in ihren Datsun gepackt, um von der Bergarbeiterstadt, in der sie wohnten, in die City zu fahren. Sie besuchten ihre Tante – Doris? Mavis? –, die in einer vollgestopften Altdamenwohnung lebte und ihn mehrfach an ihren imposanten Busen drückte, wobei ihr süßliches Eau de Cologne das herbe Aroma aus Medikamenten und altem Urin nicht ganz überdecken konnte.

Sie hatte ihm Limo und Kekse aufgedrängt, zu kindlich und zu süß für ihn, denn Turner war damals bereits der unstete Junge, der mehr als einen Schluck aus der Scotch-Flasche seines Vaters getrunken hatte. Der Alkohol schmeckte bitter und brannte auf der Zunge, aber er war ein verbotener Genuss, genau wie das Gefühl, als er einmal seinen Finger in den kleinen rosigen Schlitz zwischen den Beinen des Nachbarmädchens gesteckt hatte.

Seine Erinnerungen wurden von einem Gestank unterbrochen, der ihn traf wie ein Faustschlag.

Sie waren in der Lobby. Der Fahrer hatte eine Taschenlampe angeknipst, um einen Weg durch den Müll und die Grüppchen von schlafenden Körpern zu finden, die dalagen wie eingesponnene Seidenraupen.

Der Fahrstuhl bot jetzt einer Großfamilie Obdach – die Türen aufgekeilt und der Schacht mit Abfall und menschlichen Exkrementen gefüllt –, deshalb wurde Turner mit seinem pochenden Bein von den Männern die marode Treppe hinaufbugsiert.

Während sie zwei Stockwerke hochstiegen, wichen immer wieder fauchende, schattenhafte Gestalten dem Lichtstrahl der Taschenlampe aus wie Vampire. Sie hörten Schreie und Stöhnen und dann ein frankophones afrikanisches Lied, das von einer derart herzzerreißend schönen Frauenstimme gesungen wurde, dass Turner auf dem Flur innehielt.

Sein Augenblick musikalischer Wertschätzung fand ein jähes Ende, als der Glatzkopf ihn in ein verwüstetes Apartment stieß.

Die Tür war zu Feuerholz zerhackt worden.

Die Dielenbretter hatte man herausgerissen.

Durch einen Türrahmen war eine Toilette zu sehen, aus der die Kloschüssel entfernt worden war, und aus dem Abflussrohr sickerte ein stinkender schwarzer Matsch, der unter Turners Schuhen erstarrte.

Die Männer führten ihn in das ehemalige Wohnzimmer, das von einer Sturmlaterne erhellt wurde. Vor dem Fenster hing eine löchrige khakifarbene Decke.

Mr. Paul, ein schmächtiger Mann in den Vierzigern, stand zwischen zwei riesigen Bodyguards und musterte Turner.

Mr. Pauls Schläger waren allesamt kettchenbehängte Kraftprotze, er selbst hingegen war mittelgroß und trug ein cremefarbenes Poloshirt über einer schwarzen Hose und schwarzen Halbschuhen. Keinerlei Schmuck, nicht mal eine Armbanduhr.

So unauffällig wie ein Büroangestellter und genauso harmlos.

Bis man in seine Augen blickte und die Kälte darin sah.

»Mr. Turner.«

»Mr. Paul.«

»Wissen Sie, warum Sie hier sind?«, fragte der Nigerianer in seiner bedächtigen Sprechweise.

»Ja«, sagte Turner.

»Haben Sie mein Geld?«

»Noch nicht.«

»Sie verkaufen mein Produkt, aber Sie geben mir meinen Anteil nicht?«

»Es tut mir leid.«

»Und Sie ignorieren meine Nachrichten?«

»Es tut mir leid, Mr. Paul.«

»Es tut Ihnen leid?«

»Ja, wirklich. Es tut mir leid.«

»Wir werden sehen. Wir werden sehen, ob es Ihnen leidtut.«

Der Nigerianer wandte sich dem Nebenraum zu.

Ein nackter Mann, gefesselt und geknebelt, lag auf dem Boden.

Ein Weißer.

Der Anblick dieses bleichen Spiegelbilds seiner selbst schockierte Turner, der den Ernst seiner Lage langsam erkannte.

Mr. Paul schnippte mit den Fingern, und einer seiner Männer half ihm, einen gelben Regenmantel anzuziehen. Dann reichte er ihm einen Hammer.

Der Drogenbaron schlug den Hammerkopf sachte in seinen Handteller, ging in das Nebenzimmer hinüber und betrachtete den gefesselten Mann, der sich auf dem Boden wand und mit flehenden Augen eine Art verzweifelten Morsecode blinzelte.

Mr. Paul holte aus und ließ den Hammer auf eine Kniescheibe krachen, die wie brechendes Eis zersplitterte.

Ein gepresstes Stöhnen drang aus dem Knebel.

Mr. Paul zertrümmerte das andere Knie.

Dann waren die beiden Hände des Mannes dran.

Erbrochenes tropfte unter dem Knebel hervor.

Mr. Paul schien das Interesse an den Extremitäten zu verlieren, denn nun nahm er sich den Kopf des Mannes vor, drosch wie wild darauf ein und verwandelte ihn in einen Brei aus Knochensplittern, Hirnmasse und Blut.

Als Turner wegsehen wollte, hielt der Glatzkopf sein Gesicht fest und zwang ihn, weiter zuzuschauen.

Turner kotzte einen bitteren Schwall aus Fusel und Drogen aus, der auf seinen Schuhen landete.

Mr. Paul trat zurück und ließ den Hammer fallen. Blut und

Knochensplitter tropften ihm vom Regenmantel, von Gesicht und Händen.

»In einer Woche will ich mein Geld«, sagte er ein wenig atemlos zu Turner, »sonst …«

Er zuckte mit den Schultern und breitete die Arme zu einer christusgleichen Pose aus. Prompt half ihm einer seiner Männer aus dem Regenmantel und reichte ihm einen Plastikbehälter mit Feuchttüchern, damit er sich mit den parfümierten Lappen säubern konnte.

Turner wurde zurück zum Wagen gebracht, der mit laufendem Motor im Nieselregen stand.

Diesmal ließ man ihn allein auf der Rückbank sitzen. Die Scheibenwischer quietschten auf der Fensterscheibe, und die Reifen zischten über die nasse Straße. Turner sah, ohne sie wahrzunehmen, die Stadt vorbeiziehen, während der Himmel, violett vor Luftverschmutzung, über den Häusern hing wie ein schlaffes Festzelt am Ende einer traurigen Party.

Bevor Turner registrierte, wo er war, wurde er aus dem rollenden BMW gestoßen und landete in der Nähe seiner Kawasaki, die noch immer in der Gosse lag.

Er richtete die Maschine mühsam wieder auf, trat mehrfach auf den Kickstarter, ehe sie endlich ansprang, und fuhr in den Regen hinein. Das Motorrad rutschte und holperte über Straßen, die von zermatschten Jacarandablüten lila gefärbt waren, bis er den vornehmen Vorort Houghton erreicht hatte, Heimat des heiligen Greises Nelson Mandela.

Blutig, durchnässt und zähneklappernd humpelte Turner die Auffahrt hoch zu den beiden Cottages am Ende eines Gartens, der zu einer edwardianischen Steinvilla gehörte – früher Sitz eines Bergbaumagnaten, inzwischen Bürohaus einer Werbeagentur. Er wollte nur noch ins Bett. Doch da öffnete Tanya (seine Nachbarin und gelegentliche Fickfreundin) ihre Tür und schwenkte einladend eine Flasche Tequila, und ihm wurde klar, dass er Gesellschaft brauchte, selbst wenn es ihre war. Er ging in ihr Wohnzimmer, wo träge Reggaemusik aus rauschenden Lautsprechern dröhnte und Gewerkschaftsplakate aus der Apartheid-Ära an den Wänden klebten.

»Du siehst beschissen aus«, sagte sie und warf ihm die Flasche zu.

Er fing sie auf und schüttete ein Drittel des Inhalts in sich hinein.

»Besser?«, fragte sie.

»So langsam.«

Tanya drehte einen Joint. Dann zog sie Turner aus, ohne auf sein blutiges Bein zu achten, lutschte ihm den Schwanz und ritt ihn wie ein Jockey – ihr gebräunter, jungenhafter Körper spannte sich zu einem Orgasmus nach dem anderen, ihre Säfte ätzten in Turners Haut und Nase –, während er halb bewusstlos dalag und das wahnsinnige Zusammenspiel von Tabletten, Gras und Tequila dafür sorgte, dass er hart blieb. Obwohl sein lauer Orgasmus auf sich warten ließ, der kaum mehr als ein Kribbeln und ein Spritzer war, genügte er, um den Vorgang der Fortpflanzung in Gang zu setzen (wie Turner einen Monat später in einer Nacht aus Blut und Chaos erfahren sollte).

3

Turner, auf den Knien und noch immer mit dem Pistolenlauf im Mund, den Geschmack von Waffenöl und Blut auf der Zunge, sah zu Tanya hinüber, die auf allen vieren benommen nach Luft schnappte. Er musste an die Geburtsvorbereitungskurse denken, zu denen sie ihn mitgeschleppt hatte; dort hatten sie und andere schwangere Frauen diese Senkrückenpose eingenommen. Ihre gewölbten Bäuche hatten fast den Teppich gestreift, während sie wie Perverslinge keuchten.

Das Blut, das von Tanyas Gesicht tropfte und in gleichmäßigem Takt auf dem Holzboden ihres Wohnzimmers in Arizona landete – laut in der jähen Stille, nachdem der kleine Mann den Ton der Baseballübertragung abgedreht hatte –, holte Turner genau in dem Moment zurück in die Gegenwart, als die Pistole in seinem Mund mit einem ratschenden Geräusch gespannt wurde.

»Warte, Bone«, sagte der kleinere Mann, »den Schwanzlutscher brauchen wir noch.«

Der Pistolenlauf wurde zurückgezogen, und ein Speichelfaden heftete sich wie ein Blutegel an Turners Wange. Der Mann namens Bone blieb vor ihm stehen und richtete die Waffe in seiner behandschuhten Hand auf Turners Kopf.

Um sich von der Realität des Geschehens zu distanzieren und die Angst, die seinen Körper in übelriechenden Schweiß ausbrechen ließ, in den Griff zu bekommen, stellte Turner sich vor, wie er, nachdem das alles überstanden war, eine Aussage bei der Polizei machte. Er beschwor einen sarkastischen, schlaksigen Gesetzeshüter mit buschigem grauem Schnurrbart und wässrigen Augen herauf, der schon alles Böse gesehen hatte, was die Welt bieten konnte, und Beschreibungen der drei Eindringlinge hören wollte.

Bone war kein großer Mann, aber er war so breit, als wäre das Höchstmaß an Sadismus in seinem bulligen Körper komprimiert worden. Er trug enge Jeans, schwarze Arbeitsschuhe und ein graues T-Shirt. Sein harter Bauch ruhte auf einer Gürtelschnalle mit dem Aufdruck *Dixie*. Ein Spinnennetz von erstaunlich zarten Tattoos bedeckte seine aufgepumpten Popeye-Arme.

Der Mann bei Tanya war hünenhaft, extrem dick und hinkte leicht. Latrinengestank entströmte seinem Körper, als er den Ozean aus bleichem Fleisch kratzte, der aus dem tief geöffneten Reißverschluss seiner verdreckten, kanariengelben Trainingsjacke quoll. Durch das Mundloch in seiner Maske war ein nasses, zahnlückiges Grinsen zu sehen, das von einem fusseligen Flaum umrahmt wurde, und er atmete stoßweise.

Der kleinere Mann, der einzige, der bislang etwas gesagt hatte – in einem singenden Tonfall, den Turners unerfahrenes Ohr vage mit den amerikanischen Südstaaten verband –, war ganz in Schwarz gekleidet: Levi's, Reeboks, T-Shirt und Windjacke.

Er warf die Fernbedienung des Fernsehers auf die Couch, bemerkte das BlackBerry auf dem Esstisch und fragte: »Wem gehört das Handy?«

»Das ist meins«, sagte Turner mit einem Zittern in der Stimme.

Der Mann sah zu Tanya hinüber. »Wo ist deins?«

»Auf der Küchentheke.«

Er nickte dem fetten Hünen zu.

»Hol es, Spack.«

»Jawohl, Shorty«, sagte das Monster, die Stimme verschleimt und undeutlich.

Während Spack Tanyas iPhone nahm und in die Tasche seiner Trainingshose steckte, öffnete Shorty Turners BlackBerry, entfernte den Akku, ließ ihn wie einen Hockeypuck über den Boden schlittern und nahm dann die SIM-Karte heraus.

Er zog ein Feuerzeug aus seiner Jeans, zündete die SIM-Karte an und warf das schwelende Plastikrechteck in einen Aschenbecher.

»Keine Zweithandys in irgendwelchen Taschen?«

»Nein«, sagte Turner.

Tanya schüttelte den Kopf.

»Stört euch doch nicht, wenn wir das überprüfen, oder? Nur um auf Nummer sicher zu gehen, dass ihr nicht mit dem Hintern den Notruf wählt.«

Während Bone Turner abtastete, ließ Spack schnaufend und kichernd seine Hände über Tanya gleiten, die fluchend nach ihm schlug.

Als beide Männer fertig waren, sagte Shorty: »Ich weise darauf hin, dass wir euer Festnetz draußen am Telefonmast unterbrochen haben.«

Tanya versuchte, sich aufzurichten, doch Spack stieß sie wieder nach unten.

»Lass sie aufstehen«, sagte Shorty.

Tanya kämpfte sich hoch, eine Hand auf ihre blutende Wange gedrückt.

Vorsichtig kam Turner auf die Beine, mit zitternden Knien.

»Was wollt ihr Arschlöcher?«, fragte Tanya mit Blick auf Shorty, während Blut zwischen ihren Finger hervordrang und auf das weiße Baumwollshirt tropfte.

»Oha, was für eine Ausdrucksweise, werte Lady.«

»Nun sagt schon. Wollt ihr Geld?«

»Geld?«

»Ja, was genau wollt ihr? Scheißgeld?«

»Oh ja, wir wollen Geld. Und wir wollen vögeln.« Er lachte ihr durch seine Maske mitten ins Gesicht. »Also sagen wir der Einfachheit halber, es geht um Raub. Und es geht um Vergewaltigung.«

4

Das Blut wird dich erlösen.

Tanya blutete noch immer, als ihr dieser Satz, diese beschissene Feststellung oder Prophezeiung oder was auch immer, in den Sinn kam. Dann dachte sie an den Mann – nein, kein Mann, ein Junge, ein kleiner, widerlicher, schmieriger Junge –, der das zu ihr gesagt hatte, und endlich kam sie zu der Erkenntnis, der sie ausgewichen war, seit sie gesehen hatte, wie diese Tiere mit Pistolen in ihr Haus kamen: Sie selbst war schuld.

Sie hatte sich das selbst zuzuschreiben.

Sie war die Ursache ihrer eigenen Vernichtung.

Und auch der Vernichtung ihres Arschlochs von Ehemann.

Aber scheiß auf ihn.

Scheiß auf ihn.

Der nutzlose, fotzenhörige Scheißkerl hatte alles verdient, was ihm jetzt passierte.

Sie, die seit Jahren genau davor weglief, die vor der Grausamkeit Afrikas in ein Land geflohen war, das sie verachtete, war so blöd gewesen, eine Tür zu öffnen und diesen typisch amerikanischen Wahnsinn hereinzulassen – den Wahnsinn, den True-Crime-Serien so genüsslich breittraten. Die Serien waren ihr heimliches Vergnügen geworden. Sie sah sie sich auf dem Computer in ihrem Büro an oder, wie erbärmlich, auf dem iPad in ihrem riesigen SUV, während sie irgendwo im Nirgendwo parkte, bei einer ihrer endlosen Fahrten durch diese ausgedörrte Wüstenstadt.

Tanya war jetzt sicher, dass die Kreatur, der sie auf einer dieser Fahrten an einem glühend heißen Nachmittag vor ein paar Wochen begegnet war, nachdem sie ohne Entschuldigung oder Erklärung vorzeitig ihren Arbeitsplatz verlassen hatte, diesen Terror in ihr Haus gebracht hatte.

Zu Tanyas plötzlichem Ausscheiden aus dem Privatcollege, an dem sie als Dozentin arbeitete, war es nach einer Sitzung der juristischen Fakultät gekommen. Bis vor Kurzem war der Fachbereichsleiter ebenfalls Südafrikaner gewesen, der Mensch, der ihr den Job verschafft und sie gefördert hatte.

Aber er war in seine Heimat zurückgekehrt, bevor Tanya eine Festanstellung angeboten worden war, und die Entscheidung lag jetzt bei seinem Nachfolger, einem stämmigen Mann um die fünfzig mit starkem Ostküstenakzent.

Irgendwie hatte sich Tanya wegen seines Akzents in dem Glauben gewiegt, die politische Einstellung des Professors müsste eher links sein, daher hatte sie in der Sitzung eine scharfe Kritik an Arizonas reaktionärem Gouverneur und der Behandlung der illegalen Einwanderer vom Stapel gelassen und zu guter Letzt noch die Anzahl von Hinrichtungen aufs Korn genommen, indem sie Arizona in die Nähe des Irans rückte.

Erst als sie mit ihrer Tirade schon richtig in Fahrt war, hatte sie bemerkt, dass ihr Vorgesetzter eine angewiderte Miene zog.

Nach der Sitzung wartete Tanya auf dem Flur in der Hoffnung, mit dem Professor reden und ihn möglicherweise besänftigen zu können, obwohl ihr das eigentlich gegen den Strich ging.

Er kam mit einer vollbusigen Frau heraus, ebenfalls Dozentin, genau die Art von kleiner Hotpants-Blondine, gegen die Tanya allergisch war, und da sie nicht im Beisein dieser Tussi mit ihm reden wollte, war sie unbemerkt von den beiden in Deckung gegangen.

Die Blondine hatte kopfschüttelnd gesagt: »Die gesammelten Weisheiten der Tanya Turner.«

»Gott, schon allein der Name«, antwortete der Professor, »wie eine drittklassige Karaoke-Sängerin.«

Die Tussi lachte ein kokettes Lachen und stupste ihn mit der Hüfte an, und in dem Moment wusste Tanya, dass die beiden, wenn sie nicht schon zusammen im Bett gewesen waren, bald dort landen würden.

»Ein unseliger Name für eine unselige Person«, sagte die Blondine.

»Ja. Sie ist eine …«

»Sprich es aus.«

»Nein.«

»Ach komm schon. Ich weiß, was du sagen willst.«

»Tatsächlich?«

»Ja. Also sag es.«

»Nein.«

»Na los, sei nicht so politisch korrekt.«

»Sag du es doch.«

»Ach nee. *Ich* darf es also sagen?«

»Ja.«

»Wieso? Weil ich eine habe?«

»Weil du die Gender-Erlaubnis hast, es zu sagen.«

»Gender-Erlaubnis?«

»Genau.«

»Gibt's das überhaupt?«

»Jetzt schon.«

»Blödsinn.«

»Das ist die Welt, in der wir leben.«

»Okay. Tanya Turner ist eine Fotze.«

»Absolut.«

»Willst du es noch immer nicht aussprechen?«

»Nein. Jetzt wär's nämlich redundant.«

Sie lachten und gingen weiter. Tanya ließ ihr Nachmittagsseminar sausen, stieg in ihr Auto und fuhr weg, wusste, dass sie für das nächste Semester keinen Lehrauftrag mehr bekommen würde.

Sie tat, was sie schon so oft getan hatte, seit sie in diesem gottverdammten Land lebte, wo sie keine Freunde hatte und sich fremd fühlte: Sie fuhr ziellos durch die Gegend und hielt, als die Stadt aufhörte und die Wüste begann, am Straßenrand an und starrte ins Leere. Ein Teil von ihr wollte in diese endlose Weite aus Sand und Staub fahren und etwas oder jemand anders werden.

Aber wie immer ließ sie irgendwann den Motor an und wendete.

Tanya Turner.

Eine Frau ohne Zukunft.

Was nicht ganz stimmte. Sie hatte eine Zukunft, nämlich die, verrückt zu werden.

Gott, jetzt fing sie schon an, in Country-Musik-Phrasen zu denken.

Scheißamerika.

Country-Songs und Werbe-Jingles nagten an ihrem Verstand wie der parasitäre Wurm, der sich im Gehirn dieser Frau aus Arizona eingenistet hatte, nachdem sie sich in Mexiko mit Schweinefleisch-Tacos vollgefressen hatte.

Geschah ihr nur recht.

Geschah ihr nur recht, wenn sie diesen Drecksfraß in sich reinstopfte.

Wahrscheinlich war sie fett, wie die meisten Scheißamis.

Gerade als Tanya diesen Gedanken hatte, sah sie den mageren Jungen am Straßenrand stehen. Er trampte nicht, stand einfach da, während der warme Wind mit seinen strähnigen Haaren spielte.

Tanya konnte nicht anders.

Sie musste anhalten.

Es war einfach einer von diesen Tagen.

Sie entriegelte die Beifahrertür des Subaru, und der Junge stieg ein. Er trug Schlabberjeans, ein T-Shirt und hatte Pickel und hellen Flaum im Gesicht. Er roch ungewaschen, was ihr gefiel.

»Wo soll's hingehen?«, fragte Tanya.

»In die Stadt.«

Sie legte den Gang ein und fuhr los.

»Was hast du da draußen gemacht?«

Er zuckte mit den Schultern. »Auf dich gewartet.«

»Willst du mich anbaggern?«

»Nein, ich hab's ja schon ins Auto geschafft.«

»Aha, kleiner Komiker was?«

»Nein. Ich bin ein Seher.«

»Ein Seher?«

»Genau.«

»Du meinst, einer, der sich Sehenswürdigkeiten anschaut?«

Er kicherte. »Klar, die schau ich mir an. Aber ich sehe auch andere Dinge.«

»Zum Beispiel? Was siehst du so?«

»Ich sehe, dass du nicht hierhergehörst«, sagte er.

»Ich glaube, du meinst eine andere Sinneswahrnehmung.«

»Hä?«

»Ich glaube, du *hörst*, dass ich nicht hierhergehöre.«

»Ach so, von wegen Akzent?«

»Ja, von wegen Akzent. Der ist nämlich ein verdammt gutes Indiz.«

»Wäre er, wenn ich deine Nationalität gemeint hätte.«

»Hast du aber nicht?«

»Nein, hab ich nicht.«

Sie hielt vor einer Ampel und spürte, dass er sie ansah. Er hatte ein blaues und ein braunes Auge (Iris-Heterochromie nannte man das, obwohl sie nicht hätte sagen können, woher sie das wusste), und sie war erleichtert, als die Ampel auf Grün sprang und sie wegschauen und weiterfahren konnte.

»Was meinst du dann?«, fragte sie.

Er zuckte mit den Schultern. »Du wirst lachen.«

»Nein, werd ich nicht.«

Aber er sagte nichts und starrte aus dem Fenster auf die hässliche Schmierspur aus Shoppingcentern und Parkplätzen, die den Stadtrand markierten.

»Aha, jetzt versteh ich«, sagte Tanya.

»Was verstehst du?«

»Du willst Geld. Du erzählst mir nur was über deine *Gabe*, wenn ich dir Geld gebe.«

Er schüttelte den Kopf.

»Ich will dein Geld nicht.«

»Was denn dann?«

»Nichts.«

»Tja, dann ist heute dein Glückstag.«

»Ich will dir bloß keine Angst machen.«

»Mir Angst machen?«

»Ja.«

»Ich krieg nicht so schnell Angst.«

»Okay.«

»Also, lass hören.«

Er schwieg lange und sagte dann: »Das Blut wird dich erlösen.«

»Wie bitte? Ist das was Christliches? Bist du etwa fromm oder was?«

»Nein, ich bin nicht fromm. Ich bin gar nichts.«

»Und was soll das dann bitte schön heißen?«

»Halt an.«

»Nein.«

»Halt an.«

Er fasste nach dem Türgriff und öffnete die Beifahrertür einen Spalt. Tanya bremste und hielt an.

»Du kannst so was nicht sagen und einfach abhauen«, sagte sie.

»Siehst du? Jetzt hab ich dir Angst gemacht.«

»Du hast mir keine Angst gemacht.«

»Was sonst?«

»Du hast mich neugierig gemacht.«

Er hatte die Tür geöffnet, blieb aber sitzen und starrte hinaus auf die sonnenversengte Landschaft.

»Sprich mit mir«, sagte Tanya.

»Hier geht das nicht.«

»Wo dann?«

»Bei mir zu Hause.«

»Du hast ein Zuhause?«

»Ja, hab ich. Ich wohne nicht in einem irgendeinem Erdloch.«

»Wo wohnst du?«

»Auf der South Side.«

Sie zögerte. Schließlich sagte sie: »Okay. Mach die Tür wieder zu.«

Er wohnte in der Nähe der Eisenbahngleise im ersten Stock eines heruntergekommenen Mietshauses, das bebte, wenn die Frachtzüge vorbeidonnerten.

Ein Zimmer. Eine Matratze auf dem Boden. Eine Decke als Fenstervorhang. Der Geruch nach ungewaschener Kleidung und halb verdorbenem Junkfood.

Es erinnerte sie daran, wie Johnny in Johannesburg gelebt hatte, als sie ihn kennenlernte.

»Und das soll besser sein als ein Erdloch?«, sagte Tanya, die an der Tür stehen blieb und die Arme verschränkte.

»Na ja, ist eher so was wie ein Drecksloch.«

»Sehr witzig.«

Er zuckte mit den Schultern.

»Also, lass hören«, sagte sie.

»Das vorhin war mein Ernst. Ich hab auf dich gewartet. Ich hab dich kommen sehen.«

»Ist das einer von diesen superschlauen amerikanischen Sprüchen? Nach dem Motto, ich bin eine naive Kuh, und du hast mich durchschaut?«

»Nein, das heißt, rund eine Stunde, bevor du mich da draußen mitgenommen hast, hab ich dich kommen sehen. Ich hab deinen Wagen gesehen. Ich wusste, dass du anhalten würdest. Ich musste bloß warten.«

»Und das mit dem Blut?«

»Keine Ahnung. Das ist mir in den Sinn gekommen, sobald ich dich gesehen hab.«

»Mich im Kopf gesehen hast oder mich im Auto gesehen hast?«

»Dich im Auto gesehen hab.«

»Und was soll das sein? Eine Art übersinnlicher Autoaufkleber?«

»So was in der Art.«

»Mehr kannst du mir dazu nicht sagen?«

»Nein.«

»Also warum wolltest du unbedingt hierher?«

Er sah sie an. »Okay. Da ist noch was.«

»Das ist doch immer so, oder?«

»Nein, nicht immer.«

»Ich höre.«

»Hat es Blutvergießen gegeben? In deiner Vergangenheit?«, fragte er.

Sie dachte eine Weile darüber nach, ehe sie antwortete.

»Ja, es hat Blutvergießen gegeben.«

»Tja, und in deiner Zukunft wird es noch mehr davon geben. Und zwar viel.«

»Viel?«

»Ja.«

»Wann?«

»Bald.«

»Wie bald?«

»Ich weiß nicht.«

»Okay.«

»Die meisten Menschen würden davor fliehen wollen.«

»Vor diesem Blutvergießen?«

»Ja. Vor diesem Blutvergießen.«

»Aber?«

»Aber du solltest es zulassen.«

»Es zulassen?«

»Ja.«

»Und?«

Er zuckte mit den Schultern. »Und das Blut wird dich erlösen.«

»Ich weiß noch immer nicht, was das heißen soll.«

»Jetzt weißt du es nicht. Aber du wirst es erfahren. Bald.«

»Ist das eine Drohung?«

»Nein.«

»Du wirst mich doch wieder gehen lassen, oder?«

»Ja. Aber du willst es nicht. Noch nicht.«

»Ach nein?«

»Nein. Du willst meinen Schwanz lutschen.«

»Was denn? *Das* siehst du auch?«

»Nein. Das weiß ich einfach.«

»Und deine *Bestimmung* ist kein Hinderungsgrund, dir den Schwanz lutschen zu lassen?«

»Es ist keine Bestimmung.«

»Was ist es dann?«

»Ich weiß nicht, aber eine Bestimmung würde bedeuten, dass diese Fähigkeit mal außerhalb von mir gewesen ist und ich mich bewusst entschieden habe, sie anzunehmen. Aber sie war schon immer da, solange ich denken kann.«

»Okay, du kannst jetzt die Klappe halten«, sagte sie, kniete sich hin und knöpfte seine Jeans auf.

Hinterher holte Tanya ein Kleenex aus ihrer Handtasche und wischte sich den Mund ab, während sie aus der Wohnung auf den Flur trat.

Zwei Latino-Männer kamen ihr auf der Treppe entgegen. Einer war mittelgroß, aber sehr breit. Sein T-Shirt spannte sich straff über dicken, tätowierten Armen. Der andere war klein, schlank, mit dunklen Augen, die Tanya das Gefühl gaben, sie bräuchte eine Dusche.

Sie verstellten ihr kurz den Weg, dann ließ der Größere sie vorbei. Irgendwie hätte sie es beruhigender gefunden, wenn die Männer ein paar zotige Bemerkungen gemacht hätten, aber sie sagten kein Wort.

Als Tanya die Treppe hinunterging, drehte sie sich um und sah, dass die beiden vor der offenen Wohnungstür des Jungen standen, mit ihm sprachen und in ihre Richtung blickten.

5

Tanya, die Finger auf die stark blutende Wange gepresst, wandte sich um und ging Richtung Küche.

»Hey, wo willst du hin?«, fragte Shorty.

»Die Blutung stoppen«, sagte sie im Gehen.

Shorty zeigte mit einem behandschuhten Finger auf Turner.

»Pass auf ihn auf«, sagte er zu Bone und folgte Tanya mit schweren Schritten.

Er packte sie am Shirt, riss sie herum und schleuderte sie gegen den Kühlschrank. Sie prallte mit dem Rücken gegen Lucys Poesie-Magneten, die geräuschvoll auf den Fliesenboden klapperten.

Shorty drückte die Pistole an Tanyas Kopf.

»Jetzt hör mir mal zu, du Schlampe, ich glaube, dir ist nicht ganz klar, wer hier das Sagen hat.«

Tanya starrte ihn an und atmete stoßweise.

»Fick dich«, sagte sie, und Turner bewunderte unwillkürlich ihren Kamikaze-Mut.

Shorty lachte, zuckte mit den Schultern und sah sich nach Turner und den maskierten Männern um, die wie linkische Partygäste im Wohnzimmer standen.

»Meine Fresse, ein richtiges kleines Temperamentsbündel, was?«

Er legte bedächtig die Pistole neben den Mixer auf die Küchentheke, ein gutes Stück außerhalb von Tanyas Reichweite, und zog die Besteckschublade auf. Dann packte er plötzlich Tanyas Hand, rammte ihre Finger in die Schublade und knallte sie zu.

Turner hörte das Knacken der brechenden Knochen.

Tanya schnappte nach Luft, keuchte und sank auf die Knie, den Kopf gesenkt, sodass Blut auf ihre Bluse tropfte, die Hand noch in der Schublade eingeklemmt, die Shorty zugedrückt hielt.

Mit der Schuhspitze hob er ihr Kinn an und zwang sie, zu ihm hochzuschauen.

»Hast du die neue Ordnung in deinem kleinen Universum jetzt kapiert?«

Sie nickte.

»Ich will es hören, Schlampe. Ich will's hören.«

»Ja«, sagte sie mit vor Schmerz dünner Stimme.

Er ließ die Schublade los, und Tanya zog ihre Hand weg, an der die gebrochenen Finger baumelten. Sie hielt die verletzte Hand in der anderen und wiegte sich im Sitzen vor und zurück, während Blut und Tränen ungehindert von ihrem Gesicht auf den Boden tropften.

Shorty nahm seine Waffe wieder an sich und blieb mit locker herabhängender Pistole neben Tanya stehen.

»Nun, die Milch der Menschenliebe ist auch mir nicht fremd, und mir scheint, du brauchst ein wenig Hilfe.« Er winkte Turner mit einem Finger her. »Du, komm rüber und hilf ihr.«

Turner ging vorsichtig auf Tanya zu. Er rechnete halb damit, dass sie ihn anspucken und anfauchen würde wie ein verletztes Tier. Als er eine Hand auf ihre knochige Schulter legte, schüttelte sie sie mit einem heftigen Ruck ab.

»Hol den Erste-Hilfe-Kasten, verdammt nochmal«, presste sie durch die Zähne.

Er starrte verständnislos zu ihr runter; er wusste gar nicht, dass sie so was im Haus hatten.

»Himmelherrgott«, sagte sie, »der ist im Schrank unter der Spüle.«

Turner bückte sich, öffnete den Schrank und roch den fauligen Kanalgeruch, der aus dem Siphon drang.

Nachdem er Behälter mit Lösungs- und Reinigungsmitteln beiseitegeschoben hatte, entdeckte er eine Plastikbox, die aussah wie ein kleiner Werkzeugkasten. Er packte sie am Griff und stellte sie auf den Fußboden.

Als er den Deckel öffnete, kamen mehrere ausklappbare Fächer mit Verbänden, Pflastern, Desinfektionssalben und rezeptfreien Medikamenten zum Vorschein.

»Du musst die Platzwunde in meinem Gesicht säubern und mit Fixierpflaster verschließen. Danach kannst du meine Finger bandagieren«, sagte Tanya.

Mit zitternden Händen nahm Turner einen Wattebausch aus dem Kasten, stand auf und feuchtete ihn über der Spüle mit Wasser aus dem Hahn an. Er fasste seine kleine, magere Frau am Ellbogen, half ihr auf die Beine und betupfte die Wunde in ihrem Gesicht, aus der noch immer Blut sickerte. Dann gab er Desinfektionscreme auf einen anderen Bausch und drückte ihn auf Tanyas Wange.

Es brannte, und Tanya schloss die Augen und fluchte leise.

Turner fand ein steriles Stück Verbandsmull in dem Kasten, und als er es mit medizinischem Klebeband auf die Wunde klebte, streiften seine Fingerspitzen ihre Haut.

So nah war er seiner Frau schon lange nicht mehr gewesen.

Sie schliefen getrennt. Ihre Ehe war zu einem langjährigen Krieg verkommen, der darin bestand, sich aus der Distanz mit verbalen Handgranaten zu bewerfen.

In diese ungewohnte Nähe gezwungen, stellte er fest, dass die Jahre nicht gut zu Tanya gewesen waren. In ihrem kurzgeschnittenen Haar waren graue Stellen, die er noch nie bemerkt hatte. Sie sah sehr viel älter aus als fünfundvierzig.

Für Tanya war Feminismus immer noch gleichbedeutend mit der Ablehnung von Feminität; Schönheitsprodukte hielt sie für albern. Ihre unreine, sonnengebräunte Haut wurde von einem Netz aus Falten durchzogen, die zahllosen Mitesser und verstopften Poren ihrer Nase sahen aus wie aufgesprüht. Es war, als hätten

Wut und Unzufriedenheit eine Ausdrucksform auf der Leinwand ihrer trockenen, gegerbten Haut gefunden.

Sie erinnerte an einen verkümmerten, vorzeitig gealterten Jungen.

Turner dachte an seine erste Begegnung mit Tanya zurück. Er war gegen Mittag noch immer betrunken und high nach einer durchsoffenen Nacht nach Hause gekommen und hatte einen, wie er meinte, nackten jungen Mann in der afrikanischen Sonne vor dem seit langer Zeit leerstehenden Nachbarcottage im Gras liegen sehen.

Erst als Tanya sich aufsetzte und ihn anstarrte und die Schwerkraft zwei kleine Brüste auf ihrem knochigen Oberkörper sichtbar werden ließ, erkannte er, dass sein neuer Nachbar eine Frau war. Zehn Minuten später lagen sie vögelnd auf seiner Matratze.

Turner trat einen Schritt zurück und inspizierte Tanyas Hand. Der Daumen war unversehrt, aber die übrigen Finger waren abgeknickt, schwollen bereits an und hatten eine marmoriert gelblichblaue Farbe angenommen.

»Bind die Finger einfach zusammen«, sagte Tanya.

Er nahm die verletzte Hand, wobei Tanya zischte und wimmerte, drehte die Innenfläche nach oben und wickelte das Klebeband fest um die Finger.

Shorty stand die ganze Zeit nah bei ihnen.

Plötzlich dröhnte Musik los, und alle blickten ins Wohnzimmer. Spack hatte sich Lucys angedockten iPod angeschaut und durch einen Tastendruck zum Leben erweckt. Irgendein hirnloser Teen-Pop-Song – Justin Bieber? – plärrte aus den Lautsprechern.

»Mach den Scheiß aus!«, schrie Shorty.

Der Riese fummelte hektisch an dem iPod herum, doch die Musik spielte weiter.

Schimpfend marschierte Shorty aus der Küche, und Tanya nutzte die Ablenkung, um Turner ins Ohr zu zischeln.

»Wir müssen irgendwas tun. Die bringen uns um.«

»Tu einfach, was sie sagen. Reiz sie nicht noch.«

»Gott, du bist ein nutzloses Stück Scheiße.«

»Wenn sie uns umbringen wollen, wieso tragen sie dann Masken?«, wandte Turner ein.

»Die sprechen sich mit Namen an, du hirntotes Arschloch.«

»Spack? Bone? Shorty? Das sind doch keine Namen.«

»Was denn dann, verdammt?«

»Decknamen. Pseudonyme.«

»Meine Fresse, wir sind doch hier nicht in einem verfickten Enid-Blyton-Roman!«

Die Musik endete abrupt. Turner hörte das Quietschen von Shortys Schuhen auf den Fliesen, der zurückkam und sie anschrie, sie sollten die Klappe halten, die Mündung seiner Pistole wie ein hypnotisches schwarzes Auge auf sie gerichtet.

Tanya beugte sich näher, ihr säuerlicher Atem an Turners Ohr, und sagte: »Ist vielleicht dein Karma, so zu sterben, aber meins nicht, das garantier ich dir.«

6

Turner war sich natürlich darüber im Klaren, dass das Gewebe seines Lebens vor zehn Jahren drauf und dran gewesen war, völlig zu zerfasern, und dass es töricht wäre, nach dem einzelnen Faden zu suchen, mit dem die Auflösung begonnen hatte. Doch der Augenblick, als Chris Bekker ihm den Packen Bargeld über die klebrige Oberfläche einer Bartheke in Johannesburg zuschob (er erinnerte sich genau daran, dass die Scheine nach diesem glutheißen Tag in der Gesäßtasche des Cops so schlaff und feucht wie Salatblätter waren), hatte eine symbolische Bedeutung angenommen.

Turner hatte eine halbe Ewigkeit dagesessen und auf die gefalteten Geldscheine gestarrt, die ihn im harten gelben Licht eines Deckenstrahlers angrinsten. Das Entsetzen nach seiner Begegnung mit Mr. Paul zwei Abende zuvor hatte ihn zur Selbstmedikation mit Alkohol, Marihuana, Barbituraten und irgendeinem die Nasenlöcher verätzenden Pulver getrieben, das als Kokain verkauft wurde, aber so brutal, wie es seine Neurorezeptoren attackierte, eher an Angel Dust erinnerte. Er musste ein Auge geschlossen halten, um auf dem Hocker nicht gänzlich sein ohnehin schon unsicheres Gleichgewicht zu verlieren.

»Was ist das?«, fragte er so langsam und nuschelig, dass er sich anhörte wie ein digital verzerrter Informant in einer TV-Doku über wahre Verbrechen.

»Ich sag dir, was es nicht ist«, antwortete Bekker. »Es sind keine fünfzigtausend.«

Turner blinzelte verwirrt.

»Sagen wir, es ist eine Anzahlung, Engländer«, fuhr Bekker fort und richtete im Spiegel hinter der Bar seine Boygroup-Frisur.

Turner war kein Engländer – er war Südafrikaner der fünften Generation und hatte England noch nie betreten, aber er war mit Englisch als Muttersprache aufgewachsen, womit er automatisch auf der anderen Seite einer kulturellen und ideologischen Trennlinie zu Afrikaanern wie Bekker stand, die ihn aufgrund dieser Muttersprache immer als andersartig wahrnehmen würden.

Turner schüttelte den Kopf in dem vergeblichen Versuch, klarer zu denken, und sah den Cop an, der sich noch immer im Spiegel begutachtete.

Chris Bekker, schmächtig, beinahe gutaussehend mit dem gestylten schwarzen Haar und den Designerklamotten, sah eher wie ein Latino aus und wurde oft für jemanden gehalten, der irgendwas mit Mode zu tun hatte oder auf dem Sprung in das klägliche Showbusiness Südafrikas war.

Keiner kam auf die Idee, dass er ein Cop war.

»Eine Anzahlung wofür?«, fragte Turner.

»Ich hab von der kleinen Do-it-Yourself-Aktion gehört.«

»Von Mr. Paul?«

»Ja, von Mr. Paul«, sagte Bekker und goss etwas Cola in seinen Brandy. »Du musst zugeben, es war eine verdammt spektakuläre Inszenierung.«

»Allerdings«, bestätigte Turner, »besonders von einem Platz in der ersten Reihe aus betrachtet.«

»Cleverer Schachzug von ihm«, sagte Bekker.

»Tja, er hat mir eine Heidenangst eingejagt.«

»Bild dir nichts ein, Engländer, die Vorführung war nicht bloß für dich gedacht.«

»Nein?«

»Nein. Mr. Paul wusste, es würde sich rumsprechen, dass er bereit ist, einen Weißen zu töten, wenn man ihm krumm kommt.

Und das bedeutet sehr viel mehr, als bloß irgendeinen Mohrenkopf auszuknipsen.«

»Stimmt.«

»Und jetzt schuldest du ihm fünfzig Riesen.«

»Woher weißt du das alles?«

»Ich hab immer einen Finger am Puls dieser Hure von Stadt und einen anderen tief in ihrem dreckigen Arschloch«, sagte Bekker und trank einen Schluck. »Ich weiß einfach alles.«

Er sah Turner an. »Du bist ein dämlicher Wichser.«

»Ja, ich bin ein dämlicher Wichser.«

»Wie konntest du die Karre so an die Wand fahren?«

Turner zuckte mit den Schultern. »Mr. Paul hat mir einen Kredit gewährt.«

»Den du dir dann durch die Nase reingezogen hast?«

»Fein formuliert.« Turner sah Bekker an. »Kannst du mir helfen?«

»Wie helfen?«

»Rede mit Mr. Paul.«

Bekker schüttelte den Kopf.

»Der Mann hört nicht auf mich, Kumpel. Nicht bei so was.« Er steckte sich eine Zigarette an. »Aber vielleicht kann ich dir anders helfen.«

»Wie?«

»Mit dem Geld.«

»Mit dem Geld?«

»Ja.«

»Du würdest mir fünfzig Riesen geben?«

»Nein, ich würde dir keine fünfzig Riesen *geben*. Aber ich könnte dich in die Lage versetzen, dir fünfzig Riesen zu *verdienen*.«

»Wie?«

Bekker zuckte mit den Schultern. »Du erfährst es, wenn ich es erfahre.«

Turner berührte die Geldscheine, die auf der Theke lagen.

»Das Geld da hat eine Geschichte, oder?«

»Alles hat eine Geschichte.«

Und Christiaan Bekker – von seinen Kollegen kurz *Bek* (auf Afrikaans bedeutete das Tiermaul) genannt – hatte zweifelsohne eine Geschichte. Er sah nicht aus wie ein Cop, und er sah schon gar nicht so aus, als wäre er aus dem schäbigen Genpool einander kreuz und quer begattender Hühnerfarmer in der Einöde östlich von Johannesburg hervorgekrochen.

Er war stolz auf sein Englisch und hatte sich die kehligen Vokale und die abgehackte Sprechweise der meisten Afrikaaner sorgsam abgewöhnt.

Sein Talent für Monologe (in denen er einen Schwall von derart anschaulichen Obszönitäten und grotesk rassistischen Bemerkungen vom Stapel ließ, dass sie zu einer Art Fäkallyrik wurden) hatte den Möchtegern-Schriftsteller in Turner fasziniert. Vor einem Jahr hatte er in seiner Funktion als kleiner Rauschgiftdealer zum ersten Mal mit Bekker zu tun bekommen, nachdem er bei einer Drogenrazzia mit genug Koks und MDMA unter dem Sattel seiner Kawasaki erwischt worden war, um dafür ins Gefängnis zu wandern. Dann aber wurde er von dem Cop, der in Mr. Pauls Diensten stand, wieder freigelassen, weil Bekker nicht riskieren wollte, dass Turner seinen Gönner ans Messer lieferte, falls er sang, was er garantiert getan hätte.

Als Bekker einige Tage später auf Turners Handy anrief und um »ein persönliches Gespräch« bat, war Turner eigentlich nicht überrascht, sondern hatte sich bereits damit abgefunden, für den Cop zum Informanten zu werden und ihm die Namen und Vorlieben seiner schwindenden Klientel zu stecken.

Aber als er sich dann mit Bekker in just dieser Bar traf – eine düstere Kneipe auf halber Höhe der Louis Botha Avenue, eingekeilt zwischen den Behandlungsräumen eines Medizinmanns und einem Escort-Service –, hatte er belustigt festgestellt, dass der Cop aus purer Eitelkeit den Kontakt zu ihm gesucht hatte.

Bei seiner Verhaftung hatte Turner dem Cop erzählt, er sei Schriftsteller (hatte seinen Roman schöngeredet, nicht existente Film- und Fernsehprojekte angedeutet), und noch ehe ihre Drinks auch nur auf der Theke standen, sprach Bekker schon von einem Film – eine Kreuzung aus *Serpico, Scarface* und *Fieberhaft* –, der auf seinen eigenen Erlebnissen basieren sollte.

Turner fing an, eine ganz große Nummer abzuziehen. Das Potpourri aus synthetischen Drogen, das er geschluckt hatte, um sich für das Treffen zu stärken (plus die Prise erstklassiges Koks auf dem Herrenklo kurz nach seiner Ankunft), machte ihn so wortgewaltig wie den Chef einer Drehbuchabteilung in Hollywood, und er zauberte aus dem muffigen Äther der Bar reiche Finanziers und berühmte Regisseure und Filmstars herbei.

»Johnny Depp ist der Einzige, der die Eier hat, Sie zu spielen«, sagte er, berauscht von seiner eigenen blödsinnigen Phantasie.

»Depp? Im Ernst?«, sagte der Cop.

»Klar, Depp hat den gewissen Blick. Diese coole Ausstrahlung.«

Turner überspielte sein Lachen mit einem Schluck von seinem Scotch und entschuldigte sich, um zum Klo zu gehen.

Während er pinkelte, kam Bekker herein, stellte sich neben ihn an die Rinne und schoss einen lauten Urinstrahl auf den Edelstahl.

»Glauben Sie wirklich, Sie könnten Depp kriegen?«

»Wieso nicht? Wenn der Stoff gut genug ist.«

Turner schüttelte ab, machte die Hose zu und war auf dem Weg zum Waschbecken, als der Cop ihn am Kragen seiner Lederjacke packte und zurück Richtung Urinal riss.

Turner war ungefähr fünfzig Pfund schwerer als Bekker, aber der Afrikaaner besaß nicht nur eine wilde Kraft, sondern beherrschte auch beeindruckende Straßenkampf-Techniken. Ehe Turner wusste, wie ihm geschah, lag er schon bäuchlings auf den mit Pisse bespritzten Fliesen, und Bekker zerrte ihn an den Haaren und presste ihn mit dem Gesicht in die stinkende gelbe Suppe, die sich in der verstopften Rinne angesammelt hatte.

Turner wehrte sich, versuchte, den Mund geschlossen zu halten, aber Bekker drückte ihm mit dem Fuß den Hinterkopf nach unten, und als er nach Luft schnappte, drang ihm der widerliche Siff in Nase und Mund und brannte ihm in den Augen.

Bekker nahm den Fuß weg, und Turner hievte sich auf die Knie, spuckte aus, seine Haare und Kleidung klatschnass.

»Mein Gott«, keuchte er, als er aufstehen wollte, ausrutschte und wieder auf den Knien landete.

Die Tür quietschte, und ein großer Kerl mit Glatze und Spitzbart kam herein.

»Verpiss dich«, sagte Bekker, ohne sich auch nur umzuschauen.

Der große Mann zögerte einen Moment, dann trat er den Rückzug an und schloss die Tür hinter sich.

Bekker trat Turner so fest in den Bauch, dass ihm die Luft wegblieb und er den nassen Stahl des Urinals im Rücken spürte.

»Hältst du mich für bescheuert?«, fragte Bekker.

»Nein«, sagte Turner kaum hörbar.

»Und warum bläst du mir dann Zucker in den Arsch?«

»Tu ich gar nicht.«

»Du bist kein Schriftsteller. Du kennst keine Filmleute. Du bist ein Loser, eine jämmerliche Null, ein Nichts.«

Turner starrte zu ihm hoch.

»Hab ich recht, verdammt noch mal?«, sagte Bekker.

»Ja, Sie haben recht.«

Der Cop atmete schwer, nicht vor Anstrengung, sondern eher vor Wut.

»Was sagt Mr. Paul über mich?«

Turner, verwirrt durch den jähen Kurswechsel, schüttelte den Kopf so sehr, dass ihm Urintropfen aus dem Haar flogen.

Bekker trat erneut zu, traf Turner diesmal an der Brust, und er knallte mit dem Kopf gegen das Metall.

Turner hob schützend die Hände vors Gesicht und sagte: »Ehrenwort, er hat Ihren Namen nie erwähnt.«

Bekker stierte ihn an, ein manisches kleines Zucken im rechten Auge, dann beruhigte er sich, atmete tief durch und ging zum Waschbecken, um sich die Hände zu waschen. Im Spiegel beobachtete er, wie Turner sich schließlich hochrappelte und triefend dastand, den Cop von Drogen benebelt und völlig verwirrt beäugte.

»Es gibt Leute, die mich fertigmachen wollen«, sagte Bekker.

»Ich weiß nichts, Mann.«

»Ich weiß. Ich weiß, dass du nichts weißt.«

»Tut mir leid.«

»Halt die Fresse«, sagte Bekker, riss ein Papierhandtuch aus dem klappernden Spender und trocknete sich die Hände. »Wenn du irgendwas über mich hörst, egal von wem, sagst du mir Bescheid, okay?«

»Ja. Ich sag Bescheid.«

»Und lüg mich nie wieder an. Niemals. Okay?«

»Okay.«

Bekker trat auf Turner zu, der kapitulierend die Hände hob und zurückwich.

Der Cop lachte und sagte: »Keine Bange, Engländer. Ich mag dich. Wir sollten das bald mal wiederholen.«

Er ging zur Tür.

Als er sie aufzog, warf er einen Blick über die Schulter und sagte: »Und damit eins klar ist, der Einzige, der mich je im Film hätte spielen können, ist Andy Garcia um die Zeit, als er *8 Millionen Wege zu sterben* gedreht hat. Ohne den dämlichen Pferdeschwanz.«

Dann war er weg.

Aber eine Woche später hatte er wieder angerufen, und von da an trafen sie sich regelmäßig. Bekker nutzte ihn als Beichtvater und redete sich so manches von der Seele, wenn er in Proustscher Detailgenauigkeit Gemetzel und Brutalitäten schilderte, die selbst den abgestumpften Turner beeindruckten. Turner sagte sich, die Treffen mit dem Polizisten wären eine Form von Selbstschutz, verbunden mit der Möglichkeit, Material für sein Buch zu sammeln, doch die schlichte Wahrheit war, dass ihn die Dunkelheit in Bekker faszinierte.

Die Gewalt und die Kraft, die sich in Bekkers kompakter Statur verbargen, hatten Turner verblüfft, und wenn sie sich auf einen Drink trafen, hatte er oftmals heimlich dessen manikürte Hände betrachtet, Hände, die fast feminin gewirkt hätten, wären da nicht die vernarbten, deformierten Finger und die abgeflachten Knöchel gewesen, die von einem Leben voller Schlägereien erzählten.

Jetzt jedoch sah er auf seine eigene Hand, seine rechte Hand, deren nikotingelbe Finger und dreckige, abgekaute Nägel ihm durch die brodelnden Pharmaka in seinem Blut fremd vorkamen. Er beobachtete, wie sich die Hand von der Theke hob, nach einem Fehlgriff den speckigen Packen Geldscheine nahm und in der Gesäßtasche seiner Jeans verschwinden ließ.

»Also, erzähl schon«, sagte Turner.

Bekker zündete sich die nächste Zigarette an und fragte: »Was soll ich dir erzählen?«

»Die Geschichte.«

Bekker schüttelte den Kopf. »Noch zu früh.«

»Mann, Bekker, gib mir wenigstens ein bisschen.«

»Hab ich schon«, erwiderte der Cop und schnippte mit dem Zeigefinger gegen Turners Gesäßtasche. »Aber da braut sich was Interessantes zusammen.«

»Was?«

»Ich kann erst mehr sagen, wenn ich mich davon überzeugt habe, dass es realisierbar ist.«

»Und ich spiele dabei eine Rolle?«

»Cool bleiben, Engländer. Cool bleiben.«

»Makabre Empfehlung für einen Mann, der demnächst in einer Tiefkühltruhe landet.«

Bekker lachte und stieß einen Rauchkringel aus, der zu Turner herüberschwebte wie ein missratener Heiligenschein.

»Ich brauch ein paar Tage Zeit, um die Sache festzuklopfen, okay?«

Turner winkte dem Barkeeper mit seinem leeren Glas und trottete zur Toilette (er konnte nie an das stählerne Urinal treten, ohne sich an den Tag seiner pissegetränkten Demütigung zu erinnern). Als er zurückkam, wurde er von zwei Frauen an einem Ecktisch abgefangen.

Sie waren Kundenbetreuerinnen bei einer Werbeagentur – blondiert, gestylt und gebotoxt, so falten- und ausdruckslos wie Sexpuppen –, aus ihren aseptischen Büros in Sandton hergelockt durch einen kürzlich erschienenen Zeitungsartikel, der das angeschmuddelte Interieur der Kneipe und die dubiose Klientel glorifiziert und sogar das miese, Piri-Piri-getränkte portugiesische Essen als »ehrlich und authentisch« bezeichnet hatte.

Die Frauen gierten nach einem Abenteuer und hatten sich eingeredet, dass Turner, der öfter als ein Brad Pitt für Arme nach der Mutter aller Orgien durchging, unwiderstehlich war. Er schwamm aber noch immer in einem Lavasee aus Drogen und hatte wohl irgendwas gesagt oder getan, das den zarten Faden der Verführung zum Reißen brachte, denn sie ergriffen die Flucht, und als er zurück an die Bar ging, war Bekker verschwunden.

Turner warf ein paar von den Scheinen, die er von dem Cop bekommen hatte, auf die Theke und trank, bis er blind war. Am nächsten Morgen wachte er in Tanyas Bett auf, ohne die geringste Erinnerung daran, wie er dort gelandet war.

7

»Ich bin von Natur aus Optimist«, sagte Shorty, während er Tanya beobachtete, die ihm auf seinen Befehl hin Essen machte – Rührei, Würstchen und Toast –, alles umständlich mit einer Hand. »Und deshalb glaube ich, dass unsere kleine unangenehme Kennenlernphase jetzt vorbei ist und wir gemeinsam einen schönen Abend erleben werden. Ich werde speisen«, er deutete mit der Pistole auf die brutzelnden Würstchen in der Pfanne, »während meine Mitarbeiter sich nach Lust und Laune entspannen.«

Turner, der im Wohnzimmer auf dem Boden saß, den Rücken gegen die Couch gelehnt, fühlte sich in die Nächte seiner Kindheit zurückversetzt, wenn seine Eltern Partys gegeben hatten und er zwischen all den großen Erwachsenen durchs Haus geirrt war, ihre Zigarettenqualmwolken über seinem Kopf schwebten wie Senfgas und sich in seinem Schlafanzug verfingen, sodass er nach Tabak stank, wenn er endlich ins Bett fiel.

Er hatte seinen Sitzplatz auf Anordnung von Bone eingenommen, der jetzt vor ihm stand und große Schlucke aus einer Flasche Tequila trank, die er in der Küche gefunden hatte. Turner war stolz darauf, dass er für Gäste stets einen Vorrat an Hochprozentigem im Haus hatte, obwohl er selbst trocken war.

Der Qualm kam von Spack, der eine gläserne Meth-Pfeife angezündet hatte. Der unverkennbar beißende Geruch der brennenden Kristalle katapultierte Turner von der Kindheit in eine sehr viel spätere und weitaus bedrückendere Zeit, eine Erinnerung, die er rasch wieder ausblendete, während er den riesigen Mann aus den Augenwinkeln beobachtete.

Beim Anblick des Kolosses, der die Pfeife leersaugte und dessen Kopf in einem duftenden weißen Nebel verschwand, spürte Turner ein unbändiges Verlangen. Er musste sich mit aller Kraft beherrschen, um nicht aufzuspringen, dem Monster die Pfeife aus der Hand zu reißen und den betäubenden Rauch in die Lunge zu saugen, Rauch, von dem er wusste, dass er ihm eine Ruhe und Abgeklärtheit bescheren würde, auf die selbst ein buddhistischer Lama neidisch wäre.

Lautes Klappern in der Küche riss Turner aus seinen Gedanken, und er sah, dass Tanya einen Teller fallengelassen hatte, der auf den Fliesen zersplittert war.

»Trampel«, sagte Shorty, der an der Kücheninsel lehnte und sie beobachtete.

Tanya nahm einen anderen Teller aus dem Schrank und stellte ihn neben dem Herd auf die Arbeitsplatte. Sie schaufelte Rührei aus der Pfanne, gab dann Würstchen und Toast dazu.

»Setz dich zu deinem Macker«, sagte Shorty und winkte sie mit seiner Waffe weg.

Sie tat wie geheißen, hockte sich neben Turner, der ihren säuerlichen Schweiß riechen konnte.

Tanyas Gesicht war blass unter der Bräune, und als sie das Pflaster an ihrer Wange betastete, zitterten ihre Finger. Die verletzte Hand lag in ihrem Schoß, die Fingerspitzen, die aus dem Verband ragten, hässlich verfärbt.

Shorty nahm eine Gabel aus der Besteckschublade, wandte dem Raum den Rücken zu und rollte seine Maske hoch, um einen Bissen Rührei zu essen.

Er spuckte ihn zurück auf den Teller.

»Verdammte Scheiße«, sagte er, »die Eier sind roh.«

Er rollte die Maske wieder runter und winkte Tanya.

»Komm her.«

Sie stand auf und ging zu ihm.

»Was ist das?«, fragte er.

»Rührei.«

»Willst du mich beleidigen?«

»Nein.«

»Wirklich nicht?«

»Nein.

»Würdest du das essen?«

Sie sagte nichts.

»Beantworte meine Frage.«

Sie schwieg weiter.

Shorty schüttelte den Kopf, hob den Teller und drückte ihn ihr ins Gesicht.

Als er losließ, fiel der Teller zu Boden und zerbrach neben den Scherben des ersten.

Tanya stand da, das Gesicht mit Ei beschmiert, starrte Shorty an, und dann zischte sie etwas.

»Wie war das?«, fragte Shorty.

Tanya blieb stumm.

»Was hast du gerade gesagt?«

Sie starrte ihn an.

Shorty schwang sein Bein nach hinten wie eine Sense und mähte Tanyas Bein unter ihr weg. Sie stürzte zu Boden und fiel auf das verschmähte Essen und zerbrochene Porzellan.

»Jetzt hör mal gut zu, ich lass mir von niemandem den Spaß verderben«, sagte Shorty. »Also, hoch mit dir und mach mir was zu essen, aber diesmal richtig.«

Tanya, die lang ausgestreckt dalag, versuchte, sich aufzurappeln, glitt aber auf den vom fettigen Essen rutschigen Küchenfliesen aus.

Als sie schließlich auf die Knie kam, sagte sie: »Fick dich, du kleiner Schwanzlutscher«, und Shorty trat ihr in die Rippen. Sie fiel wieder, diesmal hinter die Kücheninsel, und Turner konnte nur noch ihre alten Nikes und die knochigen, nackten Knöchel sehen, die aus den verwaschenen Jeans ragten.

8

»Engländer, das Geld, das ich dir gegeben habe ...«, sagte Bekker, während er den bulligen schwarzen Mercedes-Benz S63 AMG Richtung Norden in die Nacht lenkte und die M1-Schnellstraße sich im Scheinwerferkegel vor ihnen abspulte.

»Willst du's wiederhaben?«, fragte Turner auf dem Beifahrersitz.

»Nein, ich will es nicht wiederhaben.«

»Gut. Sonst müsstest du es nämlich aus meiner Leber herausquetschen.«

»Aber ich will dir die dazugehörige Geschichte erzählen«, sagte Bekker, den Blick auf die Straße gerichtet, das Gaspedal fast bis zum Anschlag durchgetreten, als hätte er es eilig, nirgendwohin zu kommen.

Turner sah zu dem Cop hinüber, über dessen hübsches Gesicht die Scheinwerfer eines entgegenkommenden Autos glitten.

»Die Geschichte von dem Geld?«

»Richtig. Die Geschichte von dem Geld.«

»Hat sie ein Happy End?«

»Keine Ahnung.«

»Wieso?«

»Weil sie noch nicht zu Ende ist.«

»Nein?«

»Nein. Aber sie hat das Zeug zu einem echten Knaller. Hat alles, was dazugehört.«

»Ich höre.«

Der Wagen fuhr vorbei, und es wurde wieder dunkel im Innern des Mercedes, worüber Turner froh war, weil ihm so die Angst nicht anzusehen war, die auch eine Flut von Drogen nicht hatte lindern können. Sein renitenter Verstand kam einfach nicht aus der Endlosschleife von Flashbacks heraus, in der er unaufhörlich sah, wie Mr. Paul mit dem blutigen Hammer auf den Kopf des Weißen eindrosch.

Wie immer hing schwerer Verwesungsgeruch im Wagen, und obwohl er Turner fünf Tage nach seinem Todesurteil wie ein besonders passender Duft erschien, hatte er das Seitenfenster ganz heruntergekurbelt, um die drückende Hitze und Autoabgase hereinzulassen. Das war immer noch besser als der Gestank, der sich in den Lederpolstern festgesetzt hatte und in den Teppich gedrungen war. Ein Gestank, der nie mehr verschwinden würde, ganz gleich, wie oft der Cop den Wagen professionell reinigen ließ.

Bekker hatte den Mercedes spottbillig auf einer Polizeiauktion gekauft, als der Wagen gerade erst drei Monate alt war. Er hatte einem Johannesburger Hotelier gehört, der eines Morgens mitsamt Auto vor seiner Wohnung in Sandown entführt und im Buschland bei Alexandra erschossen worden war. Seine Leiche hatte man in den Kofferraum gelegt.

Die Täter ließen den Mercedes auf dem Parkplatz des Carnival City Casino stehen und hauten ab. Das war im glühend heißen Februar, während der heftigsten Hitzewelle, die die Stadt seit Jahrzehnten erlebt hatte, und der Hotelier musste praktisch in einen Leichensack gelöffelt werden, als die Cops zehn Tage später durch den üblen Geruch auf den Wagen aufmerksam wurden.

Bekker, der behauptete, ohne Geruchssinn auf die Welt gekommen zu sein, war dem Gestank gegenüber immun, aber Turner schmeckte ihn wie einen dicken Belag auf der Zunge.

Und wer Chris Bekker mal länger sehen wollte, kam nicht drum herum, seinen Beifahrer zu spielen.

Rastlos, unfähig zu schlafen, kurvte er nachts durch die Stadt, um vom Steuer des verpesteten Mercedes aus seine vielen Projekte im Auge zu behalten.

Bekker sagte: »Letzte Woche wurden mein Partner und ich zu einem Haus draußen in Hyde Park gerufen. Eine Wahnsinnsvilla. Eine echtes, verficktes Zulu-Southfork mitten in der Stadt.«

»Geht's um die neue afrikanische Elite?«

»Und ob. Superglänzende schwarze Diamanten. Ein Ehepaar. Sie eine fette Wilde, die Prada trägt und mir gegenüber die platte Nase rümpft. Vor dreißig Jahren hätte sie bloß nackte Titten und ein paar Felle gehabt und in ein Loch hinter ihrer Lehmhütte geschissen. Er ein großspuriger Mohrenkopf mit einem Grinsen wie eine Wassermelone.«

»Ich vermute mal, sie kommt aus einem guten Stall?«

»Richtig. Ihr Vater ist eine echte Ikone der Anti-Apartheidsbewegung. Die haben sogar einen Scheißflughafen nach ihm benannt.«

»Hohes Tier.«

»Sehr hoch. Du weißt ja, wie das läuft. Nachdem Südafrika von Mandela auf den langen Weg in die Freiheit geführt wurde, hat dieses Arschloch seine marxistischen Ideale über Bord geworfen und sich in einen kapitalistischen Tycoon verwandelt. Ein verfickter schwarzer Donald Trump.«

»Lass mich raten: Gold-, Platin- und Uranminen, Mobilfunknetze und Casino-Resorts?«

»Nur für den Anfang.«

»Vom Tellerwäscher zum Millionär. Schöne Geschichte«, sagte Turner, bemüht, das Gespräch locker zu halten, um gegen seine Panik anzukämpfen.

»Also, der Mohrenkopf erzählt uns irgendein Märchen von bösen Buben, die eingebrochen sind und den Schmuck seiner Frau gestohlen haben, während das glückliche Paar auf einer Golf-Charity-Promi-Sause in Sun City war. Zeigt uns ein eingeschlagenes Fenster. Zeigt uns das Schlafzimmer mit rausgerissenen Schubladen und durchwühlten Schränken.«

»Und du denkst, alles fingiert?«

»Und ob ich das denke. Der Schuppen hat mehr Alarmanlagen als Tiffany's. In einem Wachhäuschen am Tor passen zwei Idi Amins auf. Der Mohrenkopf behauptet, die Idi Amins wären eingeschlafen und hätten vergessen, die Alarmanlage zu aktivieren. Und mein Partner –«

»Dein *schwarzer* Partner?«

»Mein im Schnellverfahren vom Streifenbullen zum Detective beförderter schwarzer Partner ist dermaßen ehrfürchtig, weil er sich in einem Raum mit diesen bedeutenden Persönlichkeiten befindet, dass er nickt wie ein Wackeldackel und sich in seinem Trümmerenglisch wie wild Notizen macht.«

»Aber du machst einen auf skeptisch.«

»Stimmt genau. Ich weiß aus den Medien ein bisschen was über diesen Mohrenkopf-Arsch: Playboy mit Hang zur Spielsucht. Bei seinem Schwiegerdaddy in der Flugverbotszone. Die Sache ist ein versuchter Versicherungsbetrug. Und noch dazu ein ziemlich blöder. Ich sehe ihn mit diesem Gesichtsausdruck an. Kennst du den Gesichtsausdruck?«

»Klar kenn ich den.«

»Und der Mohrenkopf rafft das und nimmt mich zur Seite und fängt an, mir einen Riesenstuss zu erzählen von wegen, in der Zeit der Apartheid hätte er bei uns Burenjungs – er hat tatsächlich *Burenjungs* gesagt – immer gewusst, woran er war, weil wir offen und ehrlich sind. Wenn wir einem ans Bein pinkeln wollten, dann haben wir das gesagt. Wenn wir einen umbringen wollten, dann haben wir das gesagt. Wir haben nicht rumgeeiert. Das fand er gut, sagt er.«

»Er schleimt sich bei dir ein.«

»Und wie, er *mariniert* mich praktisch, Engländer. Und ich lächle und nicke. Er schiebt die Hand in seinen Ozwald-Boateng-Anzug und zückt eine Brieftasche, holt einen Packen Scheine raus und hält ihn mir hin.«

»Was sagst du?«

»Ich sage: ›Versuchen Sie, mich zu bestechen, Sir?‹ Und er sagt: ›Ich eröffne neue Kommunikationswege.‹«

»Und was machst du?«

»Ich nehme das Geld. Was er mir gibt, ist lächerlich. Peanuts. Aber ich sehe da eine Perspektive. Verstehst du?«

»Verstehe.«

»Ich verabschiede mich also mit meinem Vollpfosten von Partner, und als wir wieder auf dem Revier sind, lass ich ihn die ganze Märchengeschichte in unseren Bericht schreiben und gehe mit dir einen trinken, während er auf seinem Computer rumhackt wie Helen Keller nach einem Muskelrelaxans. Und ich geb dir einen Teil von meinen Einnahmen.«

»Verdammt edel von dir.«

»Fand ich auch.«

»Willst du den Typen erpressen?«

»Den Mohrenkopf?«

»Ja, den Mohrenkopf.«

»Mann, Engländer, was würde das bringen, einen Kerl zu erpressen, der pleite ist?«

»Was dann?«

Bekker sah kurz zu ihm rüber. »Ich hab gewartet.«

»Und?«

Bekker schwieg eine Weile, nur sein leiser Atem war im Wagen zu hören, dann sagte er: »Und er hat mich angerufen. Heute Nachmittag. Mit einem Angebot.«

»Was für ein Angebot?«

Die Schnellstraße wurde leerer, als sie die hell angestrahlte Sandton City Mall und deren Spalier aus Bürotürmen, die aussahen wie ein Altar für einen afrikanischen Gott der Gier, hinter sich ließen und weiter nach Norden Richtung Pretoria fuhren. Bekker entspannte sich so weit, dass er nicht mehr obsessiv in den Rückspiegel spähte, und bat Turner, ihm die Plastikflasche Cola aus der Kühlbox zu geben, die auf der Rückbank stand.

Turner tat wie geheißen, und als Bekker den Verschluss aufschraubte und die Flüssigkeit zischte, reichte der ausströmende penetrante Brandygeruch aus, um die Körpersäfte des verstorbenen Hoteliers zu überdecken. Seit Turner ihn kannte, lebte Chris Bekker von dieser Mischung aus Klipdrift-Brandy und Cola, aber er hatte ihn noch nie betrunken erlebt.

Die Colaflasche war halb leer, als Bekker sie Turner zurückgab und eine Ausfahrt nahm, links abbog und dann über freies Land bis zu einer Baumgruppe an einer verlassenen Raststätte fuhr.

»Was wollen wir hier?«, fragte Turner.

Becker antwortete nicht, sondern parkte den Mercedes wortlos hinter dem maroden Gebäude. Er ließ den Motor laufen und das Licht an, als er die Fahrertür öffnete.

»Aussteigen«, sagte er.

Eine unsichtbare Hand griff in Turners Bauchhöhle und presste ihm den Magen zusammen.

»Bezahlt Mr. Paul dich dafür, dass du das machst?«

»Dass ich was mache?«

»Mich umbringen, Mann.«

Bekker lachte. »Echt, der ganze Scheiß, den du dir reinziehst, macht dich paranoid. Jetzt steig endlich aus dem Wagen.«

Turner gehorchte. Er roch die Eukalyptusbäume und den Holzfeuerrauch, der von den wachsenden Barackensiedlungen mit dem warmen Wind herüberwehte.

Bekker stand neben der Motorhaube des Mercedes und zeigte auf die Scheinwerferkegel, die die Nacht durchbohrten, Staub und Insekten beleuchteten.

»Stell dich dahin und zieh dich aus.«

»Was?«

»Tu's einfach, Engländer. Ich muss sichergehen, dass du nicht verdrahtet bist.«

»Wer von uns ist denn jetzt paranoid?«

»Tu's einfach.«

»Warum?«

»Weil ich vielleicht, nur vielleicht, eine Möglichkeit sehe, dein Mr.-Paul-Problem zu lösen.«

Turner sah den schmächtigen Mann an und zuckte mit den Schultern. Dann streifte er seine Sneaker ab, zog Shirt und Jeans aus und war nun nackt bis auf die Unterhose.

»Die auch«, sagte Bekker.

Turner fiel fast um, als er aus seinen Boxershorts stieg, und stand dann mit baumelnden Hoden im Scheinwerferlicht.

»Lass deine Klamotten liegen und komm mit«, sagte Bekker, und sie wandten sich vom Wagen ab. Turner hopste ein wenig, als er mit seinen nackten Füßen in der Gebäuderuine auf Glasscherben trat.

Bekker zündete sich eine Zigarette an.

»Ich hab mich heute Nachmittag mit dem Mohrenkopf getroffen. Heimlich, still und leise.«

»Und?«

»Der steckt in großen Schwierigkeiten. Braucht dringend einen Haufen Kohle.«

»Ich fühle mit ihm.«

»Aber er hat sich einen Plan überlegt, der dermaßen gaga und wahnwitzig ist, dass er tatsächlich funktionieren könnte.«

»Was für einen Plan?«

Bekker zögerte, ehe er antwortete.

»Er will, dass ich seine Stieftochter entführe und vom Vater seiner Frau Lösegeld erpresse.«

Turner starrte Bekker an, glaubte für einen Moment, die Drogen in seinem Körper hätten die Signale vom Gehör zum Gehirn verfälscht.

»Du verarschst mich, oder?«

»Ich verarsch dich nicht.«

»Himmel.«

»Das ist das große Ding.«

»Um wie viel geht's? Bei dem Lösegeld?«

»Um irre viel.«

»Wieso geht er davon aus, dass der Mann zahlt? Der Großvater, meine ich?«

»Weil der alte Hund völlig vernarrt ist in die Kleine. Er würde alles für sie tun. Ich hab das überprüft, und es scheint zu stimmen. Im Web gibt's zig Bilder von den beiden zusammen, wie sie in Einkaufszentren rumhängen, wie sie auf MySpace posieren.«

»Hast du ernsthaft vor, das durchziehen?«

Bekker nickte.

»Ja, Engländer, hab ich. Das ist das Ding, auf das ich gewartet habe. Für das ich geboren wurde, verdammt noch mal.«

»Und was willst du von mir?«

»Ich kann das nicht allein machen. Hilf mir, und du kriegst eine halbe Million.«

Turner, der völlig reglos dastand, die Nachtluft plötzlich kühl auf seiner Haut, erkannte, dass das der Moment war.

Der Moment, in dem sich alles veränderte.

»Was sagst du?«, fragte Bekker.

»Ich sage, das ist Wahnsinn.«

»Klar, aber was hast du zu verlieren?«

Turner nickte. Zuckte mit den Schultern.

»Ich mach's.«

Turner war überzeugter Atheist und fand die Idee einer Seele schlichtweg lachhaft, aber als er diesen Satz aussprach, erlebte er für einen Moment ein heftiges Schwindelgefühl, einen eigenartigen Taumel, als hätte sich ein Fahrstuhl plötzlich von seiner Seiltrommel gelöst, und obwohl er Hände, Mund und After zusammenpresste, hielt das Gefühl an, als wäre irgendetwas, das so tief in seinem Sein war, dass er sich dessen nur durch sein Fehlen bewusst wurde, aus seiner Verankerung gebrochen und nun auf ewig für ihn verloren.

9

»Meine Güte, dieses Scheißspiel wird allmählich richtig übel. Ich schlage vor, wir drücken den Reset-Knopf und fangen noch mal neu an, okay?«, sagte Shorty und hob gespielt kapitulierend die Hände.

Kopfschüttelnd sah er zu Tanya hinunter, die sich verbissen abmühte, aus der Schweinerei aus Porzellanscherben und Essen vom Boden aufzustehen.

»Wie geht's dir da unten, meine kleine Kampfgenossin?«

Tanya versuchte, sich mit der gesunden Hand an der Arbeitsplatte hochzustemmen, und rutschte erneut weg. Shorty packte sie am Arm und zog sie auf die Beine.

»Meine Fresse, ich muss dich bloß ansehen, und schon vergeht mir der Appetit.« Er stieß sie Richtung Spüle. »Geh dich waschen, Herrgott noch mal.«

Sie gehorchte, befeuchtete ein Geschirrtuch unter fließendem Wasser und wischte sich damit über Gesicht und Hals.

Bone stand noch immer drohend vor Turner, der sich nicht von seinem Platz auf dem Boden vor der Couch gerührt hatte, leerte die Flasche Tequila und versuchte, sie durch die offene Tür in den metallisch blauen Pool zu schleudern. Er warf aber zu kurz, und die Flasche zersplitterte krachend auf der Terrasse.

»Du wirfst wie ein Mädchen«, kicherte Spack, um dessen maskierten Kopf noch immer Methrauch waberte.

»Und du bist der große Handballer, du fußlahmer Sack?«

»Ich mein ja bloß.«

»Hey, Shorty«, rief Bone.

Der kleinere Mann, der Tanya an der Spüle im Auge behielt, drehte sich zum Wohnzimmer um.

»Ja?«

»Mir wird langweilig, Mann. Du hast uns Spiel und Spaß versprochen.«

»Stimmt. Ich hab euch Spiel und Spaß versprochen, und ihr werdet beides bekommen«, sagte Shorty, legte Tanya seine behandschuhten Finger ins Kreuz und schob sie ins Wohnzimmer. »Aber ich hab euch auch Geld versprochen, deshalb müssen wir uns mal eben unternehmerischen Dingen widmen.«

Er sah zu Turner hinunter.

»Ich brauch deine Kredit- und Bankkarten.«

»Die sind da drin«, sagte Turner und deutete auf die Gesäßtasche seiner Chino-Hose.

»Her damit.«

Turner zog ein Portemonnaie aus der Tasche und nahm zwei Mastercards heraus, eine für ihn privat und eine fürs Geschäft.

»Mehr hast du nicht?«, fragte Shorty.

»Nein.«

Shorty zeigte auf Lucys Stift und Schulheft, die beide neben dem Wust aus zerschnittenen Zeitschriften auf dem Esstisch lagen.

»Hol das Heft her und schreib die Geheimzahlen auf.«

Turner gehorchte.

Shorty sah Tanya an. »Hast du Kreditkarten?«

»Eine«, sagte sie. »In meiner Handtasche.«

Sie deutete in Richtung Küche, wo ihre Tasche auf der Arbeitsplatte lag.

Shorty ging hinüber und kippte die Tasche aus.

Autoschlüssel, Taschentücher, ein Portemonnaie, Tampons und – wie Turner überrascht sah – drei Einzelpackungen Kondome fielen auf den Tisch. Shorty griff nach dem Portemonnaie, öffnete es und zog eine Karte heraus, die er Turner mit Schwung rüberschob.

»Schreib die PIN für die hier auf.«

»Die weiß ich nicht«, sagte Turner.

»Sag sie ihm«, forderte Shorty Tanya auf, »und komm ja nicht auf die Idee zu lügen.«

Turner sah Tanya an, und als sie Tag und Monat des Geburtsdatums ihrer Tochter nannte, wusste er, dass sie, eine verbissen unsentimentale Frau, doch log. Erneut empfand er unwillkürlich heimliche Bewunderung für ihren Mut, so selbstmörderisch er auch war.

Shorty sprach Tanya an. »Okay, jetzt will ich deinen Schmuck sehen.«

»Ich hab keinen Schmuck.«

Er schüttelte den maskierten Kopf. »Du bist eine Frau. Alle Frauen haben Schmuck.«

»Ich bin kein verdammtes Barbie-Püppchen«, sagte sie.

Er lachte. »Nee, wahrhaftig nicht.«

Shorty bugsierte sie Richtung Flur. »Los jetzt. Wir beide schauen uns mal dein Schlafzimmer an.«

Er sah den Ausdruck in ihrem Gesicht.

»Keine Sorge, Frau Professor, du bist nicht mein Typ. Wenn du Glück hast, sorgt unser charmanter Mr. Spack später dafür, dass du auf deine Kosten kommst.«

»Zeig's ihr«, sagte Bone. »Zeig ihr, was du zu bieten hast.«

Spack gackerte. »Nee, da schäm ich mich.«

»Doch, zeig der Lady, worauf sie sich freuen kann.«

Spack nahm das rechte Bein seiner Trainingshose und zog es über dem Oberschenkel straff, sodass unter dem Stoff eine dicke Fleischröhre deutlich hervortrat, die fast bis zum Knie reichte.

Shorty sah Turner an. »Spack hat auch eine Vorliebe für Männerfleisch. Im Gefängnis hat er sich in dieser Hinsicht ganz erstaunliche Fähigkeiten angeeignet, du wirst also nicht leer ausgehen, Süßer.«

Die maskierten Männer lachten, und dann blickten sie alle zur

Tür, als sie das tiefe Brummen eines Motors und das Quietschen von Bremsen auf der Einfahrt hörten.

»Ford Expedition«, sagt Spack, die Ohren gespitzt wie ein Retriever.

Bone lief zum Fenster und spähte hinaus in die Dunkelheit.

»Scheiße, du bist gut, Spack«, sagte er. »Du hast ein Gehör wie ein Klavierstimmer.«

»Erwartet ihr Besuch?«, fragte Shorty und hob seine Waffe.

»Nein«, sagte Turner.

»Sieh zu, dass sie die Klappe hält«, sagte er zu Spack, der Tanya eine Hand auf den Mund drückte, sie an sich zog und förmlich in seine weiche Masse presste.

Shorty trat hinter Turner, stieß ihm den Lauf der Pistole in den Rücken.

»Gehen wir mal nachsehen. Und mach bloß keine Dummheiten.«

Sie bewegten sich Richtung Haustür, und Turner sah durch die Scheibe hindurch im bernsteingelben Lichtschein des Bewegungsmelders einen SUV in der Einfahrt stehen.

Die Beifahrertür öffnete sich, und Lucy stieg aus, ihren Rucksack in der Hand.

Der Vater der Freundin, bei der sie übernachten sollte, erschien auf der anderen Seite des Ford, und er und Lucy kamen die Einfahrt herauf auf Turner und den Gangster zu.

10

Der Junge machte die Tür auf und sagte mit seiner leisen Singsangstimme: »Frau Professor.«

Als er sie so ansprach, bedauerte Tanya sogleich, dass sie hergekommen war – bedauerte, dass sie nach zehn Tagen schließlich schwach geworden war und ihren Subaru in diese beschissene Gegend gelenkt hatte, bedauerte, dass sie sein Mietshaus umkreist hatte wie ein Flugzeug in der Warteschleife, um schließlich abrupt am Straßenrand anzuhalten, die Handbremse hochzureißen und die Treppe hinaufzustürmen, als wollte sie ihrem rationalen Verstand keine Zeit lassen, sie einzuholen.

»Woher weißt du das?«, fragte sie.

»Woher weiß ich was?«

»Dass ich am College arbeite? Und erzähl mir ja nicht, das hast du gesehen.«

»Hab ich aber«, sagte er. »Ich hab's gesehen.«

Er trug kein Hemd und kratzte sich die haarlose, hohle Brust.

»Red keinen Scheiß.«

Der Junge zuckte mit den Schultern, wich zurück ins Halbdunkel und ging zu einem Tisch, der überquoll vor Illustrierten, Junkfood-Verpackungen und Bierdosen.

Er kramte in dem Durcheinander und hielt dann eine ihrer Visitenkarten hoch.

»Ich hab's hier drauf gesehen. Tanya Turner. Dozentin, Juristische Fakultät.«

Sie trat ein, und der ätzende Geruch drang ihr unmittelbar in die Nase. Schweiß, ungewaschene Kleidung und etwas Modriges und Verbranntes, und sie fragte sich, welche Drogen er bevorzugt nahm.

»Woher hast du meine Karte?«

»Du hast sie neulich hier liegen lassen.«

»Schwachsinn. Du hast sie mir geklaut.«

»Und warum sollte ich das machen? Eine Visitenkarte klauen?«

Sie musste ihr aus der Tasche gefallen sein, als sie nach den hundert Dollar gekramt hatte, die sie ihm gegeben hatte, nachdem er in ihrem Mund gekommen war. Sie hatte ihn bezahlt, um eine primitive Furcht zu lindern, um sich einzureden, dass sich zwischen ihnen nicht mehr ereignet hatte als eine bedeutungslose sexuelle Transaktion.

Er ließ sich auf die Matratze sinken.

»Was siehst du sonst noch?«, fragte sie.

»Ich sehe, dass du mega gestresst aussiehst.«

»Wahnsinn, du hast eine echte Gabe, was?«

Sein Gesicht nahm den leeren Ausdruck an, den sie vom letzten Mal kannte, und als er sie anblickte, war sie froh, dass es zu dunkel war, um seine verschiedenfarbigen Augen zu erkennen.

»Willst du nicht wissen, warum ich hier bin?«, fragte sie.

»Ich weiß, warum du hier bist.«

»Ach so, ja. Natürlich weißt du das.«

»Du bist hier, weil du Angst hast.«

»Nicht, weil ich noch mal deinen Schwanz lutschen will?«

»Du bist hier, um über das Blutvergießen zu reden.«

»Tatsächlich?«

»Ja.«

»Und danach willst du wieder meinen Schwanz lutschen.«

»Will ich das?«

»Ja. Aber das darfst du nicht.«

»Wieso? Bist du plötzlich wählerisch geworden?«

»Nein. Aber ich hab den Tripper.«

Als sie die Fingerspitzen an den Mund hob, kicherte er.

»Entspann dich. Den hab ich mir nach deinem Besuch eingefangen.«

»Bist du sicher?«

»Ziemlich sicher.«

Er wirkte entspannt und gelassen, wie er so dalag und ruhig zu ihr hochschaute.

»Außerdem hast du mir sowieso nur einen geblasen, weil du Angst hattest.«

»Weil ich Angst hatte?«

»Ja. Du wolltest die Begegnung mit mir zu etwas machen, das du verstehen konntest. Kontrollieren.«

»Hört hört, der große Psychologe hat gesprochen.«

Er zuckte wieder mit den Schultern, steckte sich eine Zigarette an und betrachtete sie ausdruckslos.

Tanya wollte weg, aber irgendwas ließ sie bleiben, und sie setzte sich auf die Matratze neben ihm. Sofort stieg ihr der miefige Geruch von speckiger Bettwäsche in die Nase.

»Okay, aber dir muss klar sein, dass das für mich echt nicht leicht ist«, sagte sie.

»Was ist nicht leicht?«

»An deine Gabe zu glauben.«

»Ich würde es nicht unbedingt eine Gabe nennen. Ich nenne es einen Fluch.«

»Nenn es, wie du willst.«

»Aber es spielt keine Rolle. Mir ist egal, was du glaubst.«

»Kannst du mir mehr darüber erzählen?«

»Über das Blutvergießen?«

»Ja, über das Blutvergießen.«

»Nein, kann ich nicht.«

Er schüttelte den Kopf, starrte dann auf eine Stelle irgendwo über ihrem Kopf und blies mehrere perfekte Rauchkringel. Sie musste den Impuls unterdrücken, ihm in sein pickeliges Gesicht zu schlagen.

Er bedachte sie mit einem sanften Lächeln und sagte: »Eins musst du verstehen: Wenn ich Dinge sehe, ist das nicht so, als würde ich einen Fernseher anmachen und ein ordentliches kleines Paket geliefert kriegen.«

»Wie ist es dann?«

»Es ist ein Durcheinander von ganz verschiedenen Sachen. Bloß kurze Bilder und Bruchstücke. Manchmal ergibt es überhaupt keinen Sinn.«

»Aber was du zu mir gesagt hast, war sehr konkret.«

»Das mit dem Blut?«

»Ja, das mit dem Blut. Wie kamst du darauf?«

»Okay, stell dir ein Comicheft vor.«

»Ein Comicheft?«

»Ja. Und in einem von den Bildern ist eine Zeichnung von dir.«

»Okay.«

»Und über der Zeichnung ist eines von diesen kleinen Kästchen.«

»Eine Sprechblase?«

»Nein, keine Sprechblase, auch keine Denkblase. Das andere.«

»Eine Bildüberschrift?«

»Genau, eine Bildüberschrift. Und die lautet: ›Das Blut wird dich erlösen.‹«

»Das ist alles?«

»Das ist alles.«

»Und was ist mit deinem Rat, es anzunehmen?«

Wieder blies er drei träge Rauchkringel in die Luft.

»Das war kein Rat.«

»Nein?«

»Nein, ich hab dir bloß gesagt, was ich spüre.«

»Also du siehst *und* du spürst?«

»Hey.« Er hob eine schmale Schulter. »Aber ich weiß, du wirst es tun.«

»Was? Es zulassen?«

»Ja, ich weiß, du wirst es zulassen.«

»Das ist verflucht vage.«

»Es ist, wie es ist.«

»Ist es immer so? Wie ein Comicheft?«

»Nein. Manchmal ist es auch ein Geruch.«

»Ein Geruch?«

»Ja, wie bei dem, was vor langer Zeit passiert ist. Da rieche ich was.«

»Vor langer Zeit?«

»Was mit deiner Familie passiert ist.«

Sie starrte ihn an, ohne zu blinzeln.

»Ich rieche irgendwas Süßes. Wie Parfüm. Wie das Parfüm einer alten Dame.« Er schloss die Augen und fuhr sich mit der Hand durch sein fettiges Haar. »Es hängt schwer in der Luft, aber man kann noch immer die Scheiße und das Blut riechen.«

Und Tanya war wieder in dem stickigen Schlafzimmer mitten in den Zuckerrohrfeldern vor fünfundzwanzig Jahren, und sie wollte ums Verrecken nicht dort sein, und sie wollte auch nicht hier sein, also stand sie auf. Er öffnete die Augen und sah sie ausdruckslos an.

»Es war bescheuert von mir herzukommen«, sagte sie und ging zur Tür. Während sie die Treppe hinunter floh, warf sie nervöse Blicke über die Schulter.

Tanya versuchte verzweifelt, um die dicke Pranke herum zu atmen, die ihren Mund zuhielt, eine Hand, die nach Körpersekreten und Schlimmerem stank. Sie kämpfte vergeblich gegen das Meer aus weichem, wabbelndem Fleisch an, das sie umfangen hielt, sah, wie der kleinere Mann – der sie in einem singenden Tonfall, bei dem sie unwillkürlich an den unheimlichen Jungen denken musste, »Frau Professor« genannt hatte –, mit Johnny an der Haustür stand und ihm die Pistole an den Kopf hielt, und sie wusste mit instinktiver Sicherheit, dass sie das heraufbeschworen hatte, dass sie diese Männer und ihre Masken und ihre Pistolen und ihren Wahnsinn aus der feuchten Petrischale amerikanischer Barbarei gezüchtet hatte und dass genau das, wovor sie ihr halbes Leben lang weggelaufen war, sie hier und jetzt eingeholt hatte.

11

Als Lucy und der glatzköpfige Mann – in seiner Panik fiel Turner der Name nicht ein, obwohl Tanya ihn erst neulich zu einem todlangweiligen Grillabend bei dem Mann zu Hause mitgeschleppt hatte – fast an der Haustür waren, beugte Shorty sich zu ihm, und Turner konnte seinen warmen Atem durch das Mundloch in der Maske spüren.

»Du machst die Tür auf, wimmelst das Arschloch ab und lässt deine Tochter rein. Mach keinen Scheiß. Verstanden?«

»Ja«, sagte Turner, die Stimme gepresst vor Angst.

Shorty wich zurück, drückte sich an die Wand, die Waffe auf Turners Kopf gerichtet.

Aus den Augenwinkeln nahm Turner eine Bewegung wahr, und er sah, dass Bone durch die Glastür aus dem Raum schlüpfte und am Pool vorbeischlich. Das Licht der Poolbeleuchtung glänzte auf der langen Klinge in seiner Hand.

Turner hörte Lucys Schlüssel im Schloss und versuchte, einen möglichst freundlich erstaunten Gesichtsausdruck aufzusetzen, als die Tür aufging.

»Hey, Kleines«, sagte er, »wieso bist du wieder da?«

Der Mann, Peter – Turner wusste seinen Namen plötzlich wieder –, antwortete für sie.

»Hi, John, bei uns gibt's einen familiären Notfall. Wir haben versucht, euch anzurufen.«

Peter war groß, eher dicklich und hatte sich in der Jugend bei irgendeiner Kontaktsportart die Nase gebrochen. Er und seine sommersprossige Frau waren wiedergeborene Christen, die von

Jesus redeten, als säße er im Elternbeirat der Schule, und auf ihrem Ford prangte ein Aufkleber mit dem Spruch: *Der Jüngste Tag naht. Wir sind bereit – du auch?*

»Oh, sorry, Peter«, sagte Turner. »Ich hab mein Handy im Büro vergessen, glaub ich, und Tanya hat Migräne. Sie hat sich hingelegt und ihres ausgemacht.«

»Wir haben's auch auf dem Festnetz probiert«, sagte Peter.

»Komisch, dann funktioniert da was nicht. Ich kümmere mich drum.«

Lucy trat aus Peters Sichtfeld ins Haus. Ihre Augen weiteten sich, als sie Shorty sah, und sie riss den Mund auf, um zu schreien.

Shorty packte sie, drückte ihr eine Hand auf den Mund und hielt ihr seine Pistole an den Kopf. Er stieß sie gegen die Wand.

»Was ist das denn für ein Notfall, Peter?«, fragte Turner mit bemüht ruhiger Stimme. »Was ist passiert?«

»Meine Schwiegermutter in Alaska ist gestürzt und hat sich die Hüfte gebrochen. Beth und die Kinder sind schon auf dem Weg zum Flughafen.«

»Das tut mir leid.«

»Danke, John. Wir haben Jesus auf Knien angefleht, dass wir noch Tickets für sie kriegen, und er hat uns geholfen, sie haben einen Flug nach Anchorage. Ich muss morgen noch ein paar geschäftliche Dinge regeln, dann fliege ich hinterher.«

Turner nickte und räusperte sich.

Peter starrte ihn an. »Alles in Ordnung, John?«

»Klar«, sagte Turner. Ihm war bewusst, dass er transpirierte, ihm Schweißperlen in die Augen tropften. »Ich fühl mich nicht besonders. Wahrscheinlich krieg ich eine Erkältung.«

Peter nickte. »Na, dann schone dich mal lieber.«

»Bestell Beth schöne Grüße. Ich hoffe, ihre Mom wird schnell wieder gesund. Und danke, dass du dir die Mühe gemacht hast, Lucy nach Hause zu fahren.«

»Kein Problem.«

Der Mann lächelte und winkte, dann drehte er sich um und ging zurück zu seinem Wagen.

Turner war dabei, die Tür zu schließen, als er einen heiseren Schrei hörte.

Tanya.

»Peter! Hilfe! Hol die Polizei!«

12

Tanyas Stimme wurde abgewürgt, aber der kahlköpfige Mann fuhr herum und kam zur Tür zurück, die Turner noch nicht ganz geschlossen hatte.

»Was ist los, John?«

»Nichts. Das war bloß der Fernseher.«

Peter schüttelte den Kopf, spähte über Turners Schulter hinweg ins Haus. »Ausgeschlossen. Das war Tanya. Ich denke, du solltest mich mal nachsehen lassen.«

»Peter, bitte, fahr einfach nach Hause.«

Als Turner die Tür erneut schließen wollte, zog Peter sein Handy aus der Hosentasche und tippte auf die Tastatur.

Bone erschien aus der Dunkelheit hinter Peter, schlang einen dicken Arm um seine Brust und zog ihm die Klinge quer über die Kehle.

Turner sah, wie Peters Augen sich weiteten und ein Blutschwall aus dem Hals des Mannes schoss. Dann sah er nur noch die Kette von schlechten Entscheidungen, die ihn schlussendlich in diese Situation gebracht hatten.

TEIL ZWEI

Wir sind so gewohnt, uns vor anderen zu verbergen,
dass wir uns schließlich vor uns selber verbergen.

La Rochefoucauld

1

Als Turner in seine Boxershorts stieg und den Gummibund über seinen sich versteifenden Schwanz schnippte, der nicht genug zu kriegen schien, ließ er seinen Blick über die beeindruckenden – und für Amerika so typischen – Dimensionen der nackten Frau wandern, die ausgestreckt auf dem Motelbett lag: endlose Beine, die in einem Dickicht aus unrasiertem Kraushaar zusammenliefen; breite Hüften und ein atemberaubender Hintern; pralle Brüste mit rosa Nippeln, von der Schwerkraft Richtung Matratze gezogen, und ein volllippiges Gesicht mit kräftigem Kinn, halb unter einer blonden Haarmähne verborgen.

Es schien, als wäre sie von der Leinwand des Autokinos herabgestiegen, das Turner als Kind besucht hatte, so oft er konnte. Von ebenjener Leinwand, auf der ihm Monroe und Mansfield wie gewaltige Sexgöttinnen erschienen waren. In der trostlosen Stadt zwischen Bergbauhalden und Buschland westlich von Johannesburg war er an Sommerabenden von zu Hause geflohen (wenn sein Vater sich irgendwo volllaufen ließ und rumhurte und seine Mutter vom Valium betäubt war), und mit dem Fahrrad zu dem anderthalb Kilometer entfernten Autokino gefahren. Dort hatte er sich durch den Zaun gezwängt und unter den Strahl des Projektors geduckt, der über die Dächer der verbeulten kleinen japanischen Autos fiel. Er hatte sich Filme angeschaut, die schon damals alt waren – die Filmrollen verkratzt, mit ausgerissenen Transportlöchern, die für hüpfende und wackelige Bilder sorgten –, und hatte die majestätischen amerikanischen Frauen bestaunt, die ihn von einer bombastischen erotischen Zukunft träumen ließen.

Grace Worthingtons blaue Augen öffneten sich flatternd.

»John«, sagte sie blinzelnd und strich sich die Haare aus dem Gesicht, »komm her.«

»Ich bin schon viel zu spät dran«, sagte er, zog die Hose hoch und schnallte den Gürtel zu.

»Geh nicht.«

»Ich muss.«

»Dann verrat mir eins, bevor du gehst.«

»Was denn?«

»Verrat mir, warum du mich magst, John«, sagte sie, wobei sie die Worte auf ihre typisch hauchige Art in die Länge zog, die ihn so anmachte.

»Du weißt, warum ich dich mag«, sagte er und streifte sein Polohemd über.

»Details. Ich will Details hören.« Grace setzte sich auf. Als sie nach den Zigaretten neben dem Bett griff, pendelten ihre prachtvollen Brüste mit einer Üppigkeit, die so ganz anders war als bei seiner kleinen, mageren Frau.

»Ich mag dich, weil du gut bist«, sagte er, während er sich das Hemd in die Hose stopfte.

»Gut?«

»Ja, gut.«

»Gut im Bett?«

»Nein, nicht gut im Bett.«

»Ich bin also nicht gut im Bett.«

»Du nimmst mich auf den Arm.«

Sie reckte sich wie eine Katze und lachte, während sie sich eine Virginia Slim zwischen die Lippen klemmte, das Feuerzeug nach mehrmaligem Schnippen aufflammen ließ und die Zigarette mit kleinen Zügen und Paffern entzündete. »Okay. Ich bin also *gut*?«, sagte sie, mit der Zigarette im Mundwinkel.

»Ja«, sagte er. »Ich weiß, in unserer zynischen Zeit bedeutet gut mittlerweile dumm oder naiv oder einfältig.«

»Stimmt. Leider.«

»Aber es steckt einfach in dir. Das wirklich Gute.«

»Ernsthaft?«, fragte Grace, atmete Rauch aus und verengte die Augen, weil Turner unerwartet ernst geworden war.

»Ja. Das hab ich gleich gesehen, als du das erste Mal ins Büro gekommen bist und mit Lucy am Pool geredet hast.«

»Du magst mich also, weil deine Tochter mich mag?«

»Das ist nicht der einzige Grund, warum ich dich mag«, sagte er, setzte sich aufs Bett und legte eine Hand innen auf ihren Oberschenkel.

Sie schob die Hand weg.

»Tja«, sagte sie, »dieses *Gute* hat aber ein Verfallsdatum.«

»Grace.«

»Ich mein's ernst.«

»Fang bitte nicht wieder davon an«, sagte Turner, stand vom Bett auf und ging Richtung Tür.

»Mir wurde ein Job angeboten«, sagte sie, »in Phoenix.«

Turner blieb stehen und versuchte ein Lächeln, das ihm misslang.

»Du gehst nicht zurück nach Phoenix.«

Sie war jetzt auf den Beinen, nickte, legte einen BH um ihre Brüste und hakte ihn zu. Dieser umgekehrte Striptease erregte ihn immer wieder.

»Doch. Ich werde den Job annehmen.«

»Ich brauche dich«, sagte er.

Sie lachte.

»Du brauchst mich zum Vögeln, John, das ist alles.«

»Das ist nicht alles«, sagte er. »Und das weißt du auch.«

»Wirklich? Hör doch auf, jetzt nimmst *du* mich auf den Arm.« Sie griff nach ihrer Bluse. »Ich mein's ernst. Ich geh weg.«

»Ich liebe dich, Grace.«

Sein Satz schockierte ihn.

Sie schockierte er auch, ließ sie mitten im Zuknöpfen der Bluse erstarren, den Kopf neigen und ihn mit diesen Swimmingpool-Augen anschauen.

»Ich hätte nicht gedacht, dass du weißt, wie man so was ausspricht, John.«

»Ich auch nicht. Aber es ist mein Ernst«, sagte er und ging zurück zum Bett, der fleckige Teppich wie ein Schwamm unter seinen Schuhen. »Ich liebe dich.«

Es war wirklich sein Ernst, und für einen Moment erlaubte sie ihm, sie an sich zu ziehen, doch dann löste sie sich aus seinen Armen und zog ihren Rock an, strich ihn über den Hüften glatt.

»Das klingt ja ganz hübsch, aber ich brauche einen Beweis.«

»Welchen?«

»Das weißt du genau.«

»Grace, bitte.«

Sie sah den Ausdruck in seinen Augen.

»Womit hat sie dich in der Hand?«

»Lucy. Geld.«

Grace schüttelte den Kopf, während sie die Füße in ihre Sandalen schob.

»Nein, da ist noch was anderes.«

»Da ist nichts anderes.«

»Was verschweigst du mir, John?«

»Nichts.«

»Du lügst.«

Sie nahm ihre Handtasche und ihre Wagenschlüssel vom Nachttisch und öffnete die Tür, ließ blendend grelles Sonnenlicht und den Verkehrslärm von der Interstate 10 herein.

»Tu es, John, sonst bin ich weg.«

Grace knallte die Tür zu, ließ den Geruch ihrer Zigarette zurück.

Turner setzte sich aufs Bett, hörte das müde Quietschen der Sprungfedern und starrte aus dem Fenster, ohne etwas wahrzunehmen, sah weder den Sand noch die struppigen Büsche noch den bleiern weißen Himmel.

2

Turner, der schwitzend in der nächtlichen Hitze stand, hob sich als Silhouette vor dem aquamarinblauen Swimmingpool ab, dessen Wasser zu seinen Füßen über den Rand des Beckens schwappte, während der emsige PoolShark Jagd auf Dreck machte.

Im Licht der im Haus brennenden Lampen konnte er seine Tochter im Wohnzimmer vor dem Fernseher sehen, und er hörte lautes, künstlich eingespieltes Gelächter, das durch die stille Luft drang.

Tanya war auf dem Kriegspfad, ihre manische Energie trieb sie von Raum zu Raum, und sie erschien im Küchenfenster, spähte zu ihm nach draußen, ehe ihr Handy schrillte und sie wieder davonhastete.

Turner ging zum Grill hinüber, in dem Mesquite-Holzscheite glühten. Er öffnete einen Plastikbehälter und nahm mit bloßen Fingern eine zur Schnecke zusammengerollte Wurst aus Rinderhack in einer Hülle aus Schweinedarm heraus. Er legte sie auf den Grill und hörte sogleich das Knistern und Zischen, als der heiße Rost das Fleisch verbrannte.

Es war *Boerewors*, ein typisches Gericht seines Heimatlandes.

Vor einigen Monaten war er durch Tucson gefahren und hatte im Fenster einer Metzgerei eine südafrikanische Fahne gesehen. Spontan hatte er angehalten und den Laden betreten, in dem ein großer blonder Afrikaaner in einem blutbeschmierten Kittel hinter der Theke stand und Fleisch hackte.

Als Turner erfuhr, dass der Mann *Wors* herstellte, hatte er ein paar Pfund gekauft und mit nach Hause genommen, um sie auf dem Grill zu braten. Seine Frau und seine Tochter hatten sich geweigert, sie zu essen. (Tanya ernährte sich radikal makrobiotisch, und Lucy, die kleine Amerikanerin, hatte die Wurst als »eklig« bezeichnet und ihren geliebten Big Mac verlangt.) Aber die *Wors* war ausgezeichnet gewesen, perfekt gewürzt, und obwohl Turner kein patriotischer Mensch war, hatte ihn jäh das Heimweh gepackt, als er sie in seiner Wahlheimat allein auf der Terrasse aß.

Und so war das Wurstgrillen ein wöchentliches Ritual geworden. Heute Abend jedoch machte es ihm keinen richtigen Spaß. Er war bloß rausgegangen, um seiner Frau zu entkommen, die es auf eine Konfrontation anlegen wollte, das spürte er. Ihre Gereiztheit wurde durch Türenknallen und halblaute Flüche vermittelt, die ihr durchs Haus folgten wie ein Kondensstreifen.

Mit einer Grillzange wendete Turner die Wurstschnecke auf dem Rost. Flammen züngelten an dem Fett, das aus der Hülle quoll, aromatischer Rauch stieg auf.

Turner legte die Zange weg und blickte hinauf in den nächtlichen Sternenhimmel. Noch immer irritierte ihn, dass er das Kreuz des Südens nicht sah. Seit seiner Kindheit war das Sternbild eine beruhigende Präsenz gewesen, und es bedrückte ihn irgendwie, dass er es vielleicht nie wieder sehen würde. Dass er unter diesem fremden Himmel sterben würde.

Er entfernte sich ein paar Schritte von der Hitze des Grills, ging in die Hocke und tauchte die Finger in den Pool. Das Wasser war lauwarm, wie eine vergessene Tasse Tee.

Turner schwamm nie.

Er hasste es, wenn das Chlor ihm in den Augen brannte und auf der Haut juckte. Aber vor allem hasste er das klaustrophobische Gefühl, wenn er untertauchte, als wollte das Wasser ihn in die Tiefe ziehen und nie wieder freigeben.

Er richtete sich auf und wischte sich die Hände an der Hose ab. Seine feuchten Finger stießen gegen die Ausbuchtung des BlackBerrys in seiner Tasche.

Trotz – oder vielleicht gerade wegen – ihres beunruhigenden Gesprächs im Motel wollte er Grace anrufen. Er stellte sich vor, wie sie in ihrer Wohnung auf der Couch saß, die Beine unter den Körper gezogen, eine von ihren lächerlichen Mentholzigaretten rauchte und in der *Vogue* blätterte.

Er war nur ein einziges Mal in ihrer Wohnung gewesen, vor sechs Monaten, als sie gemeinsam im Lexus unterwegs zu einem geschäftlichen Meeting waren. Grace wollte gerade einen Schluck aus ihrer Dose Cola trinken, als Turner, abgelenkt von seinem Navi, jäh ausweichen musste, um nicht mit einem Lkw zusammenzustoßen. Die Hupe des Sattelschleppers blökte wie ein kastrierter Bulle, als er an ihnen vorbeidonnerte.

Grace hatte Cola-Flecken auf ihrer hellen Bluse, deshalb mussten sie noch einen Abstecher zu ihrer Wohnung in Armory Park machen.

Grace' Schreibtisch war häufig vollgepackt und chaotisch, weshalb Turner bei ihr zu Hause ein ähnliches Durcheinander erwartet hatte, doch die Wohnung wirkte so sauber, ordentlich und anonym wie ein frisch gereinigtes Hotelzimmer.

Grace ließ ihn in der Diele stehen, eilte ins Schlafzimmer und schloss die Tür. Turner konnte die Küche sehen (ein einsames Glas stand in einem Abtropfgestell) und das Wohnzimmer, in dem sich nichtssagende moderne Sessel und eine braune Couch vor einem riesigen, an der Wand montierten Fernseher verneigten.

Er hatte Durst und wollte ein Glas kaltes Wasser trinken. Der aseptisch saubere Kühlschrank enthielt lediglich eine Doppelmagnumflasche Champagner – Krug – und eine offene Dose Belugakaviar, an deren aufgebogenem Deckel der Rogen klebte wie Rattenscheiße.

Turner war überrascht.

In den Monaten, seit sie miteinander schliefen, hatte Grace niemals Champagner getrunken oder etwas so Exotisches wie Kaviar bestellt. Das ließ ein geheimes Leben vermuten, und als Turner den Kühlschrank wieder zumachte, fragte er sich, welche anderen Geheimnisse wohl in ihr schlummerten.

Grace war mit einer frischen Bluse aus dem Schlafzimmer gekommen, und sie hatten ihre Wohnung wieder verlassen.

Sie hatte ihn nie wieder zu sich eingeladen, und ihre Treffen fanden weiterhin in billigen Motels statt.

Jetzt, da er im Dunkeln außerhalb seines Hauses herumirrte wie ein Astronaut im Weltall, der hilflos von seinem Mutterschiff abtreibt, sehnte Turner sich danach, bei Grace zu Hause zu sein.

Mit ihr auf der Couch zu sitzen und zu trinken und zu essen und zu plaudern, bis sie ins Schlafzimmer gingen (ihr Schlafzimmer, das er nur in seiner Fantasie gesehen hatte), wo sie vögeln würden und schlafen, und irgendwann würde Grace' Föhn ihn wecken – in seiner Fantasie ein Gerät, das so laut kreischte wie ein startender Düsenjet –, und er würde im Bett liegen und zuschauen, wie sie, ohne seinen Blick zu bemerken, in nackter Pracht am Schminktisch saß, ein Auge zum Schutz vor dem Rauch der Zigarette zwischen ihren Zähnen geschlossen, und sich das Haar föhnte.

Turner wurde jäh aus seiner Träumerei gerissen, als Tanya neben ihm auftauchte und ihn erschreckte.

»Was ist los, Johnny?«, fragte sie, der einzige Mensch, der ihn noch so nannte.

»Ich grille Wurst.«

»*Wors,* Johnny. Du brätst eine verdammte *Boerewors.*«

»Okay, Tanya, ich brate eine verdammte *Boerewors.*«

»Wirst du jetzt wie unsere Tochter? Redest wie die Amis?«

»Na ja, wir leben schließlich in Amerika.«

»Stimmt, wir leben in Amerika, aber wir sind keine Amis.«

»Nein, das sind wir nicht.«

»Genau. Aber ich wette, du wärst gern einer, was?«

Er antwortete nicht, stupste die Wurst mit der Grillzange an.

»Sorry, aber du kannst leider nicht durch Osmose Amerikaner werden, Johnny.«

»Ich hab keine Ahnung, was du damit sagen willst.«

»Ich will damit sagen, dass du immer du bleiben wirst, ganz egal, wie oft du deinen Schwanz in die fette Kuh steckst. Du bleibst immer noch der alte Johnny Turner aus der hintersten Ecke von Johannesburg.«

»Was soll das, Tanya?«

»Du fragst mich, was das soll?«

»Ja.«

»Ich werde dir sagen, was das soll. Verdammt, Johnny, ich bin keine Vollidiotin. Du hast dich in sie verliebt, was, du willenloser kleiner Scheißer?«

»Du spinnst.«

Er lachte ein falsches Lachen, verbarg sein schuldbewusstes Gesicht vor dem Licht des Grills in einer Rauchschwade, bis von irgendwo ein hinterlistiger Windstoß kam und seine Deckung davonwehte.

»Ich hab's dir gesagt, Johnny: Von mir aus kannst du dir die Lunge aus dem Hals vögeln, aber komm nicht auf dumme Gedanken.«

»Du träumst.«

»Ich werde es nicht zulassen. Das weißt du.«

»Was wirst du nicht zulassen?«

»Ich werde nicht zulassen, dass du mich verlässt, Johnny. Völlig ausgeschlossen.«

»Wieso klammerst du dich so daran, Tanya? An diese beschissene Heuchelei einer Ehe? Du willst mir doch wohl nicht erzählen, dass du damit glücklich bist?«

Sie stand so dicht vor ihm, dass ein warmer Speichelregen sein Gesicht traf.

»Glück hat einen Scheißdreck damit zu tun. Ich habe einen Ehemann. Ich habe ein Kind. Ich werde sie nicht verlieren.«

»Du würdest Lucy nicht verlieren.«

Sie bellte ein Lachen.

»Ach, hör doch auf, ich hab gesehen, wie sie diese fette blonde Fotze anhimmelt. Ihr drei würdet ruckzuck in trauter Eintracht zusammenleben, wie in einer von diesen dämlichen Ami-Sitcoms, und mich allein sitzenlassen. Vergiss es.«

»Du hättest deinen Beruf.«

»Meinen Beruf?«

»Ja, deinen Beruf.«

»Ausgerechnet jetzt, in so einem Moment, kommst du mir mit meinem Scheißjob? Gott, du bist echt ein mieses Stück Scheiße.«

Er starrte sie an, verstummte angesichts ihrer Wut.

»Übrigens, hab ich dir schon erzählt, dass meine Festanstellung abgelehnt wurde?«

»Von der Uni?«

»Ja, von der verdammten Uni.«

Er schüttelte den Kopf.

»Doch.«

»Warum hast du mir das nicht erzählt?«

»Weil du dich für nichts anderes interessierst als für deinen Schwanz.«

Sie verschränkte die Arme. Ihre typische Abwehrhaltung.

»Und am Ende des Semesters wird mein Vertrag nicht verlängert.«

»Das tut mir leid.«

»Erzähl mir nichts.«

»Ich werde für dich sorgen. Finanziell.«

»Was soll das werden? Willst du mich bestechen?«

»Nein. Ich will nur fair sein.«

»*Fair?* Du wüsstest nicht mal, was das Wort bedeutet, wenn man es dir auf den Arsch tätowieren würde.«

»Ich will weg von dir, Tanya.«

»Weg von mir?«

»Ja. Weg von dir.«

»Du kannst nicht weg von mir. Nicht nach dem, was du in Johannesburg angestellt hast. Du mieses, kleines Schwein, ich hab dich gerettet, ich hab etwas für dich getan, was sonst niemand für dich getan hätte. Ich hab dich befreit. Aber nein, du wolltest es ja lieber als Freiheitsberaubung sehen. Als Haftstrafe. Du hast dich zurückgezogen und von mir entfernt.«

Sie sah ihn an, und etwas in ihren Augen veränderte sich; das rot glühende Licht des Grills offenbarte für eine Sekunde eine ungewohnte Verletzlichkeit, ehe sie sich wieder im Griff hatte und ihn unvermittelt rechts und links ohrfeigte.

»Und jetzt wagst du es, dich in diese fette wasserstoffblonde Schlampe zu verknallen.«

Turner brannten die Wangen. Er wandte ihr den Rücken zu und wendete die Wurst auf dem Rost. Die Pelle riss, Fett tropfte heraus und zischte im Feuer.

Tanya schlug ihn mit der geballten Faust zwischen die Schulterblätter.

»Ich werde reden. Ich weiß, was du vor zehn Jahren getan hast, und ich werde alles erzählen. Absolut alles.«

Turner drehte sich ruckartig zu ihr um.

»So verrückt bist selbst du nicht.«

»Ach nein? Wir werden ja sehen.«

»Du würdest dich mit belasten.«

»Ganz bestimmt nicht. Ich bin Anwältin, Johnny, schon vergessen? Ich weiß, wie man so was macht. Du wirst im Knast landen, und ich werde zusehen und dir hinterherwinken.«

Flammen loderten im Grill auf, verkohlten die Wurst, aber Turner sah Tanya unverwandt in die Augen.

»Na prima, endlich hab ich mal deine ungeteilte Aufmerksamkeit.«

Sie trat ganz nah an ihn heran, und er konnte durch den Holzrauch hindurch ihre Achselhöhlen riechen.

»Ich sag dir, wie die Sache läuft. Du schickst die Fotze in die Wüste. Schmeiß sie raus. Morgen. Ich will ihren fetten Arsch hier nicht mehr sehen. Nie wieder. Hast du mich verstanden?«

»Ja, ich hab dich verstanden.«

»Ich schwöre, wenn du das nicht machst, greife ich zum Telefon.«

»Ich mach's.«

»Gut. Und jetzt sei wieder ein braver Junge, Johnny, und vergiss deine Midlife-Crisis. Pack deinen Schwanz ein und deine billige Gefühlsduselei und geh zurück ins Zombieland. Sei dankbar für das, was du hast. Glaub mir, es ist sehr viel mehr, als so ein Stück Scheiße wie du verdient.«

3

Es war sehr spät. Turner streifte barfuß durchs Haus, lauschte den Rufen der Nachtschwalben und dem leisen Schnarchen seiner Frau und seiner Tochter, als er vor ihren geschlossenen Schlafzimmertüren verharrte.

Schließlich tappte er in die Küche und nahm, ohne das Licht einzuschalten, eine Flasche Evian aus dem Kühlschrank, die er in einem einzigen, langen Zug leerte.

Er empfand einen Durst, den Wasser nicht stillen konnte.

Turner blieb eine Weile stehen, horchte auf das Surren und Klicken der Wanduhr, und dann sah er sich selbst dabei zu, wie er einen Schrank über dem Kühlschrank öffnete und die Flaschen mit den Spirituosen anstarrte, die heuchlerisch im dämmrigen Licht glänzten.

Turner griff nach einer Literflasche Jack Daniel's, deren kantige Form sich so vertraut anfühlte wie der Körper einer langjährigen Geliebten.

»Was machst du denn?«, fragte er laut.

Er hatte keine Antwort.

Er hörte das Knacken und Flüstern des Drehverschlusses, als er die Flasche öffnete. Er hob sie an die Nase, inhalierte das beißende Aroma des Alkohols.

Er konnte ihn schon auf der Zunge schmecken, das langsame, wohltuende Brennen spüren, wenn die Flüssigkeit seinen Magen erreichte.

Zehn Jahre.

Er wollte die Flasche gerade an die Lippen setzen, als der Geruch des Whiskeys plötzlich von einem Gestank nach Blut und Schießpulver überlagert wurde, und er schraubte den Verschluss wieder fest auf die Flasche, stellte sie zurück und knallte die Schranktür zu. Dann hielt er sich an der Arbeitsplatte fest, presste die Augen zusammen und wartete darauf, dass das Zittern und die Übelkeit nachließen.

Wenn Turner im Laufe der Jahre ins Schwanken gekommen war, die Versuchung gespürt hatte, sich einen Drink oder Joint oder, weiß Gott, irgendwas Stärkeres zu genehmigen, das die Erinnerungen besser auslöschen konnte, hatte er nie in irgendwelchen Selbsthilfegruppen für Alkohol- oder Drogensüchtige Unterstützung gesucht.

Wie denn auch?

Wie hätte er in einem Raum voller Fremder vermitteln sollen – um im Jargon dieser esoterisch angehauchten Labertaschen zu bleiben –, dass er an jenem Dezembertag vor zehn Jahren in Johannesburg als Kiffer, als Säufer, als User aufgewacht war und nach der darauffolgenden höllischen, blutigen Nacht zwar nicht clean gewesen war, nein, eindeutig nicht clean, aber nüchtern, klar, trocken – das war das Scheißwort – trocken, so trocken wie die verdorrte Wüste, in der er jetzt gestrandet war?

Nein, seine Schlachten musste er allein schlagen, indem er durch diese Filmkulisse von Haus irrte, dem nächtlichen Raunen von Frau und Tochter lauschte und versuchte, nicht an die Ereignisse zu denken, die ihn in diese selbstauferlegte, lebenslange Abstinenz getrieben hatten.

Ein Jahrzehnt lang, bis zu dem Moment in dem Motelzimmer vor ein paar Stunden, hatte er sein Schicksal akzeptiert: Er war blutleer und kalt, ein Mann, der aus seinem Land und vor sich selbst ins Exil gegangen war.

Aber das Auftauchen von Grace Worthington hatte das allmählich geändert. Sie hatte ihn aufgetaut, und er hatte es zugelassen, sich die ganze Zeit eingeredet, es wäre unter Kontrolle.

Es wäre sicher.

Bloß bedeutungsloser Sex, Erholung von den aufreibenden Grabenkämpfen mit Tanya.

Und dann waren ihm diese drei Worte über die Lippen gekommen.

Worte, die er noch nie im Leben zu einer Frau gesagt hatte.

Aber was er für Grace empfand, war eine Leidenschaft – eine Begierde –, wie er sie noch nie erlebt hatte, und sie machte ihn hilflos und krank.

Turner ging aus der Küche, weg vom Whiskey, weg von den schlafenden weiblichen Wesen, in sein Schlafzimmer am anderen Ende des Hauses.

An dem Tag, als sie einzogen, nachdem der PoolShark Turner reich genug gemacht hatte, um diese bizarre Geschmacksverirrung zu kaufen (der Verkäufer brauchte Bargeld, um einer Gefängnisstrafe wegen seiner Beteiligung an einem großangelegten Betrugsfall zu entgehen), hatte Tanya die Tür zu dem entlegenen Gästezimmer mit seinem kleinen Duschbad aufgestoßen und erklärt: »Hier schläfst du.«

Ohne seine Antwort abzuwarten, war sie davonmarschiert, um die Möbelschlepper zu beaufsichtigen, die dabei waren, das Doppelbett in einen Raum zu tragen, der ihr Schlafzimmer werden sollte.

Nach Lucys Geburt hatten Turner und seine Frau weiter das Bett geteilt, aber sie hatten seit Jahren keinen Sex mehr gehabt, deshalb war seine Verbannung keine große Überraschung für ihn.

Sie war eher eine Erleichterung.

Der magere Körper seiner Frau und der unangenehme säuerliche Geruch, der sie umhüllte, ganz gleich, wie oft sie duschte oder wie parfümiert die Seife war, die sie benutzte, lösten mittlerweile Abscheu in ihm aus. Außerdem konnte er Tanya nicht ansehen, ohne daran erinnert zu werden, was sie über ihn wusste und wie sie dieses Wissen als Waffe einsetzte.

Turner betrat sein Zimmer und schloss die Tür.

Der Unterschied zwischen diesem Raum und seinem verwahrlosten Junggesellen-Cottage in Johannesburg hätte größer nicht sein können.

Ein auf Hochglanz polierter Holzboden.

Ein Einzelbett mit weißer Tagesdecke.

Ein Nachttisch, auf dem eine Hardcover-Ausgabe von John Cheevers Kurzgeschichten akkurat bündig mit der Tischkante abschloss.

Ein Shaker-Stuhl und ein Eisenholzschrank.

Als einzige Deko ein unsigniertes Aquarell mit einer Wüstenlandschaft, das er vom Vorbesitzer übernommen und behalten hatte, weil es ihm gefiel.

Keine Spiegel.

Sauber.

Steril.

Asketisch.

Er setzte sich aufs Bett und dachte an Grace, niedergedrückt von dem Wissen, dass er schlussendlich unwiderruflich zerbrechen würde, wenn er sie verlor. Dass seine Nerven einfach nicht belastbar genug waren, um den Schmerz zu verkraften, der mit einem derartigen Verlust einhergehen würde: Die jahrelangen Exzesse, gepaart mit einem gewaltigen Reservoir an sublimierter Schuld, hatten ihn mürbe gemacht.

Er versuchte, sich das, was er vorhatte, auszureden, doch es gelang ihm nicht.

Er stand auf, ging zum Schrank und öffnete die Tür, deren geölte Scharniere keinerlei Geräusch machten.

Er griff ins oberste Fach und holte hinter einem ordentlichen Stapel Pullover einen Schuhkarton hervor.

Er öffnete den Karton und nahm ein klobiges Wegwerfhandy heraus.

Turner wusste, dass der Akku des Handys leer sein musste, deshalb ging er damit zum Nachttisch und schloss es an ein Ladegerät an.

Das Handy ächzte, ein rotes Lämpchen blinkte, und nach ein paar Sekunden leuchtete das Display kränklich gelb auf.

Turner ging zum Fenster, blickte zum bleichen Mond hinauf, der wie ein Wetterballon über dieser Marslandschaft schwebte.

Noch war Zeit.

Er konnte mit dem alten Handy in die Garage gehen und es mit einem Hammer in seine Einzelteile zertrümmern.

Aber natürlich tat er es nicht.

Er nahm es, noch immer mit dem Ladegerät verbunden, und drückte die einzige darauf gespeicherte Nummer.

Es klingelte lange, und Turner dachte schon, mit einiger Erleichterung, dass niemand rangehen würde.

Doch dann sagte eine Männerstimme: »Engländer.«

4

Turner ließ die Junkfood-Ketten und Tankstellen hinter sich, als er den Lexus nach Süden in die Sonora-Wüste fuhr.

Das Wegwerfhandy lag auf dem Sitz neben ihm, das leere graue Display belebt von grellen Sonnenstrahlen, die durch die Wagenfenster drangen.

Als er das Handy vor drei Jahren zum ersten Mal gesehen hatte, hatte es genauso dagelegen.

Turner war in Tucson gewesen, um den PoolShark an Einzelhändler zu verkaufen, und hatte sich rasch in einem 7-Eleven-Shop auf der Miracle Mile eine Dose Mineralwasser gekauft, ohne den Lexus abzuschließen, den er im dürftigen Schatten einer staubigen Palme abgestellt hatte.

Eine Minute später war er wieder zurück, öffnete die Dose und trank einen Schluck, während er sich hinters Steuer schwang und sofort den Anlasserknopf drückte, um die Klimaanlage zu starten.

Erst als er die Dose in den Getränkehalter stellte, bemerkte er das unbekannte Handy, das plötzlich auf dem Beifahrersitz lag.

Turner rülpste Kohlensäure aus und starrte das Handy an.

Als es klingelte, zuckte er zusammen. Das Gerät hatte einen durchdringenden Klingelton, es schrillte und blinkte, bis Turner nicht anders konnte, als es in die Hand zu nehmen und auf den grünen Knopf zu drücken.

»Ja?«, sagte er und suchte mit den Augen die Umgebung ab: ein heruntergekommenes Motel und eine fensterlose Striptease-Bar in einem langgezogenen niedrigen Kasten, der ungefähr so einladend aussah wie eine Legebatterie.

»Engländer?«

Dieses eine Wort, gesprochen in einem gedehnten amerikanischen Tonfall, der die Identität des Sprechers aber keineswegs verschleiern konnte, ließ Turners Hoden in der Unterhose schrumpfen.

Chris Bekker, der – im Gegensatz zu den Szenarien, mit denen Turner sich im Laufe der Jahre immer wieder mantramäßig beruhigt hatte – weder tot war, noch ein Bordell in Kambodscha betrieb, sagte: »Keine Namen, Engländer. Okay?«

»Okay.«

Turner ließ den Blick über Parkplatz und Straße gleiten, sah aber nur eine müde wirkende Rothaarige – eine Stripperin in der Pause? – in fliederfarbenem Trägertop und verwaschenen Jeans, die lustlos eine Zigarette paffte, während sie einem kleinen schwarzen Hund dabei zuschaute, wie er gegen die Wand des Motels pinkelte.

»Was ist los?«, fragte Turner.

»Nichts ist los.«

»Was willst du dann von mir?«

»Wollte dir nur mitteilen, dass du einen Schutzengel hast, der dich behütet.«

»Wie hast du mich gefunden?«

Bekker lachte.

»Du hast Fußspuren hinterlassen, Engländer. Hör mal, ich kann nicht lange plaudern, muss los, immer auf dem Sprung, du weißt schon. Behalte das Handy. Falls irgendwas passiert, das uns beide gleichermaßen betrifft, rufst du die gespeicherte Nummer an. Klar?«

»Warte.«

Aber Bekker hatte schon aufgelegt, und Turner saß da und sah der Frau nach, wie sie mit ihrem Hund die sonnenversengte Straße hinunterging, die ihm trotz des Namens Miracle Mile alles andere als wunderbar erschien.

Vielleicht hätte er sie in den Fünfzigerjahren erleben müssen.

Auf der Fahrt nach Hause behielt er den Rückspiegel im Auge, obwohl er wusste, dass er Bekker selbst dann nicht entdecken würde, wenn der ihm folgte.

Turner hatte das Handy in den Schuhkarton gelegt und hinten in seinem Schrank verstaut, und im Laufe der Zeit immer seltener an das Telefon und an Chris Bekker gedacht.

Bis letzte Nacht.

Jetzt folgte er den Anweisungen, die Bekker ihm in ihrem kurzen Gespräch gegeben hatte. Turner sollte um 10 Uhr morgens von Tucson in Richtung mexikanische Grenze fahren und auf seinen Anruf warten.

Während er fuhr, schaute Turner immer wieder in den Rückspiegel, sah die üblichen Pick-ups, Sattelschlepper und SUVs.

Er schaltete das Radio ein und landete prompt mitten in einer Talkshow. Die durchdringenden, hektischen Stimmen der Anrufer, die über Kartelle und Kojoten und illegale Immigranten schimpften, ließen Turner schleunigst den Sender wechseln.

Nach lautstarkem statischem Rauschen füllte plötzlich stampfender Reggaeton den Innenraum des Wagens – Latinos, die heiser von »Gasolina« sangen. Turner vermutete, dass der Song eine Hymne auf Sex war, aber er löste ein unerwünschtes Bild aus: der Lexus, mit Turner noch angeschnallt hinterm Lenkrad, auf einer weiten, mit Kreosotbüschen bestandenen Ebene lichterloh brennend, während öliger schwarzer Rauch in den ausgebleichten Himmel stieg, wo Geier kreisten wie brennende Papierfetzen.

Als Turner das Radio ausschaltete, klingelte das Handy.

Er schwitzte, obwohl die Klimaanlage auf Hochtouren lief, und das Handy rutschte ihm aus den glitschigen Fingern, fiel in den Fußraum unter dem Armaturenbrett. Als er sich bückte, um es aufzuheben, geriet Turner auf die Nebenspur, was ihm lautes Hupen und den gereckten Mittelfinger einer stämmigen, hinter das Steuer eines japanischen Kombis gezwängten Frau einbrachte.

Er korrigierte die Abweichung zu ruckartig, während er gleichzeitig das Handy ans Ohr hob, und es knallte gegen den Bügel seiner Sonnenbrille, die auf seiner Nase verrutschte.

»Ja?«

»Nimm die nächste Ausfahrt und halte dich dann links«, sagte Bekker. »Nach ein paar Kilometern geht die Straße in eine unbefestigte Piste über. Fahr einfach weiter, bis ich dich wieder anrufe. Alles klar?«

»Ja.«

Turner hielt sich an Bekkers Anweisungen, und als der Asphalt aufhörte, folgte eine Staubwolke dem Lexus in eine Wüstenlandschaft, in der nur vereinzelte Büsche und die allgegenwärtigen Saguaro-Kakteen die endlose Weite aus Sand und Fels unterbrachen und kleine Steinchen gegen die Unterseite des Wagens prasselten.

Obwohl die Fenster geschlossen waren, konnte Turner den Staub im Mund schmecken – wie Krümelreste der Hostien, die er als Kind hatte essen müssen, wenn er bei den seltenen Besuchen in der Stadt von seiner Mutter mit Comicheften dazu bestochen worden war, sie in die Sonntagsmesse zu begleiten.

Die Temperaturanzeige am Armaturenbrett stieg auf 43 Grad, und Turner merkte, dass er unheimlich durstig war und vergessen hatte, Wasser mitzunehmen.

»Bist du eigentlich bescheuert?«, sagte er laut.

Und schon hörte er Tanya, wie sie mit betont südafrikanischem Akzent Lucy dieselbe Frage stellte, wenn die mal wieder etwas gemacht hatte, das Tanya für typisch amerikanisch hielt.

Ständig meckerte sie an ihrer Tochter herum, beschimpfte sie in dem vergeblichen Bemühen, sie zum Schutz vor der ansteckenden Amerikanisierung in Quarantäne zu halten.

Die Sonne brachte irgendetwas in der Ferne zum Schimmern, und als Turner blinzelte, erkannte er, dass es sich um das Heck eines Flugzeugs handelte, das aus dem Sand ragte.

Dann entdeckte er ein zerfetztes Rumpfteil mit einer abgerissenen Tragfläche, das wie ein kaputter Vogel im Staub lag, und dachte, er wäre auf den Schauplatz einer längst vergessenen Flugkatastrophe gestoßen.

Doch als er die Kuppe einer Anhöhe erreichte und die Wracks von Dutzenden anderen Jets sah, wurde ihm klar, dass es sich um einen der Flugzeugfriedhöfe handelte, von denen es in den Wüsten des amerikanischen Südwestens etliche gab, weil die trockene, klare Luft die Flugzeuge konservierte, während sie ausgeschlachtet und in ihre Einzelteile zerlegt wurden.

Das Handy klingelte, und Turner hob es ans Ohr.

»Anhalten«, sagte Bekker.

Turner hielt an.

»Stell den Motor ab, lass das Handy liegen und steig aus. Geh ein paar Schritte vom Lexus weg.«

Turner gehorchte und trat in eine Wand aus trockener Hitze, die ihm den Atem verschlug.

Er hörte das Grölen und Rumpeln eines schweren Motors, worauf ein schwarzer Jeep Wrangler hinter einem der Flugzeugwracks auftauchte, näherkam und wenige Meter vor ihm hielt.

Der Motor wurde abgestellt, eine Tür geöffnet, und Chris Bekker stieg aus.

Er trug ein weißes T-Shirt, das in der Sonne leuchtete, und schwarze Jeans über braunen Stiefeln.

Er war noch immer schlank, wirkte aber muskulöser, als hätte er Krafttraining gemacht. Das T-Shirt spannte sich über seinen sonnengebräunten Armen.

Sein schwarzes Haar, noch ohne jede Spur von Grau, war kürzer geschnitten als vor zehn Jahren, und er trug jetzt einen dicken Hufeisenbart.

Bekker hielt eine Automatikpistole in der Hand, und erst, nachdem er Turner von oben bis unten gemustert hatte, steckte er sie unter dem T-Shirt in ein Hüftholster und kam näher.

»Engländer.«

Ein Sperrfeuer von blutigen Erinnerungen brachte Turner ins Wanken, und er wäre am liebsten zum Lexus gesprintet und geflohen.

Nur die sichere Gewissheit, dass er sich damit ein Punktmuster von Einschusslöchern zwischen den Schulterblättern einhandeln würde, hielt ihn an Ort und Stelle. Diese Vorstellung half ihm, die Flut von Flashbacks einzudämmen und Bekker in die Augen zu sehen.

»Kommen der Cowboy und der Bauarbeiter auch noch?«, fragte Turner und täuschte ein Lächeln vor.

»Witzbold«, sagte Bekker und streichelte seinen glänzenden Bart.

»Also, muss ich mich ausziehen?«

»Tja, kommt ganz drauf an.«

»Worauf?«

»Ob du dich vor mir ausziehen möchtest oder nicht.«

Turner zuckte mit einer Schulter.

»Bist du verdrahtet?« Bekker sprach jetzt so lässig wie ein echter Amerikaner.

»Nein.«

»Gut. Du kannst deine Klamotten anbehalten.«

»Einfach so?«

»Ja. Einfach so.« Bekker breitete die Arme aus. »Was soll ich sagen. Früher haben wir in einer paranoideren Welt gelebt.«

Wieder musterte er Turner eindringlich.

»Meine Fresse, Engländer, was ist dir denn passiert?«

»Zehn Jahre sind mir passiert.«

»Mann, das weiß ich, aber ein beschissenes Polohemd und eine Chino-Hose? Hab ich dich gerade vom Golfplatz geholt?«

»Und du? Wann hast du angefangen, so zu reden?«

»Wie denn?«

»Wie ein Amerikaner.«

»Ich bin Amerikaner.«

»Ach ja?«

»Und wie. Ich lebe meinen Traum.«

»Wo wohnst du?«

»Phoenix.«

»Du bist mir nach Arizona gefolgt?«

»Ist das nicht ein bisschen größenwahnsinnig von dir? Dir einzubilden, dass mein Leben an deins gekettet ist?«

»Was soll das heißen?«

»Das soll heißen, dass es Zufall ist.«

»Ich glaube nicht an Zufälle.«

»Tja, mein lieber Deepak Chopra, dann fang mal an, daran zu glauben, weil ich dir nämlich die Wahrheit sage. Ich bin von Südafrika zuerst nach Miami gegangen, aber das war so verflucht letztes Jahrhundert. Ich hab mich nach Alternativen umgesehen und mich schließlich für Phoenix entschieden. Die Stadt der Zukunft, Mann.«

»Drogen? Geldwäsche? Sexsklaven?«

»Du siehst mich viel zu glamourös. Ich bin ein einfacher Geschäftsmann, dem es in der US-Wirtschaft gut ergangen ist.«

»Aber du bist nicht mehr Chris Bekker.«

»Nein, ich bin nicht mehr Chris Bekker.«

»Und wer bist jetzt?«

»Bloß ein Mann am anderen Ende einer Telefonleitung.«

»Warum hast du es mir gegeben?«

»Das Handy?«

»Ja. Das Handy.«

»Das war eine nachbarschaftliche Geste. Mensch, Engländer, ich hab dich immer gemocht, das weißt du.«

»Schwachsinn.«

Bekker zog eine Packung Lucky Strikes aus der Gesäßtasche und bot Turner eine an, der den Kopf schüttelte.

»Das Handy war eine Warnung, nicht?«

»Was für eine Warnung?«, sagte Bekker und zündete sich die Zigarette an.

»Eine Warnung, dass du mich beobachtest.«

Bekker zuckte mit den Schultern, starrte hinauf zu der amputierten Tragfläche einer DC-10 von American Airlines, aus deren verbogenem Metall Hydrauliköl auf den Sand tropfte.

»Was willst du, Engländer?«

»Ich will mich scheiden lassen.«

»Du hast mich den ganzen Weg herkommen lassen, damit ich dir einen guten Scheidungsanwalt empfehle?«

»Nein. Tanya wird nicht in die Scheidung einwilligen.«

»Sie kann dich nicht dran hindern.«

»Doch, kann sie. Weil sie es weiß.«

»Was weiß sie?«

»Sie weiß, was vor zehn Jahren passiert ist.«

Bekker betrachtete Turner, Rauch waberte aus seinem Mund.

»Woher weiß sie es?«

»Ich hab's ihr erzählt.«

»Du hast es ihr *erzählt*?«

»Ja.«

»Alles?«

»Alles.«

»Scheiße.«

Bekker seufzte Rauch aus und schnippte die Zigarette weg, verfolgte deren Flugbahn, bis sie im Sand landete.

Dann sah er wieder Turner an, seine dunklen Augen hart und kalt.

»Verdammt, Engländer, warum?«

»Als ich in der Nacht wieder in meinem Cottage war, ist sie reingekommen, und ich bin ausgeflippt und hab ihr alles erzählt.«

»Wieso hat sie dich geschützt?«

»Um mich zu kontrollieren.«

»Sie hat dich damit erpresst?«

»Jede verdammte Minute an jedem Tag in den letzten zehn Jahren.«

»Gibt's eine andere?«

»Ja, es gibt eine andere.«

»Weiß sie von dieser anderen Frau?«

»Ja.«

»Und sie droht damit zu reden, wenn du sie verlässt?«

»Ja.«

»Und das würde sie wirklich tun?«

»Ja, sie würde es tun.«

Bekker nickte, klopfte eine weitere Zigarette aus der Packung und zündete sie an.

»Tut mir leid für dich, Engländer, aber was geht mich das an? Ich bin tief, tief abgetaucht.«

»Du ja, aber der Mohrenkopf nicht.«

Bekker blickte über das zerstörte Flugzeug hinweg, blinzelte wie eine Eidechse in der Sonne.

»Weißt du, was ich glaube?«, sagte Turner.

»Verrat's mir«, sagte Bekker und sah ihm in die Augen.

»Ich glaube, du und der Mohrenkopf, ihr habt noch immer miteinander zu tun.«

»Das ist lange her und weit weg, Engländer.«

»In diesem beschissenen globalen Dorf ist er der Junge von nebenan.«

Bekker rauchte, schwieg.

»Wie ich höre, wird er für die Präsidentschaft in Stellung gebracht?«, fragte Turner.

»Angeblich.«

»Obwohl es damals diese Korruptionsvorwürfe gab?«

»Leere Behauptungen. Alles unbewiesen.«

»Ja, weil du den Sündenbock abgegeben hast.«

Bekker schüttelte den Kopf. »Jetzt ziehst du vorschnelle Schlüsse, Engländer.«

»Er hat dich dafür bezahlt, dass du den Kopf hinhältst, nicht wahr?« Keine Antwort. »Und er bezahlt dich noch immer. Auch dafür, dass du mich im Auge behältst. Um dafür zu sorgen, dass ich nicht den Mund aufmache.«

»Du hast den Mund schon aufgemacht.«

»Du weißt, was ich meine.«

»Du würdest niemals zur Polizei gehen.«

»Woher willst du das wissen?«

»Weil du dann genauso dran wärst wie wir.«

Turner nickte. »Aber Tanya ...«

»Ja, Tanya.« Bekker atmete aus, ließ Turners Gesicht nicht aus den Augen. »Zeit, Klartext zu reden, Engländer. Du willst, dass ich deine Frau umbringe, hab ich recht?«

Da war sie. Die Linie im Sand.

Turner überquerte sie.

»Ja. Ich will, dass du meine Frau umbringst.«

TEIL DREI

Der Mensch ist für seine Natur und
seine Entscheidungen verantwortlich.

Jean-Paul Sartre

1

Als der Fahrstuhl Grace Worthington nach oben trug, spürte sie den unerbittlichen Druck der Schwerkraft und hatte das Gefühl, ihre Knochen würden zermalmt und ihr Herz zusammengequetscht, bis es aufhörte zu schlagen.

Nach Luft ringend, die Stirn ölig vor Schweiß, schnappte sie sich den erbärmlichen kleinen Karton mit ihren Sachen und stürzte nach draußen, sobald die Türen aufgingen. Sie hastete in ihre Wohnung, knallte die Tür hinter sich zu, ließ den Karton fallen und rannte ins Bad, wo sie vor der Toilette auf die Knie fiel und sich in die Schüssel erbrach.

Als sie fertig war, blieb sie fröstelnd auf dem Fliesenboden sitzen. Erst nach einer ganzen Weile rappelte sie sich auf, starrte in den Spiegel und dachte fassungslos darüber nach, wie zum Teufel sie das hatte zulassen können. Warum sie bloß untätig zugeschaut hatte, während ihr Leben aus der Bahn geriet.

Sie schaltete ihren Verstand ab und fing an, sich die Zähne mit der elektrischen Zahnbürste zu putzen, deren Presslufthammervibrationen Grace' Aufmerksamkeit auf die Kopfschmerzen lenkte, die ihre Schläfen fest im Griff hatten.

Nachdem sie Johns Haus fluchtartig verlassen hatte, war ihr der Gedanke an ihre anonym möblierte Wohnung unerträglich gewesen, und sie hatte in einer Bar auf der 4th Avenue einen Zwischenstopp eingelegt. Die Jukebox dort war ausschließlich mit alten Herzschmerz-Countrysongs bestückt, die den perfekten Soundtrack für ihre kleine Zehn-Taschentücher-Heulsession lieferten.

Sie hatte ein paar Whiskey Cola runtergekippt, die ihre gekränkten und gedemütigten Gefühle allerdings nicht betäubten, sondern sie offenbar nur noch verstärkten, und sie hatte die gottverdammten Tränen einfach nicht zurückhalten können.

Nachdem ein verwitterter Typ mit Cowboy-Krawatte, der aussah, als würde er hinter der Konzertmuschel im Reid Park übernachten, versucht hatte, sie anzubaggern, hatte sie gewusst, dass es Zeit wurde, den kläglichen Rest ihrer Selbstachtung zusammenzukratzen und nach Hause zu fahren.

Grace schüttelte zwei Tylenol aus dem Fläschchen im Medizinschränkchen und ging in die Küche, blinzelte gegen das grelle Neonlicht an. Sie nahm einen Krug Wasser aus dem Kühlschrank und schluckte die Tabletten. Als ihr Blick auf die halb leere Flasche Riesling in der offenen Kühlschranktür fiel, dachte sie, scheiß drauf, und goss sich ein Glas ein.

Der Wein war schon fast verdorben, aber Grace trank trotzdem einen kräftigen Schluck und ging dann mit dem Glas ins Wohnzimmer, wo sie ans Fenster trat und die winzigen Autos weit unter ihr beobachtete, die zwischen den Ampeln miteinander Fangen spielten.

Sie fischte eine Packung Virginia Slims aus ihrer Jeanstasche und sagte laut: »Das hast du ja voll super hingekriegt.«

Sie hörte sich an wie Lucy Turner.

Und an Johns Tochter zu denken, bedeutete natürlich, an John zu denken, und das wollte sie nicht.

Nein, das wollte sie nicht.

Die Zigarettenpackung war leer, und Grace fluchte, doch dann fiel ihr ein, dass noch zwei weitere bei ihren Sachen aus dem Büro waren, also ging sie zu dem Karton hinüber, der gleich neben der Wohnungstür stand, schob die Ausgaben von *Cosmo*, *Vogue* und *Harper's* beiseite und fand die Zigaretten. Aber sie fand auch den Aschenbecher, den sie als Souvenir aus einem Hotel in Vegas mitgenommen hatte, und sie wusste, sie hätte ihn wegwerfen sollen, hatte es aber nicht getan, noch nicht, und schon kamen ihr wieder die Tränen.

»Fick dich, John«, sagte sie, während sie die Zigarette anzündete. »Fick dich und das Flugzeug, mit dem du hergekommen bist.«

Sie war den ganzen Tag unterwegs gewesen, hatte Kunden getroffen und war ziellos herumgefahren, um darüber nachzudenken, was er gestern in dem Motelzimmer zu ihr gesagt hatte, die drei Worte wie ein berauschender Tropf, der in ihre Vene führte, während sie darauf wartete, dass er sie anrief.

Sie war schon auf dem Nachhauseweg, als endlich, nach sechs Uhr, ihr Handy klingelte.

John, der fragte, ob sie noch im Büro vorbeikommen könnte.

Klar konnte sie.

Als sie dort ankam, saß er im Halbdunkel hinter seinem Schreibtisch, und sie sagte: »Hey, ist jemand gestorben?«

Er schüttelte den Kopf, und sie wusste sofort, was kommen würde.

»Sag was«, flehte sie, obwohl sie nicht wollte, dass er den Mund aufmachte und die Worte aussprach, die ein riesiges, hässliches Loch in ihr Leben reißen würden.

»Es tut mir leid, Grace«, sagte er.

»Wenn jemand das sagt, bedeutet das meiner Erfahrung nach, dass es ihm nicht leidtut. Überhaupt nicht leidtut. Oder nicht annähernd genug leidtut.«

»Es tut mir leid. Die Lage ist momentan schwierig.«

»Ach ja?«

»Ja. Wir müssen eine Pause einlegen.«

»Eine Pause?«

»Ja. Eine Pause.«

»Ich wusste gar nicht, dass das geht. Ich hab gedacht, wir sausen mit Vollgas Richtung Happy End.«

»Grace, bitte.«

Sie merkte, dass sie laut atmete, und beherrschte sich mühsam, lehnte sich gegen ihren Schreibtisch und umklammerte die Kante so fest, dass ihr die Finger wehtaten.

»Was du gestern im Motel von mir gefordert hast, das kann ich dir nicht geben«, sagte John.

»Kannst du nicht oder willst du nicht?«

»Ich kann nicht.«

»Und was ist mit den drei kleinen Zauberworten? Hast du die schon vergessen?«

»Nein, ich habe sie nicht vergessen.«

»Dann sag sie noch mal zu mir.«

»Grace.«

»Sag sie, John.«

»Ich liebe dich wirklich.«

»Ich glaub dir nicht, John. Versuch's noch mal.«

»Grace.«

»Fick dich.«

»Ich hab dir sechs Monatsgehälter überwiesen. Deine Provisionen bekommst du, sobald ich sie ausgerechnet habe.«

»Du redest von Geld? Als wäre ich eine billige Nutte?«

»Ich werde versuchen, die Situation zu klären.«

»Schwachsinn.«

»Grace, ich schwöre ...«

Er sah aus dem Fenster, wobei das schwindende Licht auf sein Gesicht fiel, und sie sah etwas, nur für eine Sekunde, das ihr Hoffnung gab, doch dann rang er es nieder und sagte: »Ich brauche Zeit.«

»Ich habe keine Zeit, John. Ich habe überhaupt keine Zeit mehr.«

Um nicht loszuheulen, biss sie die Zähne zusammen, während sie sich einen leeren PoolShark-Karton schnappte und anfing, ihre Sachen hineinzuschmeißen.

Er stand von seinem Schreibtisch auf, kam auf sie zu und streckte eine Hand nach ihr aus.

»Nicht«, sagte sie. »Bitte nicht.«

Er ließ die Hand sinken und ging raus, und sie sah, dass er in der jähen Dämmerung am Pool auf und ab ging.

Grace konnte sich nicht dazu überwinden, Licht zu machen, leerte unbeholfen tastend ihre Schreibtischschubladen und warf deren Inhalt in den Karton, bevor sie aus dem Büro ging.

Es hatte noch einen unangenehmen Moment mit dem Kind gegeben – Lucy war angelaufen gekommen, um mit ihr zu reden, als sie Richtung Zufahrt ging –, und sie war fast froh gewesen, als die Zicke von Ehefrau aus dem Haus schrie und die Kleine aufhielt, sodass Grace in ihr Auto steigen und den Tränen freien Lauf lassen konnte, die wie Regen über ihr blödes, idiotisches, naives Gesicht strömten, während sie in den Abend davonbrauste.

Und sie strömten auch jetzt wieder, als sie im Dunkeln am Fenster ihres Wohnzimmers stand, und das leere Weinglas fiel ihr aus der Hand und zerbrach, und sie sank zu einem rotzenden Häufchen Elend auf der Couch zusammen und weinte noch mehr und fragte sich, ob das Leben überhaupt noch schlimmer werden konnte.

Als ihr die Packung mit dem Schnelltest einfiel, die seit fast einer Woche ungeöffnet auf dem Waschbecken im Bad lag, wusste sie mit absoluter Sicherheit, ja, falls sie je den Mut aufbrachte, darauf zu pinkeln, würde es hundertprozentig noch schlimmer werden.

2

Turner stand in dem kalten Licht, das aus der offenen Tür seines Hauses drang, und starrte auf Peter hinab, der ausgestreckt auf dem gepflasterten Weg lag, wo Bone ihn fallen gelassen hatte. Sein kahler Kopf war nach hinten gereckt, sodass die Wunde an der Kehle weit aufklaffte, und der überraschte Ausdruck in seinen Augen trübte sich, weil die Kapillaren sich bereits zersetzten.

Als das Blut des Toten fast die Spitzen von Turners Slippern erreicht hatte, trat er einen Schritt zurück und stieß gegen Bekker, der hinter ihm stand und Lucy seine Pistole an den Kopf hielt.

Lucy wimmerte, die blauen Augen entsetzt aufgerissen, als sie zu Turner hochsah.

»Okay, ich stelle fest«, sagte Bekker, »ab sofort haben wir ein Problem.«

Turner, der Bekker so nah war, dass er die tabakfarbenen Einsprengsel in seinen dunklen Augen sehen konnte, wollte die Notbremse ziehen, wollte den Afrikaaner anflehen, seine psychotischen Handlanger zu nehmen und mit ihnen in die Nacht zu fliehen, doch da schüttelte der kleinere Mann, als hätte er Turners Gedanken gelesen, unauffällig warnend den Kopf, während Bone über die Leiche stieg und sich an ihnen vorbei ins Haus drängte, das blutige Messer noch immer in der Hand.

Bone sah zu Lucy hinunter und sagte: »Ein Kind, Spack.«

Der Koloss, der die sich wehrende Tanya noch immer fest an seinen massigen Körper presste und ihr mit einem schwarzen Handschuh den Mund zuhielt, sagte: »Ein *Mädchen.*«

»Wir haben eine Vorliebe für kleine Mädchen, nicht wahr,

Spack?«, sagte Bone und hob eine Strähne von Lucys hellen Haaren mit der Messerklinge an.

»Und ob. Eine große Vorliebe.«

Tanya rammte die Ferse ihres Turnschuhs in Spacks Leiste, und der Riese lockerte seinen Griff so weit, dass sie sich loswinden konnte, die Augen auf die offene Glastür und die Freiheit gerichtet.

Spack hechtete vor und bekam ihre Bluse zu fassen, riss sie zurück.

Mit ihrer unverletzten Hand schlug Tanya die Fingernägel in die rosa Fleischmasse, die aus der Trainingsjacke der Bestie quoll, und Spack kicherte, hob sie an Bluse und Jeans hoch, als übte er Zwergenwerfen, und schleuderte sie gegen den Esstisch. Tanya prallte mit solcher Wucht gegen die Eisenholzplatte, auf der noch immer Lucys Hausaufgabe lag, dass der Tisch umkippte und sie zusammen mit den Modezeitschriften und Schulheften ihrer Tochter zu Boden stürzte.

Spack holte aus, trat mit seinem schweren Stiefel gegen Tanyas Kopf, und sie blieb ausgestreckt liegen, Gesicht nach unten, reglos.

3

Turner, der am Fenster seines Büros stand, eine Flasche Mineralwasser trank und zusah, wie das Licht auf der Wasseroberfläche des Pools tanzte, dachte wie so oft darüber nach, wie sein Leben wäre, wenn seine Frau nicht mehr darin vorkäme.

Kaum hatte er sich dieser Vorstellung hingegeben, da erschien Tanya auf der Terrasse, als hätte er sie herbeibeschworen.

Als er vom Fenster in den dunkleren Raum zurückwich und beobachtete, wie sie über die Terrasse stakste und ins gleißende Licht blinzelte, hörte er das Klappern von Absätzen auf den Platten. Eine große blonde Frau ging am Pool entlang, blieb in der offenen Bürotür stehen und nahm ihre Sonnenbrille ab.

»Mr. Turner?«

»Ja.«

»Ich bin Grace Worthington.«

»Bitte sehr«, sagte er, nahm an seinem Schreibtisch Platz und deutete auf den Stuhl davor.

Als sie sich hinsetzte, nervös an ihrem Rocksaum zupfte, die langen Beine übereinanderschlug – sonnengebräunt und ohne Nylonstrümpfe – und nach unten griff, um eine eigensinnige goldene Sandalette gerade zu richten, die verrutscht war und auf eine Weise an ihrem Fuß baumelte, die Turner seltsam erotisch fand, spürte er einen irrationalen Zorn auf sie in sich aufflammen, weil sie ihn daran erinnerte, dass er noch immer zu Begehren fähig war, eine Empfindung, die er sorgsam aus seinem engen, luftleeren Leben getilgt hatte.

Dabei spielte sie nicht die Kokette – das hätte er leichter ignorieren können. Eher schien sie sich ihrer üppigen Formen zu schämen, denn sie verschränkte die Arme über den vollen Brüsten in einer fast pubertären Geste der Selbstverleugnung, was natürlich nur dazu beitrug, ihre Reize noch zu steigern.

»Miss …« Turner hatte ihren Namen vergessen und musste nach unten auf den Ausdruck des Lebenslaufs schielen, den ihm die Stellenvermittlung gemailt hatte. »Miss Worthington, warum haben Sie Ihren vorherigen Arbeitsplatz aufgegeben?«

Sie zögerte kurz und sagte dann: »Ich hatte das Gefühl, dort keine Perspektive mehr zu haben.«

Eine Lüge.

Sie verriet sich, als sie mit der linken Hand eine Strähne ihres Haars aus der Stirn strich, das sie sorgsam in Form geföhnt hatte, um ein noch nicht vollständig abgeschwollenes blaues Auge zu kaschieren. Durch ihre Nervosität lenkte sie seine Aufmerksamkeit genau auf das, was er auf keinen Fall sehen sollte.

Turner sah nicht nur das blaue Auge, er sah auch den hellen Hautstreifen an ihrem Ringfinger, an dem sie bis vor Kurzem einen Ehering getragen hatte.

Er wollte sie gerade möglichst rasch und höflich wieder wegschicken, als die Stimme seiner Frau die Stille des Nachmittags wie eine Knochensäge durchtrennte: »Geh mir aus den Augen, du verwöhntes kleines Miststück!« Turner sah, wie Lucy in Tränen aufgelöst aus dem Haus gerannt kam.

Er wandte sich wieder der Frau zu, die das weinende Mädchen ebenfalls beobachtet hatte, und als Grace Worthington Turner in die Augen schaute, geschah etwas zwischen ihnen, ein unausgesprochenes Eingeständnis von Verbundenheit.

Sie zuckte mit den Schultern. »Mr. Turner, um ehrlich zu sein, ich habe gerade eine wirklich schlimme Trennung hinter mir und will nicht in Phoenix bleiben. Aber ich bin fleißig, und ich bin ehrlich.« Sie verzog einen Mundwinkel zu einem sarkastischen Lächeln. »Außer vielleicht gerade eben.«

Turner musste ebenfalls unwillkürlich lächeln.

Sein Telefon klingelte, und er wusste, dass es der Anruf eines Lieferanten war, den er nicht ignorieren konnte.

»Ich muss da rangehen«, sagte er.

»Soll ich …?«

Sie deutete nach draußen, und er nickte, sagte: »Wird nicht lange dauern.«

Er griff zum Hörer, und während er eine Lieferung PoolSharks bestellte, sah er Grace zu Lucy hinübergehen.

Sie sagte etwas zu dem Mädchen, und Lucy nickte, und dann wischte sie sich übers Gesicht und lachte, und Grace streifte ihre Sandaletten ab, setzte sich neben das Kind und ließ die Füße im Pool baumeln, bewegte sie leicht, ließ das Wasser plätschern.

Als Turner das Telefonat beendet hatte, sah er das Licht auf ihrem Haar und hörte das Lachen, und tief in ihm erwachte knarrend etwas zum Leben. Noch ehe er auch nur begonnen hatte, die Konsequenzen abzuwägen, ging er aus dem Büro und sagte: »Grace, wann können Sie anfangen?«

4

Turner sah zu Tanya hinüber, die reglos auf dem Boden lag, und redete sich ein, seine Frau sei tot, obwohl er wusste, dass dem nicht so war. Er vermutete, dass er das Szenario nur im Kopf durchspielte, sich dem Feuer so weit wie möglich annäherte, ohne verbrannt zu werden.

Für den Moment.

Auf dem Flugzeugfriedhof hatte Bekker gesagt: »Wenn du das tust, gibt's kein Zurück mehr, Engländer.«

»Das weiß ich. Aber ich will es so«, sagte Turner.

Bekker nickte, blinzelte, als ein heißer Luftstoß den Staub aufwirbelte wie ein Quirl. Eine Tür in dem zerfetzten Rumpf, der neben ihnen aufragte, quietschte und schlug.

»Dann mach ich es«, sagte er und ließ sein typisches Grinsen aufblitzen.

»Wie?«

»Ich denke da an einen Raubüberfall in eurem Haus.«

»Heißt das, ich muss dabei sein?«

»Bist du dafür zu feige?«

Turner zuckte mit den Schultern.

»Ich dachte, du erledigst das, wenn sie nicht im Haus ist, vielleicht auf dem Weg zur Arbeit. Ich wäre in meinem Büro oder in einem Meeting, mit einem wasserfesten Alibi.«

Bekker schüttelte den Kopf. »Was wäre der Grund?«

»Der Grund?«

»Der Grund, warum jemand deine Frau töten will?«

»Vielleicht Carjacking?«

»Wir sind hier nicht in Johannesburg, Engländer. Nein, wir müssen ein glaubwürdiges Szenario konstruieren.«

»Und so ein Überfall ist glaubwürdig?«

»Klar. In Tucson passiert so was ein paar hundert Mal im Jahr.«

»Ach ja?«

»Tatsache. Die Cops haben sogar eine Spezialabteilung eingerichtet, die sich ausschließlich mit Gewalttaten durch Eindringlinge befasst.«

»Stecken da nicht immer Drogenkartelle dahinter?«

»Meistens, aber nicht immer. Da draußen gibt's jede Menge irre Junkies, die Kohle brauchen für ihren nächsten Schuss. Hast du einen Safe?«

»In meinem Büro. Warum?«

»Kannst du rund zwanzigtausend in bar besorgen und in den Safe tun?«

»Klar.«

»Scheinst ja in Saus und Braus zu leben, Engländer. In Saus und Braus.«

»Wofür brauchst du das Geld?«

»Ich stelle mir vor, dass ich mit zwei von meinen Mitarbeitern in dein Haus komme. Die beiden haben keine Ahnung von unserem Plan. Ich sage denen bloß, dass ordentlich Schotter dabei rausspringt. Wir nehmen das Geld, vermöbeln dich ein bisschen, damit es realistisch aussieht, und ich knall deine Frau ab.« Er sah Turners Gesichtsausdruck. »Keine Bange, Engländer, ich geh mit ihr in ein anderes Zimmer, als wollte ich ihren mageren Körper flachlegen. Ich erschieße sie, und dann verschwinde ich mit meinen Leuten.«

»Und wenn sie reden?«

Bekker schmunzelte. »Überlass die Handlungsbögen mal ruhig mir, Engländer. Ich führe die Regie, okay? Ich garantiere dir, die Sache ist absolut sicher.«

»Meine Tochter muss so weit weg sein, wie nur eben möglich.

Sie übernachtet jeden Freitag bei einer Freundin. Kannst du es nächste Woche machen?«

»Heute ist Freitag.«

»Und?«

»Übernachtet sie heute wieder bei der Freundin?«

»Ja.«

»Dann machen wir es heute Abend.«

Turner starrte ihn an. »Heute?«

»Ja. Hast du was anderes vor? Vielleicht mit Frauchen zum Bowling gehen?«

»Kriegst du deine Leute so schnell zusammen?«

»Das hier ist Grenzgebiet, Engländer, die Jauchegrube der großen Vereinigten Staaten. Hier herrscht kein Mangel an Talenten.«

»Scheiße, so schnell?«

»Schnell ist gut.«

»Ich weiß nicht.«

»Das Biest könnte anfangen, mit den falschen Leuten zu reden, nur um dir dein Leben zu versauen. Es liegt in unser aller Interesse, die Sache schnell zu erledigen.«

»Ich hab gedacht, ich hätte noch Zeit, um mich innerlich darauf vorzubereiten.«

»Denk nicht zu viel nach, Engländer. Lebe spontan. Lebe im Augenblick.«

Schlagartig wurde Turner klar, was er da in Gang setzte, und ihm schwindelte. Er starrte auf das zerstörte Flugzeug, das in der flimmernden Hitze schwamm.

Bekker grinste.

»Wenn du nicht die Eier dazu hast, dann sag es. Du kannst zurück nach Tucson fahren, deine Liebste in den Wind schießen und dich für den Rest deines traurigen beschissenen Lebens von deiner Frau am Nasenring führen lassen.«

Turner zwang sich, Bekker in die Augen zu sehen.

»Nein. Mach es.«

»Gut.« Bekker warf seine Zigarette in den Sand und trat sie mit dem Absatz aus. »Verschwinde jetzt.«

Turner ging zurück zu seinem Wagen und fuhr weg, sah Bekker im Rückspiegel kleiner und kleiner werden, bis er im Staub verschwand, und dann, Gott allein wusste, warum, sah er plötzlich Tanya, vor Jahren in Johannesburg, wie sie ihn vögelte, ihn ritt, als säße sie auf einem mechanischen Bullen, wild nach einem weiteren Orgasmus gierte und hinterher auf die Matratze fiel, die Blechplatten an der Decke ihres Cottages anstarrte, und ihr Gesicht einen Ausdruck unendlichen Überdrusses annahm, als sie sagte: »Okay, Johnny, du kannst dich jetzt verpissen.«

5

Tanya kam in einem stinkigen Mief aus schalem Parfüm, Säuferschweiß und brackigen Genitalsekreten zu sich. Als sie die Augen aufschlagen wollte, die Lider aber nicht öffnen konnte, dachte sie kurz, sie wäre für ihre Sünden mit Blindheit geschlagen worden, bis sie begriff, dass sie von dem Mascara verklebt waren, den sie am Vorabend auf Drängen ihrer Mutter aufgetragen hatte.

Scheiße.

Sie zog die Lider mit den Fingerspitzen auseinander und starrte dann blinzelnd durch die Windschutzscheibe des Wagens auf den mit knallbunten Göttern übersäten Turm des Tamilentempels. Er ragte in der warmen Morgendämmerung aus den Zuckerrohrfeldern auf, die sich wie ein dicker grüner Teppich bis zu einem verlassenen gelben Strand erstreckten, auf den der träge Indische Ozean schwappte.

Der Tempel war vor hundert Jahren von südindischen Arbeitern erbaut worden, die massenhaft ins Land geholt worden waren, um hier, nördlich von Durban, Zuckerrohr zu ernten. Sein Turm, die Zuckerrohrplantagen und der ölige Ozean waren ihr nur allzu vertraut, der große Wagen, in dem sie sich befand, war es nicht. Dafür lieferte ein Minigolfball, der vom Rückspiegel knapp über Tanyas Kopf baumelte, einen Hinweis auf die Identität des Mercedes-Besitzers. Sie selbst lag auf dem Beifahrersitz, dessen Rückenlehne weit nach hinten gestellt war, nackt bis auf ihr T-Shirt mit Robert-Mugabe-Aufdruck (es waren noch arglosere Zeiten, bevor Bob sich in einen syphilitischen Diktator verwandelt hatte) und nur am linken Fuß eine Hippie-Sandale.

Ein nasses Schnarchen ließ sie über die Schulter zur Rückbank blicken, in das verschwitzte, rosige Gesicht des bulligen Mannes, der sie am Vorabend in der Bar des Salt Rock Hotels angebaggert hatte, nachdem sie sich von einer Gruppe ehemaliger Klassenkameradinnen in einer örtlichen Disco abgesetzt hatte (nach kaum zwei Monaten in ihrem ersten Semester an der Durban University fand Tanya sie unerträglich langweilig und provinziell), um in die Cocktailbar zu gehen, deren Gäste überwiegend ungehobelte Männer im Alter ihres Vaters waren.

Sie erinnerte sich nicht an den Namen des Mannes, aber sie erinnerte sich, dass er Golftrainer im hiesigen Golfclub war und dass er sie, nachdem er ihr vorgeworfen hatte, ihr T-Shirt verherrliche einen »kommunistischen Nigger«, mit Gin abgefüllt und geprahlt hatte, er habe ihrem Vater geholfen, seinen Slice loszuwerden, was auch immer das heißen mochte. Sie erinnerte sich auch (mit jäher, fast forensischer Klarheit), dass sie wackelig von ihrem Barhocker gerutscht und ihm durch eine Schwingtür gefolgt war, nachdem er ihr erklärt hatte, er müsse zum »Lokus«.

Sie war ihm in einen düsteren Flur gefolgt, wo beißender Desinfektionsreiniger mit Kiefernduft den Gestank nach abgestandenem Urin und menschlichem Kot nicht ganz überdecken konnte, und als der große Mann sich zu ihr umwandte und näherkam, hatten sein süßliches Aftershave und der fleischige Körpergeruch die übelriechende Luft im Flur um weitere unangenehme Noten bereichert.

Sie war seinem Kuss ausgewichen – Bier und Tabak und schlechte Zahnhygiene –, hatte sich hingekniet und ihm den Gürtel aufgemacht. Seine Wampe sackte tiefer, als sie den Reißverschluss öffnete und seine Khaki-Shorts bis zu den Knien runterzog, sodass eine weiße, lächerlich kindliche Unterhose zum Vorschein kam.

Lachen war in ihr aufgestiegen, und sie hatte ihm in den Slip gegriffen und seinen Schwanz rausgeholt, ein stumpfes, feistes Teil, das aus einem Dickicht aus blondem Schamhaar ragte, und ihn in den Mund genommen, als Pfropfen für ihre Heiterkeit benutzt.

Er hatte gekeucht und in ihr Haar gegriffen, während sein Penis an ihrem Gaumen hart wurde.

Einen Moment lang hatte sie sich vorgestellt, sie würde in diesen geaderten Stöpsel aus Haut und Knorpel beißen und er würde Luft verlieren wie ein durchlöcherter Zeppelin und mit einem furzenden Zischen verschwinden.

Die Tür hatte gequietscht, und während sie weiterleckte und schlürfte, hatte sie aufgeblickt und einen anderen Mann im Türrahmen stehen sehen, der völlig reglos zuschaute.

Der Golftrainer hatte ihn auch gesehen, und das Auftauchen des Fremden im Zusammenspiel mit ihren Diensten brachte ihn zu einem stöhnenden, kehligen Höhepunkt, der ihren Mund mit Wichse füllte wie wässrige Klumpen Eiklar eines missratenen pochierten Eis.

Sie hatte den zuckenden Schwanz des Mannes zusammen mit seinem Sperma ausgespuckt – Spritzer landeten auf seiner Hose und besprenkelten den Fliesenboden –, war aufgestanden und hatte sich mit dem Handrücken den Mund abgewischt.

Ihre Erinnerung wurde wieder undeutlich, und sie wusste nicht mehr, wie sie die Bar verlassen hatte, aber als sie sich auf dem Sitz des Mercedes bewegte und das Leder unter ihren nackten, schweißfeuchten Gesäßbacken quietschte, strahlte ein Schmerz von ihrer Möse (die sich anfühlte wie ein weich geklopfter Brocken rohes Fleisch) in den übrigen Körper aus, und das T-Shirt scheuerte ihr unangenehm an den Nippeln, die von der Reibung mit Bartstoppeln wund waren.

Die Muskeln und Sehnen in Beinen und Rücken brannten nach den ungewohnten Positionen, in die der geile Golftrainer sie auf der Autorückbank bugsiert hatte, und sie sah sein schlabbriges Gesicht, das im Mondlicht silbern glänzte, als er sie auf sich setzte, damit sie ihn zu irgendeiner unsichtbaren Ziellinie ritt, die er mit lautem Stöhnen und Fluchen erreichte, und sogar mit etwas, das wie ein Stück aus einem Trinklied klang.

Als Tanya nach Jeans und Schlüpfer suchte, sah sie sich unverhofft im Rückspiegel: Ihr schwarzes Haar (damals noch lang) war das Nest eines verrückt gewordenen Vogels, und sie hatte Lippenstift und Rouge im Gesicht verschmiert, was sie aussehen ließ wie eine verwahrloste Pantomimin.

Sie fand ihre Jeans und die andere Sandale, aber ihr Schlüpfer blieb verschwunden. Als sie vorsichtig die Autotür öffnete, purzelte eine Spielzeug-Actionfigur nach draußen auf die rote Erde der Straße und starrte anklagend zu ihr hoch.

Tanya hätte vor Erleichterung heulen können, als sie das Dach des flotten kleinen weißen VWs, den ihre Eltern ihr vor drei Monaten zum achtzehnten Geburtstag geschenkt hatten, ein Stück entfernt hinter dem Zuckerrohr glänzen sah.

Die drückend schwüle Februarhitze brachte sie selbst auf dem kurzen Weg zu ihrem Auto ins Schwitzen, und sie hatte einen bitteren Geschmack in ihrem ausgetrockneten Mund.

Sie setzte sich ans Steuer und ließ den Motor an. Heiße Luft strömte aus den Lüftungsschlitzen, und die Plastikflasche Wasser, die sie auf dem Boden unter der gestrigen Ausgabe des *Mercury* fand (die Titelseite verkündete in großen Lettern die bevorstehende Freilassung von Nelson Mandela), war pissewarm.

Sie trank es trotzdem, während sie über den Schotterweg rumpelte und auf die Küstenstraße bog, die sich durch die blendend grüne Landschaft wand, bis sie auf eine weitere nicht asphaltierte Zufahrt stieß, die zu dem Haus führte, in dem sie aufgewachsen war. Es war weiß und zweigeschossig und sah aus, als wäre es aus einer englischen Grafschaft abgetrieben und hier, in diesem Zuckerrohrmeer an der Spitze Afrikas, auf Grund gelaufen.

Sie parkte zwischen dem Land Rover ihres Vaters und dem bescheidenen Toyota ihrer Mutter, und als sie in das stille Haus schlich, schlug die Standuhr in der Diele einmal: halb acht.

Es war Sonntag, der einzige Tag der Woche, an dem es den uniformierten Hausdienern und -dienerinnen (Zulumänner und Zulufrauen zwischen vierzig und sechzig) erlaubt war, länger in ihren engen, vom Haus durch einen Sichtschutz aus lila Bougainvilleen getrennten Quartieren zu bleiben, und sie erst um neun Uhr in der Küche zu sein hatten, um den Brunch vorzubereiten, den ihre Eltern auf der Veranda einnahmen. In der Regel plapperte ihre Mutter dabei dümmlich vor sich hin, während ihr Vater, versteckt hinter der *Sunday Tribune*, mit dem perfekten Timing eines lange verheirateten Mannes genau im richtigen Moment zustimmend knurrte.

Tanya fühlte sich kribbelig und verkatert. Sie ging in die Küche und nahm eine Dose Cola aus dem Kühlschrank. Sie spülte zwei Aspirin mit der zuckrigen Limonade runter, klatschte sich an der Spüle Wasser ins Gesicht und trocknete sich mit einem Geschirrtuch ab.

Sie hatte keine Lust, die Treppe hinauf in das Zimmer ihrer Kindheit und frühen Jugend zu gehen – es sah noch immer so aus wie damals, als sie mit dreizehn aufs Internat in Durban geschickt worden war –, weil sie fürchtete, ihrer Mutter oder ihrem Vater über den Weg zu laufen und der unvermeidlichen Befragung unterzogen zu werden, warum sie letzte Nacht nicht nach Hause gekommen war. Deshalb wählte sie erstmal das Wohnzimmer.

Als sie auf den Sessel am Fenster zuging – ihrem Lieblingsplatz als Kind –, sah sie den Gedichtband *Lebe oder stirb* von Anne Sexton auf dem Kissen liegen. Er war stark abgegriffen, und im Laufe der vielen Jahre, die ihre Mutter sich in diese gequälten, bekenntnishaften Gedichte versenkt hatte, hatten sich einige Seiten vom Buchrücken gelöst.

Tanya fand die Stille im Haus bedrückend, deshalb ging sie zu der Stereoanlage, die sich unter einem Regal mit Langspielplatten befand. Ihr Vater verabscheute Kassetten und CDs. Eine Aufnahme mit den Ray Conniff Singers lag auf dem Plattenteller, sichtbar durch den geschlossenen Plastikdeckel.

Als Kind war es ihr strengstens verboten gewesen, die Stereoanlage anzurühren, und sie ging davon aus, dass dieses Verbot noch immer galt, was sie nicht weiter störte, weil sie ihre seltenen Wochenendbesuche damit verbrachte, oben in ihrem Zimmer zu liegen und Reggae auf ihrem Walkman zu hören.

Sie hob den Deckel an, schob die Scheibe in ihre Hülle und stellte sie zurück ins Regal. Dann sah sie die Plattensammlung ihres Vaters durch, ehe sie eine andere LP aussuchte – Erik Saties *Gymnopédies*, bestimmt ein unliebsames Geschenk – und auflegte.

Sie vergewisserte sich, dass die Kopfhörer, riesige klobige Teile mit einem schwarzen Spiralkabel, eingestöpselt waren, und setzte sie auf.

Auf einem schmalen, polierten Metallrechteck neben dem Plattenspieler befanden sich etliche Schalter und Skalen. Sie drückte auf denjenigen, von dem sie glaubte, dass er der Stromschalter war, was ein leises und irgendwie bedrohliches Summen auslöste. Ein grünes Licht ging an, und die Nadel an einer der Skalen vibrierte.

So weit, so gut.

Als sie den geschwungenen Tonarm von seiner kleinen Gabel nahm, begann die Platte, langsam zu kreisen.

Mit angehaltenem Atem – noch fürchtete sie ihren kalten, herrischen Vater – senkte sie die Nadel sachte auf das gerillte Vinyl.

Sie hörte ein zischendes Rauschen, wie ferne Brandung, ehe das sanfte, dissonante Klavier erklang. Tanya setzte sich in den Sessel, der für die Stunden reserviert war, in denen ihr Vater sich seinem einsamen Musikgenuss hingab, und schloss die Augen. Die melancholische Schönheit von Satie, gepaart mit den Auswirkungen der wilden Nacht und einer vagen, verkaterten Depression, ließ sie einschlafen.

Sie wurde wach, als die Platte zu Ende war und der Tonarm sich mit mehrmaligem leisen Klacken hob und zurück in die Gabel glitt. Sie nahm die Kopfhörer ab und empfand das Ticken der Uhr fast als bedrohlich.

Als Tanya vom Sessel aufstand, konnte sie spüren, wie ihr Körper noch immer schleimige Spermareste des namenlosen Mannes absonderte. Sie schaltete die Stereoanlage aus und legte die Kopfhörer zurück, wunderte sich, dass ihr Vater nicht schon heruntergekommen war und sie auf frischer Tat ertappt hatte.

Sie sehnte sich nach einer Dusche, und es blieb ihr nichts anderes übrig, als die Treppe hochzugehen. Ihre Glieder schmerzten und ihr Genitalbereich sandte Notsignale aus, als die Jeans daran scheuerte.

Auf dem Weg zu ihrem Zimmer musste sie das Schlafzimmer der Eltern passieren und war schon fast an der halb geöffneten Tür vorbeigeschlichen, als etwas sie stutzen ließ: Die Porzellanfigur einer viktorianischen Schäferin, die seit ewigen Zeiten den Frisiertisch ihrer Mutter zierte, lag im Flur auf dem Holzboden, der Kopf mit der Haube vom Körper getrennt und der Arm, der den Hirtenstab hielt, in mehrere Teile zerbrochen.

Ein dumpfes Summen drang Tanya in die Ohren. Als eine Fleischfliege auf ihrem nackten Arm landete, erkannte sie, dass das Geräusch hartnäckigen Raunens von zahllosen dieser Insekten erzeugt wurde. Sie machte einen Schritt auf die Tür zu. Von da, wo sie stand, konnte sie das Bett nicht sehen. Ein greller Streifen Sonnenlicht fiel auf die cremeweiße Wand, an der drei alte chinesische Tuschezeichnungen mit nebelverhüllten Bergen, Flüssen und Wasserfällen hingen.

Irgendetwas, eine Art Girlande, war quer über die Bilder drapiert worden, und Tanya fragte sich, was ihre Mutter wohl zu dieser ungewohnten Frivolität bewogen haben mochte.

Ihr Verstand, noch immer schwerfällig vom Alkohol, begriff nur langsam, dass das, was sie da sah, keine Girlande war: Es war ein menschlicher Darm.

Die Erkenntnis überkam sie, als sie die Tür weiter aufschob und das Schlachthaus dahinter sah.

Ihre Eltern, in ihrer Nachtkleidung, lagen nebeneinander auf dem Doppelbett mit seinen verschnörkelten Kopf- und Fußenden aus Messing. Die Körper und das Bett, Boden und Wände waren voller Blut, und eine schwarze Fleischfliegenwolke schwirrte im Raum.

Ihre Mutter und ihr Vater waren regelrecht zerstückelt worden; die Gliedmaßen waren fast vom Rumpf getrennt und Knochen und Eingeweide lagen frei.

Dann hatte der Killer die Gedärme ihres Vaters genommen und sie über die Bilderrahmen gehängt, sodass sie auf den schwarz lackierten Frisiertisch baumelten, wo ein Fläschchen des Arpège-Parfüms ihrer Mutter zerschmettert lag und einen süßlichen Duft verströmte, der sich mit dem übermächtigen Gestank nach Blut und Fäkalien vermischte.

Tanya erbrach sich, besudelte das Gesicht von Robert Mugabe. Sie floh schreiend aus dem Zimmer, fiel halb die Treppe hinunter, während die Zulu-Bediensteten in ihren frischen weißen Uniformen, die gerade die Küche betreten hatten, sie entsetzt anstarrten.

Die Polizei – blonde, plattgesichtige Afrikaaner mit ihren trägen schwarzen Untergebenen – kam, und keine Stunde später hatte ein Zulu-Arbeiter sich gestellt und gestanden, ihre Eltern mit der Machete, die er zum Zuckerrohrschneiden benutzte und an der noch Blut klebte, abgeschlachtet zu haben.

Die Polizei erklärte, dass ihr Vater den Mann tags zuvor rausgeschmissen hatte. Der Arbeiter hatte daraufhin eine Flasche selbstgebrauten Fusel in sich hineingeschüttet und genug Durban Poison – das halluzinogene Cannabis, das in der Gegend angebaut wurde – geraucht, um eine ganze Armee Zulu-Krieger in die Schlacht zu schicken, und war nach Mitternacht ins Haus eingedrungen, um das zu tun, was er getan hatte.

Hätte Tanya nicht zusammen mit dem Golftrainer die Federung

seines Mercedes-Benz einer Belastungsprobe unterzogen, wäre auch sie in Stücke gehackt worden.

Eine Zeit lang hatte sie sich wie betäubt gefühlt.

Dann hatte sie Entsetzen empfunden, und ein allumfassendes Grauen war in jede Zelle ihres Körpers gedrungen, hatte ihre Haltung zur Welt und zum Leben für immer verändert.

Sie hatte ihre Eltern beerdigt und war nach Johannesburg geflohen. Während das Erbe ihr finanzielles, aber nicht ihr psychisches Wohlergehen sicherte, hatte sie ihre Angst mittels Zorn überdeckt, war mit den Jahren härter und bitterer geworden, hatte sich vor der Welt mit einer allumfassenden Wut geschützt, und als sie in den Ruf geriet, ein gefühlloses Miststück zu sein, hatte sie diesen mit Stolz getragen.

Alles, bloß kein Scheißopfer.

Aber wenn sie morgens wach wurde, hatte sie auf das unabwendbare Blutvergießen gewartet.

Und vor zehn Jahren in Johannesburg, als sie vor ihrem Haus in die Pistolenmündung eines Carjackers gestarrt hatte, war sie überzeugt gewesen, dass es so weit war.

Aber die Carjacker waren geflohen, genauso wie sie auch: Sie war dem Wahnsinn Afrikas in dieses Land entkommen, das sie anwiderte.

Aber jetzt war es da, und als Tanya auf dem Boden des Hauses in Arizona lag, durch Augenschlitze beobachtete, wie die maskierten Männer sich in ihrem Wohnzimmer bewegten, das tiefe Grollen ihrer Stimmen hörte, versuchte sie, sich zurück ins Bewusstsein zu kämpfen, wusste, dass sie diesem Terror trotzen musste, um sich zu befreien, doch eine heftige Strömung erfasste sie und zerrte sie zurück in die Dunkelheit.

6

Turner, der den Blick noch auf seine bewusstlose Frau gerichtet hatte und dessen Verstand sich im freien Fall befand, bekam nicht mit, dass Bone, der neben der Leiche in der Tür stand, ihn angesprochen hatte, also trat der stämmige Mann vor und schlug ihn ins Gesicht, um seine Aufmerksamkeit zu wecken.

»Hey, Arschloch.«

Turner starrte ihn an, hob eine Hand an die brennende Wange.

Bone zeigte auf Peter.

»Bring den Sack Scheiße ins Haus.«

Turner rührte sich nicht, und Bone ohrfeigte ihn wieder, so fest, dass er ins Taumeln geriet.

»Hast du gehört?«

Turner nickte, zwang seine Angst und seinen Ekel herunter, bückte sich und packte den Toten an den Fußknöcheln. Peter trug Tennissocken in weinroten Dockers, die auf neurotischen Hochglanz poliert waren.

Turner schleifte Peter ins Haus. Die Wunde in seinem Hals klaffte auf und brachte Venen und Wirbel zum Vorschein, als sein Kopf über die Türschwelle holperte und einen breiten blutroten Streifen hinter sich herzog.

Lucy, die den Toten zum ersten Mal sah, schrie auf, wand sich aus Bekkers Griff und rannte Richtung Haustür.

Sie rutschte auf dem Blut aus, knallte gegen die Holztür und bekam vor Entsetzen keine Luft mehr.

Bone, das Messer noch immer in der Hand, beugte sich vor, packte die Kleine und schwang die Klinge in Richtung ihrer Kehle.

Turner warf sich auf Bone und prallte so fest gegen seine Brust, dass dieser Kind und Messer losließ und ins Straucheln geriet.

Bone fiel, fing den Sturz aber mit einem Arm ab und stemmte sich wieder hoch. Er kam mit einem erstaunlich athletischen Sprung wieder auf die Beine, fast wie ein Breakdancer.

Noch im Aufstehen zückte er seine Automatikpistole und zielte auf Turner, der sich keuchend duckte und Lucy mit seinem Körper deckte.

Bones Finger krümmte sich am Abzug.

»Warte«, sagte Bekker, packte Lucy erneut und zog sie von der Tür weg. »Er ist der Einzige, der die Kombination zum Safe kennt.«

Einige lange Sekunden blieb die Pistole unverwandt auf Turner gerichtet, dann ließ Bone sie sinken.

»Später«, sagte er zu Turner.

Lucy wand sich in Bekkers Armen. Er fluchte. »Ich wünschte wirklich, die Weiber in diesem Haus würden lernen, sich zu benehmen.«

Er drückte das Mädchen so fest, dass ihr die Luft wegblieb. Als sie ihren Vater anstarrte, schossen ihr Tränen in die Augen, und der fragte sich, ob er nun endlich die Rechnung für eine sehr alte Schuld präsentiert bekam.

7

»Scheiße, was ist eigentlich aus Johannesburg geworden?«

Turner, der an einem niedlichen, wurmartig kleinen Joint nuckelte, um seine Nerven zu beruhigen, und die dreckigen Converse gegen das Armaturenbrett des Toyota HiAce gestemmt hatte, sah durch das offene Seitenfenster, wie gesichtslose, hinter stacheldrahtgekrönten Mauern und summenden Elektrozäunen verschanzte Neubauklötze allmählich einem endlosen Meer von Blechhütten wichen, die aus der dürren Vegetation sprossen wie Pilzbefall.

»Es ist afrikanisch geworden, mein Freund, während wir Trottel weggeschaut haben«, sagte Bekker. Er nahm den Van hart ran, steuerte ihn in kleine Lücken im Berufsverkehr, während seine Ray-Ban zwei sinkende Sonnen widerspiegelte. »Und es wird Zeit, dass wir mit unseren mageren weißen Ärschen aus diesem verfickten Land abhauen.«

Der Cop war aufgekratzt, rauchte eine Zigarette nach der anderen und fuhr wie ein Wilder, seit Turner seine Maschine im Schatten eines kotzgelben McDonald's-Bogens am Ende des Beyers Naudé Drive abgestellt hatte und in den verbeulten weißen Van geklettert war, dessen Herkunft weder hinterfragt noch erklärt worden war.

Als Turner seinem Joint den letzten Rest Leben aussaugte, verbrannte er sich die Lippen und Finger an der heißen Asche. Er schnippte ihn aus dem Fenster, behielt den Rauch in der Lunge, bis er explosionsartig husten musste, und sehnte sich doch nach etwas Stärkerem, sehnte sich danach, von einer chemischen Sturmflut weggespült zu werden, die sein Gedächtnis entmagnetisieren würde, ihn wenigstens für ein paar Stunden von dem Bild befreien würde, wie Mr. Pauls Hammer den Schädel des nackten weißen Mannes in etwas Matschiges und Nasses verwandelte.

Aber er hatte Bekker geschworen, er würde sich zusammenreißen, und das war ihm im Großen und Ganzen auch gelungen.

Ein paar Joints und ein oder zwei Gläser Whiskey am Tag konnten als notwendige Beruhigungsmittel durchgehen, die einzige mögliche Alternative zu dem Eimer voll Rotze, in den er sich verwandelt hätte, wenn er einen kalten Entzug versucht hätte.

»Weißt du, wann ich mir vorgenommen hab, den ganzen Scheiß hier hinter mir zu lassen und zuzusehen, dass ich wegkomme?«, fragte Bekker. Der Van schaukelte und rumpelte, als er ein langsames, mit schwarzen Pendlern völlig überfülltes Sammeltaxi überholte.

»Wann?«

»Als ich gesehen habe, wie mein Vater eine Bohne Kudu-Scheiße fünfzehn Meter weit gespuckt hat.«

Turner sah Bekker blinzelnd an.

»Schon mal vom Dung-Weitspucken gehört?«, fragte der Cop. »Dem Sport meiner ehrwürdigen verfickten Ahnen?«

Turner nickte. »Hab ich mal im Fernsehen gesehen. Ein paar fette Afrikaaner in Shorts haben schwarze Scheißekügelchen gespuckt, um zu sehen, wer am weitesten kommt.«

»Genau. Mein armseliges Exemplar von Vater war Bezirksmeister. Hatte sogar Pokale im Wohnzimmer stehen. Er hat jeden Abend im Garten trainiert, und meine perverse Mutter hat ihn so laut angefeuert, dass ihr das Gebiss rausflog.«

»Wunderbare Erinnerungen.«

»Augenblicke für die Ewigkeit, mein Freund.«

Bekker zog eine weiche Packung Zigaretten aus seiner Hemdtasche. Texan Plain, der rote Stern im Logo von einem Lassoseil umringt. Er fischte eine Fluppe mit den Zähnen raus und steckte sie mit dem Zigarettenanzünder des Vans an.

»Als ich gerade achtzehn geworden war, hab ich meinem Vater bei einem Wettkampf zugeschaut. Er und ein besoffener Haufen Vollidioten, denen man die Inzucht ansah, haben sich mit Pfirsich-Brandy die Birne vollgeknallt und Scheißekügelchen gespuckt, und, *zack!*, da ist irgendwas in mir umgeschlagen, einfach so. Ich wusste auf einmal, dass ich auf gar keinen Fall so enden würde wie er.«

»Keine Ambitionen, der erfolgreichste Antilopenscheißespucker der Südhalbkugel zu werden?«

Bekker lachte und stieß dabei Rauch aus.

»Am nächsten Tag hab ich mich bei der Polizei beworben. Nach einem Monat in der Ausbildung hab ich mich eines Nachts aus der Polizeischule geschlichen und mit meiner Dienstwaffe eine Nigger-Kaschemme überfallen. Bin unbemerkt zurück in die Schule, und keiner hat irgendwas mitgekriegt. Ab da ist es immer so gelaufen. Ich hab meine Dienstmarke benutzt. Ich hab meine Waffe benutzt. Und ich bin gut damit gefahren. Aber allmählich wird's brenzlig, Engländer. Das ist kein Land mehr für einen Weißen. Ich brauche einen Coup wie den hier. Einen dicken fetten Coup, nach dem ich mich in die Staaten absetzen kann.«

»Willst du ernsthaft nach Amerika?«

»Scheiße, ja. Das Land der unbegrenzten Möglichkeiten, Engländer, das Land der Freiheit.«

»Oder vielleicht bloß ein überdimensionierter Misthaufen?«

»Sicher. Eine Nation von gierigen, verfetteten Überkonsumierern, reif zum Abschuss. Yeah!«

Die Hütten waren jetzt so nah, dass Turner menschlichen Kot riechen konnte, der in den stehenden Wasserlauf eingeleitet wurde. Die Wasserrinne trennte die Hüttenbewohner von ihren Nachbarn, den ängstlichen und depressiven Vorstädtern, die erlebt hatten, dass der Wert ihrer Immobilien in den Keller ging, als die Hütten sich unkontrolliert vermehrten. Ihre nutzlosen Gegenmaßnahmen waren Mauern und Stacheldraht und die mit Hohlspitzmunition geladenen Handfeuerwaffen, die sie nachts griffbereit unter ihren Kopfkissen liegen hatten.

Bekker lenkte den Toyota auf eine schmale Straße, die mit tiefen Kratern übersät war, als wäre sie unter Granatbeschuss gewesen, und fuhr einige Minuten weiter, bis die Hütten nach und nach auf dem sonnengebleichten Gras endeten.

Er bog auf eine von müden Eukalyptusbäumen gesäumte Piste. Der Toyota wirbelte eine rote Staubfahne auf, sodass Turner fluchte und sein Fenster trotz der Hitze hochkurbelte.

Ein Haus kam zwischen den Bäumen in Sicht, eine gedrungene, hässliche Stilmischung - ein altes, steinernes Transvaal-Farmhaus mit breiter Veranda, das sich eine ganze Reihe von unansehnlichen Renovierungen und Anbauten hatte gefallen lassen müssen.

Der hohe Maschendrahtzaun, der das Haus umgab, war zusätzlich mit silbrigen Stacheldrahtrollen bewehrt, die in der tief stehenden roten Sonne feurig glänzten.

Bekker hielt vor einem Doppeltor mit Vorhängeschloss an. Er ließ den Motor laufen, stieg aus dem ruckelnden Van und schloss das Tor auf. Eingerostete Angeln kreischten wie angestochene Schweine, als er die Doppelflügel aufstieß.

Wieder zurück hinterm Steuer fuhr er rasch auf das Haus zu, um einen leeren Swimmingpool herum, dessen dunkler Mund in einem stummen Schrei zum Himmel geöffnet war.

Bekker hielt vor der Haustür an und stellte den Motor ab.

»Woran erinnert dich das?«, fragte er und deutete mit seiner Zigarette auf das Haus, dessen Türen und Fenster mit rostigen dicken Eisenstäben gesichert waren.

»An ein Gefängnis«, sagte Turner.

Der Cop lachte.

»Genau. Großartig, was?«

Er kramte im Türfach des Van herum und fischte zwei Paar OP-Handschuhe heraus.

Eines warf er Turner in den Schoß und sagte: »Zieh die an«, während er sich das andere Paar über die Hände streifte.

Turner tat wie geheißen, und Bekker sprang aus dem Toyota, kam zur Beifahrerseite und zog scheppernd die Schiebetür auf.

Turner, der sich so benebelt fühlte, als würde er neben sich stehen, starrte durch die Windschutzscheibe auf das gottverdammte Haus und überlegte, ob er sich nach einem weiteren Joint wohl besser oder schlechter fühlen würde.

»Scheiße, Engländer, du bist hier nicht im Urlaub. Hilf mir mal.«

Turner stieg aus und sah zu, wie Bekker zwei militärisch aussehende Seesäcke von der Ladefläche zerrte und in den Staub fallen ließ.

Der Cop zeigte auf die Matratze, die auf dem geriffelten Boden des Toyota lag.

»Trag die rein.«

Bekker hob die beiden Seesäcke hoch und schleppte sie zum Haus. Er zog einen Schlüsselbund aus der Hosentasche und schloss das Gittertor und die schwere hölzerne Haustür auf.

Turner schleifte die Matratze, die alt und verformt war und deren Bezug wie ein Rorschach-Test aus alten Körperflüssigkeiten anmutete, hinter ihm her in ein leeres Wohnzimmer.

Als er sie dort fallen ließ, stiegen Staubwolken aus dem Teppichboden auf und verwandelten die heißen Lichtstreifen, die durch die beiden vergitterten Fenster drangen, in Dämmerungsstrahlen.

Bekker kniete sich hin, zog den Reißverschluss an einem der Seesäcke auf und holte zwei Decken und eine Gaslampe heraus. In dem Gipsputz an der Wand hinter seinem Kopf waren etliche dicht beieinander liegende Einschusslöcher zu erkennen.

Als Turner sich den hellen Teppichboden genauer ansah, bemerkte er eine Reihe von ominösen, rostfarbenen Flecken.

»Was ist hier passiert?«

Bekker steckte sich eine Zigarette an.

»Vor einem Jahr ist hier eine weiße Familie umgelegt worden.«

»Im Haus ermordet?«

»Ja, von ein paar verdammten Wilden aus dem Hüttenlager.«

»Wie sind die denn hier reingekommen, trotz ...?«

Turner zeigte auf die Gitter, die ein schwarzes Schattenraster auf den blutbefleckten Teppich warfen.

»Durchs Dach«, sagte Becker, »wie verdammte Affen.«

Bekker erhob sich, bedeutete Turner, ihm mit der Matratze zu folgen, und ging einen kurzen Flur hinunter zu einer Tür, die er aufdrückte. Dahinter lag ein kleines Schlafzimmer, auf dessen Teppich sich noch immer die Abdrücke des Betts abzeichneten, das den engen Raum einmal fast vollständig eingenommen hatte.

Er sah Turner durch den Qualm seiner Zigarette an.

»Hier wirst du sie einsperren.«

Die Realität dessen, was sie tun würden – was *er* tun würde –, traf Turner mit der Wucht eines Faustschlags. Er ließ die Matratze fallen und lehnte sich gegen die Wand, spürte den kühlen Putz am Hinterkopf.

Bekker ging zu dem vergitterten Fenster, durch das die bröckelnde Ziegelmauer der benachbarten Garage zu sehen war.

»Sie kann hier unmöglich raus, und sehen kann sie auch nichts.«

Mit der Schuhspitze schob er die Tür zu dem fensterlosen, angrenzenden Badezimmer auf, aus dem ein muffiger Geruch drang.

»Wasser und Strom sind abgestellt, aber da drinnen kann sie pinkeln und kacken.«

»Gott«, sagte Turner, »stinkt das.«

»Was hast du denn erwartet, Engländer? Das Hilton?«, sagte Bekker und ging aus dem Raum. »Komm, fass mit an.«

Zurück im Wohnzimmer holte Bekker vier Packungen mit in Folie eingeschweißten Wasserflaschen aus einem Seesack.

»Bring zwei davon ins Schlafzimmer. Die anderen sind für dich.«

Turner nahm das Wasser, schleppte es ins Schlafzimmer und stellte die beiden Packungen auf den Boden neben die Matratze.

Bekker folgte ihm mit einer Decke und einer Supermarkt-Plastiktüte.

Er warf die Decke auf die Matratze und kippte den Inhalt der Tüte auf den Boden: Kartoffelchips, Schokoriegel, ein Bund überreife Bananen und zwei verschrumpelte rote Äpfel.

»Bin ich nicht ein fürsorglicher Gastgeber?«, sagte Bekker.

Turner antwortete nicht, sondern starrte nur auf den schmutzigen Teppich, als würde der ihm etwas verraten.

»Hey, Engländer, krieg jetzt bloß keine kalten Füße.«

»Nein, alles klar.«

»Das will ich auch schwer hoffen. Okay, komm mit, wir haben einiges zu besprechen.«

Sie gingen aus dem Zimmer, Bekker zog die Tür hinter ihnen zu und zeigte dann auf den Schlüssel im Schloss.

»Du bringst sie da rein und schließt die Tür ab, und du machst sie auf gar keinen Fall wieder auf, bis du von mir hörst, klar?«

»Ja.«

»Egal, was passiert?«

»Egal, was passiert.«

Bekker sah ihn forschend an, dann nickte er. Sie gingen in die Küche und nahmen unterwegs einen der beiden Seesäcke mit.

Aus der Küche, in der es nach Schimmel und Fäulnis stank, war alles von Wert entfernt worden. Übrig geblieben waren lediglich gesprungene Fliesen, leere Regale und eine Arbeitsplatte, auf die Bekker den Seesack legte und öffnete.

Der Cop holte ein Foto, eine Landkarte und drei Handys hervor.

Er hielt das Foto hoch. Ein schwarzes Mädchen mit kurzen Haaren lächelte schüchtern in die Kamera.

»Das ist sie.«

»Wie heißt sie?«

»Was interessiert dich das? Du sollst sie entführen, nicht anbaggern.«

»Ich will's bloß wissen.«

Bekker schüttelte den Kopf.

»Scheiße, Engländer, lass sie nicht an dich rankommen. Sie ist ein Rohstoff. Eine Ware. Unsere Fahrkarte zum Lottogewinn.«

Turner zuckte mit den Schultern.

Bekker sagte: »Wirst du sie wiedererkennen?«

»Ja, klar.«

Bekker faltete das Foto und steckte es ein.

»An der Stelle schnappst du sie dir«, sagte er und tippte auf die Karte. »Ihre Schule ist da. In der Mittagspause, Punkt zwölf Uhr, kriecht sie durch ein Loch im Zaun, geht runter zum Fluss, wo sie sich hinsetzt und sich eine halbe Stunde lang was auf ihrem iPod anhört.«

»Hast du das gesehen?«

»Nee, ich bin ein verdammter Hellseher. Ja, natürlich hab ich's gesehen. Ich bin ihr eine volle beschissene Woche lang gefolgt und hab mir überlegt, wie man an sie rankommt. Sie wird zur Schule und wieder nach Hause kutschiert. Sie hat keine engen Freundinnen, verkriecht sich einfach mit weiß der Geier was bei sich zu Hause. Aber eins macht sie: Sie geht jeden Tag runter zum Fluss, und das Beste daran ist, dass das außer dir und mir keiner weiß.« Er lächelte. »Du bist morgen kurz vor zwölf da und schnappst sie dir.«

Turner starrte ihn an.

»Morgen?«

»Ja, Engländer, morgen. Wieso, hast du was Besseres vor? Friseurbesuch? Eier enthaaren?«

»Ich hatte bloß nicht gedacht, dass es so bald ist.«

»So hast du weniger Zeit, kalte Füße zu kriegen.«

Turner nickte.

»Also, morgen früh fährst du zu dem McDonald's. Der Van wird da stehen, wo ich dich heute abgeholt habe. Der Bereich wird von keiner Überwachungskamera erfasst, das hab ich gecheckt. Du fährst zum Fluss, parkst unter den Bäumen. Dann gehst du runter zum Wasser und wartest auf sie. Sie wird dich nicht hören oder sehen, wenn du von hinten kommst und sie betäubst.«

»Womit betäube ich sie?«

»Mann, du bist doch der Experte für Drogen. Überleg dir was. Dann trägst du sie zum Van.« Er sah Turners Gesichtsausdruck. »Keine Bange, für eine Vierzehnjährige ist sie ziemlich klein. Sobald du sie hinten im Van hast, verbindest du ihr die Augen, fesselst und knebelst sie, nur für alle Fälle.«

Er hielt eines der Handys hoch.

»Dann machst du ein Foto von ihr und schickst es an diese Nummer.« Er tippte auf dem Display herum. »Das ist die einzige gespeicherte Nummer. Klar?«

»Klar.«

»Du nimmst den Akku aus dem Handy und schmeißt beides in den Fluss. Kapiert?«

»Ja.«

»Anschließend fährst du sie hierher und bringst sie in das Zimmer dahinten und nimmst ihr die Fesseln und den Knebel ab und schließt sie ein. Und dann setzt du dich auf deinen Hintern und wartest, bis ich mich melde.« Er hielt ein anderes Handy hoch. »Auf dem hier. Klar?«

»Klar.«

»Gut. Sollte es irgendwelche Probleme geben – die es nicht geben wird, das weiß ich –, rufst du mich mit diesem Handy an.« Er hielt das dritte Telefon hoch. »Auch in dem ist nur eine einzige Nummer gespeichert. Aber du benutzt es nur – und ich meine verdammt noch mal *nur* – im Notfall. Ja?«

»Ja.«

»Okay. Steck die Handys ein.«

Turner gehorchte.

»Machen wir, dass wir wegkommen, es wird gleich dunkel.«

Turner rührte sich nicht.

»Was ist?«, fragte Bekker.

»Wieso muss ich sie allein kidnappen?«

Bekker seufzte. »Meine Fresse, Engländer, hast du einen Hirnschaden, oder was? Ich hab dir doch gesagt, dass ich weit, weit weg sein muss, wenn die Sache läuft, mit einem bombensicheren Alibi, irgendwo im Auto mit einem saublöden Bimbo-Partner. Es darf auf gar keinen Fall irgendeine Spur geben, die mich mit dem Mohrenkopf in Zusammenhang bringt. Wenn dem nicht so wäre, wofür zum Teufel würde ich dich dann brauchen? Ich würd's einfach im Alleingang machen und einen Haufen Kohle mehr einsacken.«

»Ich bin für die Dreckarbeit da.«

»Hör mal, du Schwachkopf, du schnappst dir ein kleines Mädchen und passt ein, höchstens zwei Nächte auf sie auf. Ich bin derjenige, der die ganze Scheiße organisiert. Der dafür sorgt, dass der Mohrenkopf nicht auf dumme Gedanken kommt, dafür sorgt, dass wir das Lösegeld kriegen. Eventuelle Polizeieinsätze verfolgt.«

»Wie soll die Freilassung laufen?«, fragte Turner.

»Sobald ich das Geld habe, ruf ich dich an. Dann setzt du dir eine Maske auf, gehst in das Zimmer und verpasst ihr noch eine Dröhnung von was weiß ich, und anschließend schaffst du sie in den Toyota und fährst sie an einen Ort, der noch bestimmt werden muss.«

Turner beäugte den Cop. »Wir lassen sie wirklich laufen?«

»Scheiße, ja, natürlich lassen wir sie laufen«, sagte Bekker und zog den Reißverschluss des Seesacks zu. »Kidnapping ist eine Sache, aber wenn wir einen kleinen schwarzen Diamanten umbringen, würden wir selbst in diesem verfickten Dritte-Welt-Scheißhaus jede Menge Feuer unterm Arsch kriegen.« Er ging zur Haustür. »Los jetzt, wir gehen.«

Turner folgte Bekker hinaus in die Dämmerung, roch Holzfeuer und menschlichen Kot.

8

Bekker, der Lucy weiter mit seinem Handschuh den Mund zuhielt, hob sie vom Boden hoch und bugsierte sie Richtung Küche, während das Mädchen strampelte wie ein Hund in einem Sack.

Turner wollte ihm folgen, doch Bekker, mit dem Rücken zu Bone und Spack, formte das Wort »nein« durch das Loch in seiner Skimaske.

Turner, angeekelt von all dem, was er getan hatte, blieb im Wohnzimmer bei dem Toten stehen, den Gestank von Blut und ausgetretenen Exkrementen in der Nase, sah zu, wie Bekker seine Tochter in die Küche trug, und rang eine Panik nieder, die sich so langsam zurückzog wie eine Schlammflut.

Bekker stieß mit dem Fuß die schwere hölzerne Schiebetür zur Vorratskammer auf. Das Licht ging an und beleuchtete den kleinen, fensterlosen Raum, die deckenhohen Regale mit Konservendosen und Wasserflaschen und Einmachgläsern voll mit Vollkornmüslis, Hülsenfrüchten und vergorenen Sojaprodukten, dem Grundstock von Tanyas masochistischer Ernährung.

Bekker stieß Lucy hinein, knallte die Tür zu, schloss sie ab und steckte den Schlüssel ein.

Das Licht ging automatisch aus, und das Mädchen, in Dunkelheit getaucht, hämmerte gegen die dicke Holztür, die seine Schreie dämpfte.

9

Turner, der vor seinem Büro stand und in die braun versengte Landschaft starrte, fühlte sich genauso fremd, wie er sich schon all die Jahre gefühlt hatte, die er in Amerika war, entwurzelt, staatenlos.

Das Apartheid-Südafrika seiner Kindheit und Jugend (wie ein brutales Ionesco-Stück) hatte sich verändert, war sogar noch gewalttätiger und brutaler geworden, während er mit seiner Aufmerksamkeit woanders war.

Und dann hatte Tanya – aufgerüttelt durch den Carjacking-Versuch vor ihrem Haus in Johannesburg – die Stelle am College ergattert, und nur wenige Monate nachdem er in eine Pistolenmündung gestarrt hatte, war Turners Leben vom südafrikanischen Hochland in die staubtrockene Landschaft Arizonas verpflanzt worden.

Er war nie zuvor in Amerika gewesen, hatte aber immer das Gefühl gehabt, es zu kennen. Südafrika hatte nach der verspäteten Ankunft des Fernsehens Mitte der Siebzigerjahre den erdrückenden Einfluss seiner früheren britischen Kolonialherren abgeschüttelt, und die archaischen Höflichkeiten von BBC-Hörspielen wurden von *Dallas, Das A-Team, Drei Engel für Charlie* und *Magnum* hinweggefegt.

Kleine Läden, die Tee und Scones servierten, wurden von der Invasionsarmee aus KFC- und McDonald's-Filialen überrannt, und in den Provinzstädten, die unversehens von einem Gewirr aus Schnellstraßen umzingelt waren, schossen Einkaufszentren aus dem Boden.

Turner war mit einer Diät aus amerikanischen Büchern, Filmen und Musik abgestillt worden, und hatte, kaum war er alt genug, begonnen, amerikanischen Fusel zu saufen. Deshalb ging er davon aus, dass sich der Umzug problemlos gestalten würde, und am Anfang war dem auch so.

Vordergründig entsprachen die USA all seinen Erwartungen, und die ersten paar Monate waren leicht. Dann wurde ihm klar, dass es vieles gab, das er niemals ergründen würde. Einen amerikanischen Code, den er niemals knacken würde, ganz gleich, wie lang er hier lebte.

Nach einem Jahr war er zu der widerwilligen Erkenntnis gelangt, dass Amerika ein Land war, das besser aus der Entfernung bewundert wurde. Seine laute, rastlose, schonungslose Kultur nur so lange verständlich, wie sie durch den Musselinstoff gefiltert wurde, der aus den Entbehrungen und Absurditäten Südafrikas während der tragikomischen Apartheidsjahre und deren enttäuschenden und entsetzlichen Folgen gewebt war.

Anders als Turner verspürte seine Frau keinerlei Bedürfnis, sich anzupassen.

Tanya hatte stur an ihrer Fremdheit festgehalten.

Sie verachtete Amerika und die Amerikaner, überzeugt von ihrer eigenen Überlegenheit, erbost über Lucys unvermeidliche Wandlung in eine von ihnen. So jung, wie die Kleine noch war, blieb der amerikanische Akzent an ihr haften wie die klebrigen Süßigkeiten, für die sie eine Vorliebe entwickelt hatte. Tanya hielt ihr vor, sie würde irgendwann fettleibig werden und nur noch für Auftritte in irgendwelchen Krawall-Talkshows oder bei *The Biggest Loser* zu gebrauchen sein.

Trotz Turners Versuchen, die Vergangenheit hinter sich zu lassen wie unerwünschten Ballast und sich in eine gänzlich andere Person zu verwandeln, hatte er längst akzeptiert, dass er sich nie hier einleben würde, sondern immer Heimweh nach einem Ort empfinden würde, den es nie gegeben hatte. Doch dann tauchte

Grace Worthington auf und brachte ihn derart durcheinander, dass er nicht wusste, wie ihm geschah.

»Mr. Turner?«

Grace stand in der offenen Bürotür, golden und majestätisch.

»John«, sagte Turner.

»John«, wiederholte sie, und ihre amerikanische Aussprache verwandelte seinen kurzen, nichtssagenden Namen – Beweis für die mangelnde Fantasie seiner Eltern – in etwas, das sich für sein Ausländerohr noch immer exotisch anhörte: *Jaaaahn.*

Sie sagte nichts weiter und strich sich die Haare aus der Stirn, was verriet, wie nervös sie war.

In den drei Tagen, die sie bei ihm im Büro arbeitete, hatte er diese Geste oft genug zu sehen bekommen, um einen gesunden Groll gegen ihren Noch-Ehemann zu entwickeln, der, so Turners Vermutung, dieser Frau um ein Haar die Lebensfreude aus dem Leib geprügelt hätte.

Turner brachte ein Lächeln zustande.

»Wollten Sie etwas sagen?«

»Ja.«

»Trauen Sie sich ruhig«, sagte er und verstärkte sein Lächeln.

»Okay, das gehört jetzt eigentlich nicht zu meinen Aufgaben ...« Wieder verstummte sie, und er fürchtete, dass sie gänzlich die Courage verlieren würde.

»Mir ist jede Anregung willkommen, ehrlich.«

»Also gut, ich hab vorhin mitbekommen, wie Sie mit HomePro gesprochen haben.«

Eine Haushaltswarenkette, durch die er viel Geld verdienen könnte.

»Keine meiner Sternstunden«, sagte er. »Die wollen mir noch nicht mal einen Termin für ein Meeting geben, bei dem ich sie davon überzeugen könnte, den PoolShark ins Sortiment zu nehmen.«

»Ich kenne die Leute«, sagte sie.

»Sie kennen die Inhaber von HomePro?«

Sie wirkte verlegen. »Na ja, nicht persönlich, aber ich weiß, wer sie sind.«

»Okay«, sagte er.

»Zwei Brüder, die diese Kette aus dem Nichts aufgebaut haben.«

»Das ist mir bekannt.«

»Für solche Leute klingt Ihr britischer Akzent vielleicht ein bisschen, wie soll ich sagen, hochnäsig.«

»Ich bin Südafrikaner«, entgegnete er.

»Aber für uns hören Sie sich an wie ein Brite.«

Er nickte. Das war ihm nicht neu. Manchmal hielten ihn Leute mit einem feineren Gehör für einen Australier. In all den Jahren hatte noch kein Amerikaner seine Herkunft richtig erkannt.

»Okay, angenommen, Sie haben recht, was soll ich tun?«

»Ich könnte da anrufen und versuchen, Ihnen einen Termin zu verschaffen.«

»Uns.«

»Wie bitte?«

»*Uns* einen Termin zu verschaffen. Sie kommen mit und beruhigen die Leute mit Ihrer typisch amerikanischen Ausstrahlung. Bis die so entspannt sind, dass sie uns einen dicken, fetten Auftrag geben.« Er lächelte wieder. »Sie bekommen auch eine hübsche Provision, wenn Sie das hinkriegen.«

Sie nickte und ging wieder ins Büro.

Turner blieb am Pool stehen, und während er Grace am Telefon beobachtete, überfiel ihn plötzlich der absurde Gedanke, dass er mit dieser Frau vielleicht neu anfangen könnte.

Solche Gedanken waren gefährlich, das wusste er, und noch während er dabei war, sie aus dem Kopf zu verbannen, kam Grace aus dem Büro und sagte: »Okay, wir haben einen Termin bei HomePro.«

»Wann?«

»Morgen.«

»So bald?«

»Da hat jemand abgesagt. Können Sie morgen nicht?«

»Doch, doch, ich kann. Gut gemacht.«

Als sie lächelte und wieder zurück an ihren Schreibtisch ging, setzten die Gedanken erneut ein, und Turner ließ sich trotz der Gefahr von ihnen mitreißen, als säße er in einer von diesen führerlosen Postkutschen, die früher schlingernd und holpernd durch filmreife Canyons und Schluchten gerast waren, genau wie die, die ihn jetzt umgaben.

10

Als Bekker von der Vorratskammer Richtung Wohnzimmer ging, sagte Bone: »Shorty, wir haben ein Problem.«

»Ein Problem?«

»Ja, ein Problem mit dem da.«

Er zeigte mit seiner Pistole auf Peters Leiche.

»Ein Problem mit einem Toten?«

»Genau.«

»Und? Handelt es sich dabei um ein philosophisches oder ein spirituelles Problem?«

Bone schüttelte den Kopf. »Der hat die Karten neu gemischt.«

»Ich weiß beim besten Willen nicht, was du meinst, Bone. Er hat auf den Boden geblutet und den Raum vollgestunken, mehr nicht.«

»Aber die Leute werden nach ihm suchen.«

»Ach ja?«

»Ja. Seine Sippe.«

»Seine *Sippe*?«

»Klar. Wenn er nicht nach Hause kommt, mein ich«, sagte Spack, kam schlurfend näher, wobei er sein krankes Bein nachzog.

»Habt ihr nicht gehört, was er gesagt hat? Wohin seine *Sippe* unterwegs ist?«, fragte Bekker.

Spack zuckte mit den Schultern, was seine Männerbrüste und seine Wampe in dem dreckigen gelben Trainingsanzug Hula tanzen ließ.

»Mir hat diese versiffte Tusse ins Ohr gebrüllt.«

Er stupste Tanya mit seinem Stiefel in die Rippen. Ihr Kopf rollte zur Seite, und ein blutiger Speichelfaden schwankte wie eine Hängebrücke zwischen ihrer Unterlippe und dem Holzboden.

Bekker sah Bone an. »Und du? Hast du was gehört, bevor du den verdammten Truthahn tranchiert hast?«

Bone sagte: »Irgendwas mit 'nem Flug.«

»Sehr richtig. Ein Flug. Ein Flug wohin?«

Bekkers Augen wanderten zwischen Bone und Spack hin und her. Beide reagierten mit Kopfschütteln, wie zwei Legastheniker beim Buchstabierwettbewerb.

»Ein Flug nach Anchorage«, sagte Bekker.

»Anchorage?«, sagte Spack.

»Richtig. Anchorage im gottverlassenen Alaska. Und deshalb wird sich noch viele Stunden lang kein Schwein fragen, wo unser glatzköpfiger Freund bleibt.« Er sah Bone an. »Ist dein Problem damit gelöst?«

Bone zuckte mit den Schultern. »Schätze ja.«

»Gut. Wir können uns also entspannen, uns bereichern und amüsieren. Einverstanden?«

Die beiden Männer murmelten irgendwas und nickten.

»Okay, dann machen wir jetzt Folgendes. Ich gehe mit unserem Daddy hier rüber in sein Büro, zwinge ihn, den Safe aufzumachen und die Kohle rauszurücken. Ihr beide passt auf die kleine Mommy auf.«

»Wieso geht nicht einer von uns mit ihm zum Safe?«, fragte Bone.

»Haben wir etwa noch ein Problem?«, sagte Bekker.

»Kommt drauf an.«

»Kommt drauf an? Worauf denn?«

»Kommt auf dich an.«

»Auf mich?«, sagte Bekker, den Kopf schief gelegt wie der Terrier von His Master's Voice.

Turner wusste von früher, dass diese Pose normalerweise einen

Ausbruch extremer Gewalt ankündigte, und sah, wie sich der Körper des kleinen Mannes zum Kampf anspannte.

»Ja, du behandelst uns hier nämlich wie Hilfskräfte, Mann.«

»Wie *Hilfskräfte*?«

»Genau.«

Bekker nickte. »Da habt ihr recht.«

»Na bitte.«

»Ich behandele euch wie Hilfskräfte. Und wisst ihr, wieso?«

»Wieso?«

»Weil ihr verdammt noch mal Hilfskräfte seid.« Er baute sich dicht vor Bone auf. »Ich hab die Nummer hier aufgetan. Also ist das hier meine Show. Und ihr beide seid geladene Gäste. Haben wir uns verstanden?«

Bone schwoll unter T-Shirt und Lederweste an, und dann sah er zu Spack hinüber, und irgendwas Unausgesprochenes ging zwischen ihnen vor, und er zuckte mit den Schultern und trat einen Schritt zurück.

Bone sagte: »Ich hab kein gutes Gefühl dabei, dass du mit dem Wichser allein bist«, und zeigte mit einem stumpfen Finger auf Turner. »Was, wenn er dich angreift, wie er das bei mir versucht hat?«

»Der Typ ist ein Weichei«, sagte Bekker. »Der macht mir keinen Ärger.«

Bone drehte sich zu Turner um, hielt seine Pistole mit beiden Händen und ging auf ihn zu.

»Stimmt das, du Wichser?«, fragte er. Ein Spuckestrahl flog wie Ejakulat aus dem Mundloch in seiner Skimaske, landete auf Turners Wange und Nase. »Bist du schön brav?«

Turner antwortete nicht, und als der bullige Mann ihn zwischen die Beine trat, kippte er vornüber und fiel zu Boden.

Turner sah, wie Bones linker Stiefel zu einem weiteren Tritt angeflogen kam, die Nähte teilweise lose, das schwarze Leder faltig und rissig, aber die Vorderkappe – als hegte er eine Art paramilitärischen Dünkel – so blitzblank poliert, dass Turner sein eigenes verzerrtes Spiegelbild auf sich zurasen sah, und der Stiefel traf ihn so hart am Kinn, dass ihm schummrig vor Augen wurde und die Ohren klingelten.

»Das wird ihn davon abhalten, auf dumme Gedanken zu kommen«, sagte Bone und ging weg.

Bekker trat zu Turner.

»Aufstehen«, sagte er durch das Läuten von Glocken und statisches Rauschen hindurch. »Gehen wir dein Sparschwein knacken.«

11

Als Turner vor einer roten Ampel auf dem William Nicol Drive stoppte und merkte, wie seine Finger am Lenkrad des Vans zitterten, gestand er sich ein, dass er an den Auswirkungen von achtzehn vollen Stunden ohne Alkohol und Drogen litt.

Seit dem kleinen Joint, den er am Vortag geraucht hatte, als er neben Bekker in demselben Van saß wie jetzt, hatte er nichts Stärkeres zu sich genommen als Instantkaffee.

Nach seiner Rückkehr vom Haus des Todes in sein Cottage – wo die Ungeheuerlichkeit dessen, worauf er sich eingelassen hatte, auf ihn zuraste wie die Scheinwerfer einer U-Bahn – hatte er sich auf sein zerwühltes Bett fallen lassen und nach der Flasche Jack Daniel's getastet, die auf einer zerfledderten Taschenbuchausgabe von *Siddharta* auf dem Boden neben der Matratze stand, um sich in einen dumpfen, traumlosen Schlaf zu trinken.

Als er den Verschluss abschraubte und den Whiskey an die Lippen hob, war ihm zu seiner Verblüffung von dem süßlichen Geruch des Alkohols schlecht geworden. Er hatte die Flasche weggestellt und in einer Schublade gekramt, schmutzige Unterwäsche, verschmierte CDs, ein gewelltes *Rolling-Stone*-Exemplar mit Bob Dylan auf dem Titelblatt, das Gesicht des gealterten Musikers grün verfärbt, weil zahllose Joints darauf gebaut worden waren, und einen halb gerauchten Joint gefunden.

Aus der Tasche seiner Jeans hatte er sein Talisman-Zippo geholt und am Zündrad gedreht. (Ob es tatsächlich ein Relikt aus dem Vietnamkrieg war, wie der albanische Fotojournalist behauptet hatte, von dem er es für ein Säckchen Gras bekommen hatte, oder bloß ein thailändisches Billigimitat, wusste Turner nicht, und es war ihm auch egal, aber der grob eingravierte Spruch war ein gutes Lebensmotto: »Wenn ich sterbe, begrabt mich mit dem Gesicht nach unten, damit mich die ganze Welt am Arsch lecken kann.«) Noch ehe die Flamme aufzüngelte, hatte er das Butangas gerochen, und das Feuerzeug an den stummeligen Joint zwischen seinen Lippen gehoben.

Das Zigarettenpapier knisterte verheißungsvoll wie ein ungeöffnetes Geschenk, doch der beißende Rauch, der ihm in die Nase stieg, erschien ihm plötzlich so toxisch wie ein Sprühregen aus Pestiziden. Er konnte nicht mal einen einzigen Zug nehmen, spuckte die Kippe auf den Teppich und trat sie unter seinen Converse aus, als wäre sie Ungeziefer.

Scheiße, was war bloß los mit ihm?

Alkohol und Gras waren Grundbestandteile seiner täglichen Ernährung.

Ohne sie würde er ausrasten, seine hauchdünnen Nerven (jedenfalls der klägliche Rest, der von ihnen noch übrig war) würden stottern und schreien und Schreckensnachrichten an sein drogenfreies Hirn senden.

Die letzte Rettung war, eine Tablette einzuwerfen.

Aber als er den Deckel der durchsichtigen Plastikdose aufschnippte, eine Mandrax auf seinen verschwitzten Handteller schüttelte und die weiße Pille betrachtete, in deren Oberfläche die Karikatur eines spöttischen Lächelns geritzt war, wusste er, dass er sie nicht schlucken würde.

Falls er tun würde, was er Bekker versprochen hatte, dann würde er es nüchtern tun müssen.

Nüchterner, als er seit gefühlten zehn Jahren gewesen war.

Und zwar nicht, weil er fürchtete, die Entführung des Mädchens zu vermasseln, oder aus Angst vor den Folgen, sollte er geschnappt werden (obwohl ihm bei der Vorstellung, in einem von Johannesburgs überfüllten Gefängnissen zu landen – seine weiße

Haut zwischen den übrigen Insassen so auffällig wie der Sahnefilm auf einem Irish Coffee – ein Fäkalienrinnsal aus dem Anus in die Unterhose tröpfelte). Nein, er würde nüchtern bleiben, weil er wusste, dass er präsent sein musste, Zeuge seiner Handlungen sein musste, anstatt sich selbst durch eine Brille aus Alkohol und Drogen zu beobachten, mit all der Distanz, die sie gewährten.

Warum dem so war, hätte er nicht sagen können.

Es war, wie es war.

Also hatte er sich vollständig angezogen auf seinem Bett ausgestreckt und sich eine ganze Serie von Lieblings-DVDs angeschaut – *The King of Comedy, Dein Schicksal in meiner Hand, Der Dialog* – bis er endlich in einen unruhigen Schlaf gesunken war, während Elliott Gould als Philip Marlowe in Altmans *Der Tod kennt keine Wiederkehr* vor sich hin brabbelte und in einem Supermarkt in L. A. nach einer bestimmten Sorte Katzenfutter suchte.

Und jetzt war er hier, schwitzte in der sommerlichen Mittagshitze Johannesburgs wie in einem Glutofen, das Gebläse des Toyota pustete ihm heiße, benzingeschwängerte Luft ins Gesicht, und seine Finger flatterten auf dem klebrigen spritzgegossenen Kunststofflenkrad.

Dann merkte er, dass er nicht von den Vorläufern eines Delirium tremens durchgeschüttelt wurde, sondern von dem hämmernden Bass des Kwaito – Südafrikas einheimischer Bastard aus Hip-Hop und Techno –, der aus dem Sammeltaxi neben dem Toyota dröhnte und so starke Beben auslöste, dass seine Finger zitterten.

Turner lachte, hob die Hände vom Steuer und stellte verwundert fest, dass sie absolut ruhig waren.

Warum war er so unheimlich entspannt?

Ein Mann, der seit der Pubertät in einer Drehtür aus Alkohol, Cannabis, Methaqualon, Kokain, LSD, Psilocybin, Secobarbital, Amobarbital, Amphetamin, Kodein und jeder anderen denkbaren beruhigenden oder aufputschenden Substanz, die er schlucken, rauchen oder sogar spritzen konnte, gefangen gewesen war, sollte den Weg zu seinem Date mit dem Schicksal doch eigentlich im Veitstanz zurücklegen.

Aber als die Ampel auf Grün sprang und er mit Vollgas beschleunigte, sodass ein beinloser Bettler, der seinen Torso auf einem Skateboard balancierte, sich so hastig in Sicherheit bringen musste, dass sein Tony Hawk Birdhouse mit der Spitze über den Asphalt schrammte, schwelgte Turner plötzlich in dieser neugefundenen Klarheit, nahm den erschreckend blauen Himmel wahr, der sich über einer khakifarbenen Smogschicht spannte und die riesigen Plakatwände umrahmte: Reklame für Mobilfunknetze, Kosmetika und Luxusautos. Er war im Speckgürtel Johannesburgs angekommen, in einer Stadt, die sich auf der Flucht vor sich selbst nach Norden streckte, weg von der fauligen Jauchegrube in ihrem Zentrum.

Als Turner an dem Betonbunker der Sandton City Mall vorbeibrauste, fühlte er sich gefährlich omnipotent.

Konnte er das tun?

Konnte er das Mädchen entführen und seinen eigenen Kopf vor Mr. Pauls Hammer retten?

Scheiße, ja.

Ja, er konnte.

12

Turner verließ das Wohnzimmer durch die Terrassenschiebetür, die Hände hinterm Kopf verschränkt. Bekker, der ihm dicht auf den Fersen folgte, presste ihm die Mündung seiner Pistole in den Rücken.

Als sie den Pool umrundeten, den Scherben der zerbrochenen Tequilaflasche auswichen, die wie Diamanten verstreut auf den Fliesen lagen, tauchte der PoolShark auf und dümpelte einen Moment an der Oberfläche, ehe er Luft schnappte, um wieder unter Wasser zu gleiten und davonzuzockeln. Die kleinen Wellen, die er erzeugte, warfen Lichtbögen über die beiden Männer.

»Gott, Bekker«, sagte Turner, »was für ein Scheißfiasko.«

»Kannst du laut sagen.«

»Das läuft alles total aus dem Ruder.«

»Halt einfach die Klappe«, sagte Bekker, stieß ihn mit der Pistole vorwärts, »und geh weiter.«

Als sie die Tür zum Büro erreichten, trat Bekker einen Schritt zurück.

»Schließ auf.«

Turner zog seinen Schlüsselbund aus der Tasche und öffnete die Tür.

»Mach Licht.«

Turner hob den Arm und drückte den Kippschalter, und vier in der Decke versenkte Halogenstrahler warfen kühles, gleißendes Licht über die zwei Schreibtische und die beiden Aktenschränke.

Ein PoolShark war an einer Wand montiert, Turners Vorstellung von einem nostalgischen Scherz, eine Anspielung auf die spektakulären Angeltrophäen, die einst die Männerhöhlen von Papa Hemingway und anderen testosterongesteuerten Machos geschmückt hatten.

Nur Grace hatte den Gag je verstanden und für ein Foto posiert, auf dem sie sich dicht vors Maul des PoolShark beugte, die Lippen zum Schmollmund à la Marilyn Monroe gespitzt, das blonde Haar wie Zuckerwatte um die Schultern drapiert.

Nachdem er das Foto mit seinem BlackBerry gemacht hatte, war Turner durch die Beschwörung seiner Pubertätsfantasien derart heißgemacht, dass er Grace über den Schreibtisch gebeugt, ihr Kleid hochgeschoben und sie von hinten genommen hatte, während das Telefon klingelte und klingelte.

»Wo ist der Safe?«, fragte Bekker.

»Hinter dem Kalender da«, sagte Turner und deutete auf den Wandkalender neben Grace' Schreibtisch, der Landschaften des amerikanischen Südwestens zeigte, in diesem Monat das Monument Valley bei Sonnenuntergang.

»Mach ihn auf«, sagte Bekker.

»Wir müssen miteinander reden.«

»Mach endlich den Safe auf, Engländer«, sagte Bekker. »Die können uns vom Haus aus sehen.«

Er hatte recht.

Das Büro hatte genau wie der Rest dieser blassbraunen Geschmacksverirrung deckenhohe Glastüren, die in die hell verputzten Wände eingelassen waren, und die beiden maskierten Männer standen im Wohnzimmer und starrten über den Pool hinweg zu ihnen herüber.

Als er sich an Grace' Schreibtisch vorbeizwängte, dessen leere Schubladen vorragten wie Zungen, streifte Turners Arm die Broschüre eines Baumarktes und schob sie beiseite. Darunter kam ihr Handy zum Vorschein, das das grelle Licht eines Deckenstrahlers reflektierte. Sie musste es vergessen haben, als sie hastig ihre Sachen packte, um möglichst schnell von ihm wegzukommen.

Turner griff nach unten, nahm das Telefon, ohne dass Bekker es sehen konnte, und ließ es in die Tasche seiner Chino-Hose gleiten. Ein schwacher Hauch von Grace' Duft hing in der Luft über ihrem Schreibtisch wie ein gebrochenes Versprechen.

13

Eine schlecht beleuchtete Sitzecke in einer fensterlosen Cocktailbar, in der immer Mitternacht war.

Frank Sinatra trällerte im Hintergrund *I've got you under my skin.*

Eine amerikanische Blondine, die Turner in die Augen schaute.

Das Einzige, was nicht ganz passte, war das Mineralwasserglas, mit dem er ihr zuprostete.

»Cheers.«

»Cheers«, sagte Grace und trank einen Schluck Whiskey Cola.

Turner konnte das süße Aroma des Alkohols riechen und musste sich schwer beherrschen, dem Barkeeper, einem Schwulen mit einer Hakennase wie ein Geier, nicht zu winken und auch für sich einen Drink zu bestellen.

»Auf Sie, weil Sie den PoolShark bei einem Großkunden untergebracht haben«, sagte er.

»Abwarten«, sagte sie, »noch ist das Geschäft nicht unter Dach und Fach.«

»Doch, ich glaube schon. Sie waren einfach großartig. Die alten Knaben haben Ihnen ja förmlich aus der Hand gefressen.«

Sie zuckte mit den Schultern. »Ich hab mir einfach vorgestellt, ich würde mit meinen notgeilen Onkeln reden.«

»Sie hatten notgeile Onkel?«

»Haben nicht alle kleinen Mädchen notgeile Onkel?«

Er sah sie an.

»Sie sagen das, als wäre es ein Initiationsritual.«

»Beschönigen Sie es nicht, John. Es ist, was es ist.«

Grace schob die Zungenspitze zwischen die Lippen und entfernte mit Daumen und Zeigefinger einen Tabakkrümel, und Turner spürte den fast übermächtigen Drang, sie zu küssen.

»Ich hatte es besser als die meisten. Oder zumindest nicht schlechter«, sagte Grace.

Er sah irgendetwas in ihrem Gesicht, das ihn die neue Richtung des Gesprächs bedauern ließ, und er lehnte sich auf seinem Platz zurück.

»Das war übrigens mein Ernst, das mit der Provision.«

Sie nickte. »Ich weiß. Und ich werde nicht behaupten, ich könnte das Geld nicht gebrauchen.«

Sie saßen eine Weile da, ohne zu reden.

Die Bar hatte kaum Gäste: Ein Mann mit geschickt überkämmter Halbglatze saß gebeugt an der Theke, und in einer Sitzecke weiter hinten ergingen sich zwei Ehebrecher in einem vom Alkohol befeuerten verbalen Vorspiel.

Turner beobachtete, wie Grace trank.

Sie hielt das Glas in der rechten Hand und ließ es auch nicht los, wenn es zwischen den kleinen Feuchtigkeitskringeln auf der Tischplatte stand, als bräuchte sie etwas, woran sie sich festhalten konnte.

Ihre Finger waren lang und sahen aus, als besäßen sie eine sehnige Kraft. Die Nägel waren kurz geschnitten und in einem hellen Elfenbeinton lackiert. Der Nagel an ihrem Zeigefinger war ein bisschen ausgefranst, als hätte sie darauf gekaut.

Sie hob das Glas an den Mund und trank einen Schluck.

Ihre Lippen waren von Natur aus voll, und ihre Zähne weiß und regelmäßig.

Amerikanische Zähne, dachte Turner.

Als er sah, wie ihre blauen Augen sich fragend verengten – was ein feines Netz aus Fältchen in den Winkeln entstehen ließ –, merkte er, dass er sie anstarrte.

Turner wandte den Kopf und betrachtete die Fische in dem Aquarium hinter der Theke. Ein Fischchen, eigentlich bloß ein tiefschwarzer kleiner Strich, wurde von einem dicken roten Räuber mit gelben Flossen verschluckt.

»John?«

»Ja?«

»Darf ich Sie mal was fragen?«

Grace klopfte leise mit dem Nagel des linken Zeigefingers gegen ihr Glas.

Eine weitere verräterische Angewohnheit?

»Selbstverständlich.«

»Sie trinken keinen Alkohol?«

»Nein, ich trinke keinen Alkohol.«

»Aber früher schon?«

Er nickte. »Ja. Jetzt bin ich trocken.«

»Waren Sie abhängig?«

»Ja, ich hab jede Art von Alkohol und Drogen mit religiöser Inbrunst geliebt.«

Sie lachte. Ein Luftzug, der ein Windspiel kitzelte.

»Ich hab's mir gedacht.«

»Was haben Sie sich gedacht?«

»Okay, wenn ich Sie anschaue, sehe ich einen gepflegten Mann, ziemlich korrekt und vielleicht sogar ein bisschen spießig. Aber da steckt noch was anderes in Ihnen.«

»Was anderes?«

»Oh ja.«

Sie nahm einen tiefen Zug von ihrer Zigarette, schloss die Augen, während sie das Kinn hob und Qualm ausstieß, und sah ihn dann durch den Rauchschleier an.

»Was denn zum Beispiel?«, fragte Turner.

»Sagen Sie's mir.«

»Da ist nichts anderes.«

»Gar nichts?«

Er schüttelte den Kopf.

»Nicht mehr«, sagte er.

»Sie nehmen mir nicht übel, dass ich Sie danach gefragt habe?«

»Überhaupt nicht.«

»Okay.«

»Wir arbeiten zusammen. Sie sollten darüber Bescheid wissen.«

»Wie lange sind Sie schon trocken?«

»Zehn Jahre.«

»Glückwunsch.« Sie ließ die Eiswürfel in ihrem Glas kreisen. »Warum haben Sie vorgeschlagen, dass wir hier Pause machen? Fällt es Ihnen nicht schwer, in so einer Bar zu sein?«

Er zuckte mit den Schultern. »Ihr Erfolg sollte ein bisschen gefeiert werden. Aber, ja, es weckt Erinnerungen.«

»Schlechte Erinnerungen?«

»Gute und schlechte.«

»Und was gefällt Ihnen hier?«

»Wie Sie aussehen, wenn Sie trinken.«

»Wie seh ich denn aus?«

»Durstig.«

Sie lachte und tippte gegen ihr Glas.

Kling, kling.

»Sehnen Sie sich manchmal danach, einfach betrunken oder high zu sein?«, fragte sie.

»Und wie. Das können Sie sich gar nicht vorstellen.«

»Doch, ich kann's mir vorstellen.«

»Ach ja?«

»Ja. Ich hab die letzten fünf Jahre mit einem Menschen verbracht, der im Suff aggressiv wurde.«

Ein Ausdruck von Verletzlichkeit huschte über ihr Gesicht, doch sie wischte ihn mit einer Handbewegung weg.

»Also, ich bewundere Sie, John.«

Sie schob ihr halb leeres Glas zur Seite und stand auf.

»Kommen Sie«, sagte sie. »Sehen wir zu, dass Sie hier rauskommen, ehe Sie schwach werden.«

»Wird nicht passieren.«

Aber er stand auf und folgte ihr nach draußen ins gleißende Sonnenlicht.

Als sie über den Parkplatz zu seinem wartenden Lexus gingen – der Asphalt klebrig unter ihren Schuhsohlen –, setzte Grace eine schwarze Sonnenbrille auf, die an Jackie Kennedy in der Camelot-Ära erinnerte. Ein schwacher, heißer Wind züngelte an ihrem blonden Haar.

Turner hielt ihr die Wagentür auf und beherrschte sich, auf ihre Beine zu schauen, als sie sich auf den Beifahrersitz schob.

Nachdem sie eine Weile durch die sonnengrellen Straßen gefahren waren, vorbei an kleinen Shoppingcentern und Gewerbegebieten, räusperte Grace sich.

»John, darf ich was sagen?«

»Ja, natürlich.«

»Ich mag Sie.«

»Ich mag Sie auch.«

»Und ich mag meinen Job, sehr sogar.«

»Das freut mich.«

»Ich will damit sagen, ich hab gerade eine sehr schwierige, chaotische Zeit hinter mir, und ich versuche, mein Leben wieder auf die Reihe zu kriegen. Verstehen Sie, worauf ich hinauswill?«

»Ich glaube schon.«

»Okay.«

»Keine Sorge, ich werde Ihnen keine Probleme bereiten.«

»Gut.«

Turner hatte den Lexus gerade in seine Einfahrt gelenkt, als Grace sagte: »Ach du Scheiße.«

Ein schwarzes BMW-Cabrio mit Phoenix-Nummernschild parkte vor der Garage.

Die Fahrertür ging auf, und eine Frau stieg aus dem Wagen.

Sie war groß und schlank, trug Jeans und ein kurzärmeliges Hemd, und ihr dunkelblondes Haar war zu einem nachlässigen Knoten gebunden.

Als Turner sah, wie Grace die Frau anstarrte, wurde ihm klar, dass er ein paar voreilige Annahmen revidieren musste.

»Alles in Ordnung?«, fragte er.

Grace nickte und öffnete die Tür.

»Alles bestens, John. Bis morgen dann, okay?«

Grace stieg aus und ging auf die blonde Frau zu.

Es gab einen peinlichen Moment, als die schlaksige Frau eine Hand ausstreckte, um Grace zu berühren, und diese zurückwich.

Dann, in dem Wissen, dass Turner sie beobachtete, trat sie vor und ließ sich von der Frau umarmen.

Grace sagte irgendwas, das Turner nicht genau hören konnte, und die Fremde sah zu ihm herüber.

Grace ging um den BMW herum und stieg ein. Die Frau ließ den Motor aufheulen und setzte halsbrecherisch zurück, kollidierte fast mit der ankommenden Tanya in ihrem Subaru.

Tanya stieg aus dem SUV, sah dem davonfahrenden BMW hinterher und musterte Turner dann auf eine Art, wie nur sie es konnte.

Auf eine Art, die ihn entblößte.

Als er auf das Haus zuging, folgte Tanya ihm.

»Johnny?«

»Ja?«

»Du bist scharf auf diese Milchkuh, nicht wahr?«

Er ging, ohne zu antworten, weiter in Richtung Büro.

Tanya sagte: »Du kannst sie vögeln, mir egal. Aber komm nicht auf dumme Gedanken, sonst …«

Sie fuhr sich mit einem Finger quer über die Kehle und zwinkerte ihm zu, dann ging sie ins Haus.

14

Als Turner den Kalender vom Haken nahm und das digitale Touchpad des Wandsafes dahinter zum Vorschein kam, spürte er Grace' Handy schwer in seiner Tasche.

Was, wenn es klingelte?

»Verdammt, Engländer«, sagte Bekker, »jetzt leg mal einen Zahn zu. Ich kann die Dumpfbacken da hinten nicht zu lange allein lassen.«

Turner tippte den Code ein und öffnete den Safe. Drei gebundene Packen Dollarscheine lagen auf dem dünnen Stapel Unterlagen, die wichtig genug waren, um sie unter Verschluss zu halten.

Er reichte Bekker das Geld, und der blätterte die Packen durch.

Turner trat näher an die Wand, sodass er für die Beobachter im Haus unsichtbar wurde, und sagte: »Ich will, dass ihr das Geld nehmt und verschwindet.«

Bekker verstaute die Scheine kopfschüttelnd in seiner Jackentasche.

»Dafür ist es zu spät, Engländer.«

»Wieso?«

»Nach unserem Treffen heute hab ich mit dem Mohrenkopf konferiert, und wir sind beide der Meinung, dass deine Fotze von Frau ein zu großes Risiko darstellt. Es geht nicht anders.«

»Großer Gott.«

»Um ganz ehrlich zu sein, Engländer, ich mach das nur, weil das Miststück endgültig zum Schweigen gebracht werden muss. Wenn es bloß darum ginge, dass sie deinem Liebesglück im Wege steht, hätte ich schweren Herzens abgelehnt.«

»Du bist mir was schuldig.«

»Meinst du?«

»Ja.«

»Du bist am Leben. Ich würde sagen, damit ist jede mögliche Schuld voll bezahlt.«

»Ich verlange, dass du das hier beendest. Sofort.«

Wieder schüttelte Bekker den Kopf. »Du hast das Ganze angeleiert. Mach dir jetzt bloß nicht ins Hemd.«

»Aber meine Tochter ist hier ...«

»Nicht meine Schuld. Ich hab mich auf deine Auskunft verlassen, dass sie nicht im Haus sein würde.«

»Wie hätte ich denn ahnen können, dass so was passiert? Oder dass du das arme Schwein da draußen umbringst?«

»Na ja, *ich* hab ihn nicht umgebracht. Das war mein Mitarbeiter.« Durch das Mundloch in seiner Maske ließ Bekker ein Lächeln aufblitzen. »Hey, sieh's positiv. Es ist nämlich ganz gut für dich, dass wir den Typen kaltgemacht haben und deine Tochter hier ist.«

»*Gut* für mich?«

»Ja, denk mal drüber nach.«

Turner schüttelte den Kopf.

»Okay, geplant war, dass die werte Gattin dran glauben muss und du überlebst. Das hätte ein bisschen, nun ja, verdächtig wirken können. Jetzt haben wir den Toten, deine Tochter als Zeugin, die Schlampe tot und du einigermaßen lädiert, aber wohlauf. Erwähnte ich bereits, dass ich dir noch ein paar Tritte und Schläge verpassen muss, bevor wir den Abmarsch machen, nur damit alles authentisch wirkt?«

»Ich bin doch schon grün und blau geschlagen worden.«

»Das ist das Problem mit dem gewöhnlichen Durchschnittspsychopathen: als Killer bestens geeignet, aber Impulskontrolle gleich null.«

»Wo hast du diese Arschlöcher eigentlich aufgetrieben?«

»Im Klub der jungen Republikaner.« Bekker lachte.

»Bist du sicher, dass die nichts von unserem Plan wissen?«

»Die beiden Loser haben von nichts 'ne Ahnung. Ich hab sie speziell wegen ihrer beschränkten kognitiven Fähigkeiten ausgesucht.« Er breitete die behandschuhten Hände aus. »Es sind nützliche Idioten.«

»Vorhin wollten sie sich mit dir anlegen.«

Bekker zuckte mit den Schultern. »Das Rudel versucht immer, den Leitwolf in den Arsch zu beißen. Entspann dich, Engländer, ich hab alles im Griff.«

»Was willst du mit ihnen machen? Hinterher?«

»Da draußen gibt es jede Menge Sand und Kojoten.« Er wandte sich zur Tür. »Los jetzt, machen wir, dass wir zurückkommen, die beiden da hinten haben die Aufmerksamkeitsspanne von Fruchtfliegen.«

»Wie geht's jetzt weiter?«

»Ich bring dich zurück ins Haus. Ich gehe mit der werten Gattin ins Schlafzimmer und tue, was getan werden muss, und dann verschwinden wir. Du rufst die Cops und erzählst ihnen deine tragische Geschichte.«

Turner starrte ihn an.

Bekker stand in der offenen Tür. »Komm schon, Engländer, deine Zukunft wartet. Wer hat das nochmal gesagt: Es ist nie zu spät, eine glückliche Kindheit zu haben.«

15

Noch immer aufgeputscht von dem jähen Optimismus, der ihn unerwartet erfasst hatte - vielleicht bastelte sein verstörter Körper bloß ein Mixtape aus seinen Neurotransmittern? -, kurvte Turner nach Sandown, wo er den Van in eine stille Allee steuerte, in der sich Luxusvillen hinter hohen Mauern und Elektrozäunen versteckten.

Die Gegend, vor fünfundzwanzig Jahren noch offenes Land mit den Pferdekoppeln und Ställen von Johannesburgs Selfmade-Oberschicht, war von Bauunternehmern zerstückelt worden.

Er rollte an der Schule des Mädchens vorbei, die so exklusiv war, dass nur eine dezente Messingtafel auf sie hinwies, und suchte nach der Seitenstraße hinunter zum Fluss, der durch den Vorort plätscherte.

Plötzlich hörte Turner ein Geräusch, das an ein brausendes Hornissennest erinnerte, und sah vier mit Overalls bekleidete Schwarze, die mit Motorsensen dabei waren, das Gras an der Mündung der Seitenstraße zu schneiden.

Er fuhr einen halben Block weiter und hielt dann an, tat so, als würde er mit seinem Handy telefonieren, während er die Männer im Rückspiegel beobachtete. Erst als sie sich ein gutes Stück entfernt hatten, setzte er zurück und steuerte den Toyota langsam in die kleine Allee, die zwischen der hohen Schulmauer und einer benachbarten Villa hindurchführte.

Er gelangte zu einem niedrigen Holzzaun und parkte den Van, vergewisserte sich im Rückspiegel, dass er nicht beobachtet wurde, setzte eine Mütze auf und streifte ein Paar OP-Handschuhe über.

Turner stieg aus dem Wagen. Die Hände mit den OP-Handschuhen in den Hosentaschen kletterte er durch eine Lücke im Zaun und ging eine grasige Böschung entlang, bis er den Fluss, der nach den jüngsten Regenfällen angeschwollen war, über Steine sprudeln sah.

Er versteckte sich unter den tiefen Zweigen einer Weide und stellte erstaunt fest, wie schön dieses Fleckchen Erde war. Kaum eine Plastiktüte oder verrostete Bierdose störte die Idylle.

Turner hatte den Jukskei River noch nie in dieser wohlhabenden Szenerie gesehen, kannte ihn aber in einer gänzlich anderen Umgebung weiter stromabwärts, wo er kräftiger war und sich einen Weg durch das dicht besiedelte Township Alexandra bahnte – sein Wasser eine schwarze Kloake, sein Ufer eine stinkende Halde aus fauligem Müll.

Eines Nachmittags, vor Jahren, hatte er sich in der Bar des Michelangelo Hotels in Sandton, einer pseudo-italienischen Geschmacksverirrung, die gut auf den Las Vegas Strip gepasst hätte, systematisch betrunken und war an eine Clique von Xhosa-Dandys geraten, die ihn mit nach Alexandra genommen hatten, weil sie dort einen Dealer mit sagenhaft starkem Haschisch kannten.

In dem basarähnlichen Gewirr von Hütten hatten sie einen Äthiopier gefunden, der mit einer schwungvollen Geste, die eines Fakirs würdig gewesen wäre, ein prächtiges koptisches Tuch gelüftet hatte, unter dem sein harziges Warenangebot auf einem Gebetsteppich ausgebreitet war. Eine junge Frau von majestätischer Schönheit hatte ihnen eine Shisha gereicht, und der Nachmittag war (zusammen mit den Xhosa-Flaneuren) in einer aromatischen Rauchwolke entschwunden.

Wie Turner dann allein mit der Frau in der benachbarten Hütte gelandet war, wusste er nicht mehr (vielleicht hatte Geld den Besitzer gewechselt, obwohl er sich lieber einredete, dass dem nicht so gewesen war), jedenfalls hatten sie in einer durch das Haschisch gesteigerten lustvollen Ekstase lange und laut auf einer

Strohmatte gevögelt, während sintflutartiger Regen auf das Blechdach trommelte und den Boden in Matsch verwandelte, die armselige Hütte schwankte und knarzte, als würde sie gleich aus ihrer Verankerung gerissen und davonschwimmen.

Es war Nacht, als Turner durch nahezu knietiefen Schlamm aus der Hütte watete und im Schein der Lichtmasten, der den Bruchbuden eine Farbe wie Gedärm verlieh, den Fluss vorbeitosen sah. In den Fluten trieben entwurzelte Bäume, Türen, Dächer und der aufgeblähte Kadaver einer Ziege, die gewundenen Hörner mit Abfall geschmückt.

Die Äthiopierin, an deren schlankem Arm ein Kettenpanzer aus Reifen klimperte, hatte ihn zurück in die Hütte geholt, und als er das nächste Mal wach wurde, war es Morgen, und sie war weg. Er war gezwungen gewesen, unter Lebensgefahr über den dreckigen braunen Fluss zu fliehen, aber das war, wie man so sagt, eine andere Geschichte, denn nun kam ein sehr viel jüngeres Mädchen aus einem ganz anderen Afrika am Flussufer entlang auf ihn zu. Sie trug einen blauen Blazer, eine weiße Bluse, eine schwarze Krawatte und einen grauen Rock.

Als Turner das Mädchen sah – erst sehr viel später, als die wütenden Medien sich auf die Geschichte gestürzt und sie gnadenlos ausgeschlachtet hatten, erfuhr Turner den Namen des Mädchens –, war er verblüfft, wie klein sie war, eher noch ein Kind als ein Teenager.

Sie setzte sich mit dem Rücken zu Turner auf einen Baumstamm, nahm einen iPod aus ihrer Schuluniformjacke, stöpselte die Ohrhörer ein und starrte aufs Wasser.

Turner griff in die Tasche seiner Levi's, holte ein weißes Leinentaschentuch und ein kleines Glasfläschchen mit einer klaren Flüssigkeit hervor. Das Betäubungsmittel hatte er sich bei einem Tierarzt besorgt, der ihm haufenweise Koks abkaufte. Der Mann hatte ihm versichert, dass es ausreichen würde, um einen schmächtigen Teenager bis zu dreißig Minuten lang bewusstlos zu machen.

Die Schultern des Mädchens bewegten sich, und er dachte, sie würde im Takt der Musik wippen, doch als sie den Kopf zur Seite wandte und hinauf in den Himmel schaute, sah er Tränenspuren auf ihrem Gesicht.

Die Tränen entwaffneten ihn.

Alle Kaltblütigkeit, alle Zuversicht, die er empfunden hatte, waren mit einem Schlag verflogen, und der Wahnsinn des Plans trat zutage.

Er konnte das nicht.

Selbst ein eindringlicher Flashback, in dem Mr. Paul im Regenmantel seinen Hammer schwang und Blut und Hirnmasse aus dem Kopf des weißen Mannes spritzten, konnte Turners Füße nicht zu dem weinenden Kind bewegen.

Er wich zurück in den Schatten, blieb stocksteif stehen und wünschte sich mit aller Macht, das Mädchen würde zurück auf den Schulhof gehen, ehe etwas Dunkles und Schwaches in ihm einen Sinneswandel herbeizwang.

Nach einer Ewigkeit stand sie auf, betupfte die Augen mit einem Taschentuch und putzte sich die Nase. Dann rollte sie sorgfältig das Kabel der iPod-Ohrstöpsel zusammen und schob das Gerät in ihre Tasche.

Sie stand auf, ging weg und verschwand durch eine Lücke im Zaun der Schule.

16

Als Turner von Bekker mit vorgehaltener Pistole wieder ins Wohnzimmer geführt wurde, sagte Bone: »Das hat aber ganz schön lange gedauert.«

Bekker zuckte mit den Schultern. »Probleme mit den Fingern.«

»Was soll das heißen, Mann?«

»Das soll heißen, dass der gute Daddy ein paar Mal den falschen Code eingetippt hat.« Bekker klopfte auf die Tasche seiner Windjacke. »Keine Panik, ich hab alles.«

»Zeig's uns«, sagte Bone.

Spack schlurfte zu Bone hinüber und kratzte sich die Ziehharmonikafalten in seinem Specknacken.

Bekker lachte. »Vertraut ihr mir nicht?«

»Zeig uns die verdammte Kohle.«

Bekker reagierte nicht, sondern sagte stattdessen zu Turner: »Auf den Boden, Hände hinter den Kopf.«

Turner gehorchte, blickte zwischen den Füßen der Männer hindurch zu Tanya hinüber und sah ihre unverletzte Hand zucken. Die Finger krümmten sich kurz, wurden dann wieder schlaff und reglos.

Er lauschte auf irgendeinen Laut von Lucy, hörte aber nichts aus der verschlossenen Vorratskammer.

Bone ging zu Bekker, baute sich dicht vor ihm auf.

»Lass uns das Geld jetzt gleich aufteilen.«

Bekker schüttelte den maskierten Kopf. »Noch nie was von Ganovenehre gehört?«

»Zeig uns die Kohle.«

»Wer bist du? Scheiß Jerry Maguire?«, sagte Bekker. »Fick dich.«

Turner konnte eine Schärfe in Bekkers Stimme hören, die nicht bloß Wut war, und er fragte sich, ob der kleine Mann angefangen hatte, irgendwelche von den Drogen zu nehmen, die er von Mexiko aus ins Land brachte.

Vielleicht Black Tar Heroin?

Damals in Südafrika hatte Bekker zwar Alkohol in ozeanischen Mengen konsumiert, aber immer die Finger von harten Drogen gelassen, weil er meinte, sie machten schlaue Leute dumm und dumme Leute gefährlich, doch gestern auf dem Flugzeugfriedhof hatte Turner den Eindruck gehabt, dass Bekker von etwas anderem als bloß Alkohol aufgekratzt war. Sein tolldreistes Verhalten und bedenkenloses Selbstvertrauen deuteten eher auf das Nebenprodukt einer synthetischen Dröhnung hin als auf die Wirkung von Alkohol.

Turner hatte in Bekkers sehnigen Armen keine Einstiche bemerkt, aber das musste nichts heißen. Er könnte mexikanisches Heroin rauchen oder sich den Scheiß zwischen die Zehen spritzen.

Bone hatte seine Automatik in der Hand. Er zielte damit nicht direkt auf Bekker, benutzte sie aber als eine Art Ausrufezeichen, als er sagte: »Gibst du uns jetzt unseren Anteil, oder müssen wir ihn dir abnehmen?«

Bekker wurde auf einmal ganz ruhig.

»Überleg dir gut, ob du bereit bist, deine Scheißwaffe auch zu benutzen, sonst trägst du sie nämlich demnächst als Arschstöpsel.«

Bone hob die Pistole und drückte sie Bekker an die Schläfe.

Spack, vom Verhalten seines Genossen ermutigt, hob ebenfalls seine Waffe, und ihr Lauf landete an Bekkers Hinterkopf wie ein Gummipfeil, der sich an seinem Ziel festsaugt.

»Na los. Knallt mich doch ab«, sagte Bekker trocken und ausdruckslos.

17

Ein lächelnder Portier mit Schirmmütze und Handschuhen winkte Turner mit einladender Handbewegung aus der Vormittagshitze in die arktische Kälte der Lobby des Innenstadthotels.

Turner zögerte einen Moment, ging dann zum Empfang, wo ein Mitarbeiter ihn mit einem knappen Lächeln bedachte.

Turner sagte: »Würden Sie bitte Miss Worthington in Zimmer 804 Bescheid geben, dass ich sie sprechen möchte?«

Als Grace am Morgen nicht zur Arbeit erschienen war, hatte Turner versucht, sie auf dem Handy anzurufen, aber nur die Mailbox bekommen.

Er hatte es zehnmal versucht.

Elfmal.

Das zwölfte Mal im Wagen, als ein Impuls, den er nicht richtig benennen konnte – Sorge? Begierde? –, ihn bewog, in die Stadt und zu ihrem Hotel zu fahren.

Der Rezeptionsmitarbeiter schüttelte den Kopf. »In ihrem Zimmer geht niemand ran, Sir.«

»Danke, ich fahr einfach mal hoch und klopfe.«

Turner teilte sich den Fahrstuhl mit einem jungen asiatischen Paar, das den Boden anstarrte, als wäre er eine Falltür, die sich jeden Moment öffnen könnte.

Die Türen glitten mit einem Seufzen auf, Turner trat hinaus in die Teppichbodenstille des Ganges und folgte der Beschilderung bis zum Zimmer 804.

Als er anklopfte, ging die unverschlossene Tür einen Spalt auf, und er sagte: »Grace?«

Keine Antwort.

Er drückte die Tür etwas weiter auf und bekam einen Teil des Zimmers zu sehen, wie ein Standfoto aus einem Film: Eine leere Flasche Wodka lag auf dem Teppich neben einem Paar vergessener Stilettos.

»Grace?«

Wieder keine Antwort.

Er öffnete die Tür ganz und ging hinein.

Ein Streifen hartes Sonnenlicht drang durch einen Schlitz in den geschlossenen Vorhängen und fiel auf Grace, die ausgestreckt mit dem Gesicht nach unten auf dem Bett lag, ohnmächtig, ihr Kleid – ein Designerteil aus irgendeinem feinen Stoff – zerknittert und fleckig.

Turner sah die nur allzu vertrauten Spuren eines Besäufnisses: ein fehlender Ohrring, verschmierter Lippenstift, eine Schleimspur aus Speichel vom Mundwinkel bis zum Kinn.

Sie roch nach kaltem Zigarettenrauch, Alkohol und Schweiß, und Turner nahm das brackige Aroma des ungewaschenen Schritts einer lüsternen Frau wahr.

Am Scheitel breitete sich ihr schwarzer Haaransatz aus wie ein Tintenfleck auf Papier.

Turner unterdrückte die jähe Enttäuschung darüber, dass sie eine unechte Blondine war.

»Grace?«

Er stupste sie an der Schulter an, und Grace hustete und schlug die Augen auf.

Sie stemmte sich auf die Ellbogen, starrte ihn durch einen Vorhang aus verfilztem Haar an. Ihr rechtes Auge war geschwollen.

Turner sagte: »Ich hab mir Sorgen gemacht. Ist alles in Ordnung?«

Sie sagte nichts, rollte sich auf den Rücken. Ihr Kleid rutschte hoch, und er konnte sehen, dass sie keine Unterwäsche trug. An ihren Oberschenkeln waren Blutergüsse.

Sie sah ihn an und brach in Tränen aus.

Als Turner ihr eine tröstende Hand auf die Schulter legen wollte, schlug sie sie weg und sprang auf. Er dachte, sie wolle ihn ohrfeigen, doch stattdessen sprintete sie ins Bad, und Turner hörte, wie sie sich heftig erbrach.

Er setzte sich aufs Bett, wartete und fragte sich, warum er hergekommen war.

Nach erneutem lautem Würgen, Ächzen und Stöhnen ging die Toilettenspülung, und Turner hörte das Geräusch von fließendem Wasser.

Schließlich erschien Grace wieder und lehnte sich gegen den Türrahmen.

»Sie sind noch da?«, sagte sie mit einer Stimme wie gesplittertes Glas.

Sie nahm eine Packung Zigaretten aus einer Schublade und zog eine mit den Lippen heraus. Sie steckte sie an, hustete und betrachtete ihn blinzelnd durch einen Rauchschleier, während sie sich aufs Bett setzte und die langen Beine unter den Körper zog wie ein nistender Schwan.

Sie nahm eine halb leere Literflasche Wodka vom Nachttisch, hielt sie hoch und winkte ihm fragend damit.

Als Turner den Kopf schüttelte, sagte Grace: »Ach ja, stimmt. Mr. Ohne Laster, hä?«

Sie trank einen Schluck direkt aus der Flasche und schloss kurz die Augen, ehe sie sie mit einem lauten Knall wieder auf den Tisch stellte.

Sie schlang die Arme um den Oberkörper, starrte auf den Teppich. Dann blickte sie auf, und Turner konnte deutlich ihr verschwollenes Auge sehen.

»War sie das?«, fragte er. »Die Frau mit dem BMW?«

»Was sind Sie doch für ein Hellseher! Lesen Sie auch aus der Hand?«

Er stand vom Bett auf und sagte: »Ich geh dann mal.«

»Nein, bleiben Sie. Bitte.«

Sie streckte den Arm aus und berührte ihn. Ihre Finger zitterten wie das Herz eines gefangenen Vogels in der hohlen Hand.

Turner setzte sich.

»Ja«, sagte sie. »Ich bin schwach geworden. Hab sie wieder hereingelassen. Es ist so gelaufen wie immer.«

»Tut mir leid.«

Sie zuckte mit den Schultern. »Schon gut. Sie ist tot.«

»Beziehungen enden«, sagte er. »Manchmal ziemlich übel.«

»Nein, ich mein's ernst. Sie ist wirklich tot.«

Er starrte sie an.

»Vor einer Stunde hat mich ihr Bruder angerufen und gesagt, dass Megan auf dem Rückweg nach Phoenix ihr Auto zu Schrott gefahren hat. Sie war auf der Stelle tot.« Sie ließ zwei Kondensstreifen Rauch aus der Nase entweichen. »Er hat mich beschimpft. Mich als Lesbe bezeichnet. Hat gesagt, ich hab sie umgebracht und soll es ja nicht wagen, zu ihrer Beerdigung zu kommen.«

Sie weinte wieder, wischte sich mit dem Handrücken Rotze von der Nase.

Turner nahm eine Schachtel Papiertücher von der Frisierkommode und reichte sie ihr.

»Ich bin jämmerlich«, sagte sie und putzte sich die Nase.

Als sie nach der Wodkaflasche griff, nahm er sie ihr aus der Hand.

»Ich vermute, Sie sind keine große Trinkerin?«

»Nein. Eigentlich nicht. Megan ist eine. *War.* Sie war blau, als sie losgefahren ist. Ich hätte sie aufhalten müssen.« Sie schüttelte den Kopf. »Ich hab das Gefühl, es ist meine Schuld.«

»Es ist verständlich, dass Sie das Gefühl haben. Aber sie können nichts dafür«, sagte Turner. »Sie sollten sich wieder hinlegen.«

Sie tat wie geheißen, und er breitete die Decke über sie.

Er wollte sie berühren, fürchtete sich aber vor dem, was er entfesseln könnte, wenn er es täte.

»John, haben Sie mal irgendwas getan, weswegen sie ein richtig schlechtes Gewissen haben?«, sagte sie mit einem Flüstern so leise wie das Flügelflattern einer Motte.

»Ja.«

Für einen Moment herrschte Stille, dann hörte er ihre tiefen, schnarchenden Atemzüge.

Turner ging zum Fenster, schob den Vorhang ein Stück auf und blickte hinunter auf den gedämpften Tanz des Verkehrs in den Straßen der staubtrockenen Stadt, ein Raster aus gesichtslosen Gebäuden, die aus der endlosen Wüste wuchsen.

18

Turner, der sah, wie Bekker von Bone und Spack mit der Waffe bedroht wurde, spürte, wie sich eine Schweißperle aus seinem Haaransatz löste, die Stirn hinunterrann, zur Nasenspitze lief und dann aufs Wohnzimmerparkett tropfte. Auf dem Boden angekommen, spiegelte die glänzende Halbkugel seines Schweißtropfens die drei maskierten Männer, die wie zum Gemälde erstarrt dastanden. Nur ihr Atem durchdrang die Stille.

Bone schnappte laut nach Luft – den Mund weit offen –, Spack schniefte und schnaubte, als hätte er gerade eine Line Kokain gezogen und müsste seine Nasenlöcher freibekommen, Bekkers Atem glitt durch seine Kehle, tief und langsam, als würde er ein esoterisches Pranayama einsetzen, um konzentriert zu bleiben.

Turner, dessen Panik bei dem Gedanken, diesen beiden wildgewordenen Tieren ausgeliefert zu sein, seine Wahrnehmungsfähigkeiten ungemein schärfte, sah eine kaum merkliche Veränderung in Bones Haltung, als dessen Körper sich anspannte und sein behandschuhter Finger sich am Abzug der Pistole krümmte.

Bone beugte sich leicht nach vorne, als legte er sein Gewicht in den Abzugfinger, bereit, den Schlagbolzen auszulösen und die Kugel abzufeuern, die Bekkers Leben beenden würde und – mit an Sicherheit grenzender Wahrscheinlichkeit – auch das von Turner und seiner Tochter.

Eine blecherne Version von Sinatras »Witchcraft« durchbrach die Stille, und erst als die drei Männer, aus ihrem Bann befreit, alle in Turners Richtung blickten, begriff er, dass das Handy in seiner Tasche – Grace' Handy – den absurden Klingelton trällerte.

19

Grace tigerte in ihrer Wohnung auf und ab, Zigarette in einer Hand und schnurloses Telefon in der anderen, und beendete den Anruf, als die Mailbox auf ihrem BlackBerry ansprang.

Sie verfluchte sich selbst und schleuderte das Telefon auf die Couch.

Wusste, dass sie beim Packen ihrer Sachen ihr Handy übersehen hatte, weil sie zu aufgewühlt gewesen war, um das Licht im Büro anzumachen.

Das Handy übersehen hatte, das ihr Leben enthielt: Sie war nie so umsichtig gewesen, von ihrer Kontaktliste eine Sicherheitskopie zu machen.

»Voll daneben«, hörte sie Lucy Turner sagen, und Grace konnte ein Lachen nicht unterdrücken.

Und dann empfand sie eine schreckliche Leere, weil sie wusste, dass sie heute nicht nur John verloren hatte, sondern auch das Mädchen.

Sie zündete sich eine neue Zigarette an der Kippe der alten an; von irgendwo sagte eine Stimme, sie solle das hier nicht tun, und wieder sah sie die kleine Schachtel auf dem Waschbecken im Bad vor sich und verdrängte den Gedanken, außerstande, sich jetzt damit auseinanderzusetzen. Sie trat ans Fenster und blickte hinaus in die Dunkelheit, war aber in Gedanken bei Lucy, mit der sie eine Woche zuvor an dem Tisch neben dem Pool Modezeitschriften durchgeblättert und über Belanglosigkeiten geplaudert hatte, das Lachen des Mädchens klar und hell in der stillen Luft.

»Lucy!«

Grace hatte aufgeschaut und Tanya Turner in der Tür zum Wohnzimmer stehen sehen, die Arme fest verschränkt, der Mund dünn wie eine Axtschneide, die dunklen Augen auf sie und Lucy gerichtet.

Das Mädchen, das mit dem Rücken zum Haus saß und ganz in das Gespräch mit Grace vertieft war, hatte Tanya nicht gehört und lachte wieder.

»Lucy!«

Das Lächeln der Kleinen erstarb, als sie sich zu ihrer Mutter umdrehte.

»Komm rein«, sagte Tanya. »Sofort.«

»Mom, ich guck mir gerade Bilder an –«

»Wenn du nicht sofort reinkommst und dein Zimmer aufräumst, hast du die ganze nächste Woche Hausarrest, darauf kannst du deinen Arsch verwetten. Hast du mich verstanden?«

Lucy seufzte, zog eine Grimasse, die nur Grace sehen konnte, und ging langsam ins Haus.

Tanya knallte die Terrassentür zu, aber Grace konnte trotzdem noch ihre Stimme hören, keifend und schimpfend, als sie das Mädchen am Arm packte und zu seinem Zimmer zerrte.

Grace nahm ihre Zeitschriften und ging ins Büro, wo John am Computer saß.

»Das arme Kind«, sagte Grace und warf die Zeitschriften auf ihren Schreibtisch. »Ich weiß, es geht mich nichts an, aber Lucy hat was Besseres verdient.«

»Stimmt«, sagte John.

»Und du auch.«

John zuckte mit den Schultern und bewegte seine Maus, tippte dann rasch etwas auf der Tastatur.

Grace stand an ihrem Schreibtisch und spielte mit einer losen Haarsträhne.

»John, ich werde mich nicht ewig mit den Krümeln begnügen, die vom Tisch fallen.«

Er blickte überrascht zu ihr hoch.

»Soll heißen?«

»Soll heißen, was ich bekomme, reicht mir nicht.«

»Und was willst du?«

»Du weißt genau, was ich will«, sagte sie.

»Nein, weiß ich nicht. Sag's mir.«

Grace nahm ihren Autoschlüssel. »Ich wünsch dir noch einen schönen Abend.«

Sie war gegangen, und er hatte ihr hinterhergestarrt.

Und dann, gestern in dem Motel, hatte sie alles auf eine Karte gesetzt. Hatte das Jobangebot in Phoenix erfunden. Sich gezwungen, ihn vor die Wahl zu stellen.

Sie hatte alles auf eine Karte gesetzt und verloren.

Sie nahm das Telefon, drückte die Wahlwiederholung, und als sie erneut ihre eigene Stimme hörte, sagte sie: »Du blöde Kuh«, und beendete den Anruf.

Grace starrte einen Moment ins Leere, dann drückte sie die Kurzwahl für Johns Handy und lauschte auf den Rufton.

20

Das Handy klingelte, als Turner sich gerade vor einem Geschäft am Byers Naudé Drive auf seine Kawasaki schwingen wollte.

Er zog es aus der Jackentasche, schaltete es aus und wollte es gerade in einen Mülleimer schmeißen, als er eine Gruppe schwarzer Bettler sah, die an einem Auto lehnten und ihn beobachteten. Deshalb hielt er es für klüger, den Sitz seiner Maschine hochzuklappen und das Handy in den Stauraum darunter zu werfen.

Als es hineinfiel, schepperte es gegen ein Glasfläschchen, das ihm in einem bizarren Rollentausch von einem österreichischen Stricher gegeben worden war, den er normalerweise mit Gras versorgte. Die Tunte hatte ihm hoch und heilig versprochen, der Inhalt würde ihn Gott sehen lassen. Das war einen Monat her, und Turner hatte gar nicht mehr an das Fläschchen gedacht.

Jetzt nahm er es, öffnete den Deckel und schüttelte die einzelne Pille darin auf seinen Handteller. Da sie mit nichts beschriftet war, sah sie so unauffällig aus wie ein M&M, und Turner vermutete, dass die kleine Schwuchtel, die ihm ständig zuzwinkerte und kokett mit ihm flirtete, obwohl sich ihre sexuellen Anzüglichkeiten und Drogenweisheiten durch den Tiroler Akzent anhörten wie perverse Babysprache, ihm bloß irgendeinen schlappen Betablocker untergejubelt hatte, um ihn zu beeindrucken und (unfassbar) zu verführen.

Scheiß drauf, dachte Turner, als er sich die Pille in den Mund warf und runterwürgte.

Er könnte ein bisschen Gott gebrauchen.

Oder auch nur ein bisschen Gleichgültigkeit.

Er schloss den Motorradsitz ab und fand, dass er sich einen Drink verdient hatte. Er entdeckte eine kleine Bar neben einem 7-Eleven – ein Laden, in den sich Bekker niemals verirren würde –, ging hinein und bestellte einen Whiskey Cola bei einem Barkeeper gemischter Hautfarbe, der mit der glamourösen Dreierkombi aus Spätakne, Schuppen und Mundgeruch gesegnet war.

Der Mann ließ Turner in Ruhe trinken und eine Sportsendung gucken, während er im Halbdunkel vor sich hin stierte und die wenigen Geschäftsreisenden und gesichtslosen Angestellten bediente, die aus dem grellen Tageslicht in die düstere Kneipe geschlichen kamen.

Nachdem das Mädchen in den Schutz ihres Schulhofs verschwunden war, hatte Turner eine ganze Weile am Steuer des Toyota gesessen und versucht, sich eine Strategie zurechtzulegen, die nicht nur den mörderischen Mr. Paul in Schach halten würde, sondern auch einen wütenden und rachgierigen Chris Bekker.

Als ihm absolut keine einfiel, hatte er den Van gestartet und ihn in Ermangelung einer besseren Idee zu der Stelle zurückgebracht, an der er ihn am Morgen abgeholt hatte, auf dem Parkplatz des McDonald's-Drive-in.

Er hatte den Toyota abgestellt, den Beyers Naudé Drive überquert und war gerade bei seiner Kawasaki angekommen, als eines der Handys klingelte, das Bekker ihm gestern gegeben hatte.

Und jetzt saß er hier in dieser seelenlosen Bar und soff sich den Tag aus dem Kopf, während er geistesabwesend auf eine Rugby-Übertragung aus Auckland starrte. Er fühlte sich lediglich ein bisschen angeschickert vom Alkohol und befand, dass der namenlosen lila Pille jede Wirkkraft, die sie mal besessen haben mochte, von der afrikanischen Sonne ausgetrieben worden war, die auf den Motorradsitz gebrannt und das Staufach darunter in einen Glutofen verwandelt hatte.

Doch dann explodierte das Ding, das in seinem Magen geschlummert hatte wie eine nicht detonierte Unterwasserbombe, mit einer derart brutalen Wucht, dass Turner sich krampfhaft an der Theke festklammern musste und sicher war, dass ihm das Herz platzen und der Schädel zerspringen würde.

Die Wirkung war so enorm, dass selbst er, ein erfahrener Seemann auf wilden Drogenmeeren, ins Taumeln geriet; die Zeit faltete sich zusammen und die Realität wurde rissig und blasig und flockig wie die Nitratbeschichtung auf einem Zelluloidstreifen, der zu lange in der Sonne gelegen hat.

Turner wusste nicht mehr, wie er die Bar verlassen hatte, und seine Erinnerung an die folgenden zwölf Stunden setzte sich aus flammenden Salven wie Flakfeuer zusammen: wie er in einem widerlichen Hotelzimmer mit einer Transgender-Mulattenhure *Kwasa-Kwasa* tanzte, die ihm einen blies, während ein Trio teilnahmsloser afrikanischer Männer in maßgeschneiderten Anzügen, Stammesnarben tief in die blauschwarze Haut geätzt, dabeistand, Zigarren rauchte, Single Malt trank und ihnen zusah; wie er irgendwann später auf Händen und Füßen aus einem Fahrstuhl auf einen roten Teppich kroch, der so dick und weich war, dass er sich darauf ausstreckte und die Augen schloss, bis er von kräftigen Armen hochgehoben wurde und zwei riesige Weiße mit geschorenen Köpfen und Spitzbärten ihn unsanft zu einer großen Tür schleppten, die sich in den Ausgang eines Proleten-Nachtklubs verwandelte – mit sinnlosem Techno als Soundtrack.

Als Turner in der Gosse kniete, trat ihm einer der Rausschmeißer in den Bauch, und eine Menschenmenge aus blutrünstigen Zechern verlangte johlend nach mehr.

Turner, halb taub vor Schmerz und Drogen, starrte nach oben, als der Mann ihn gegen den Kopf trat und in einen Tunnel beförderte, in dem er trudelte und kreiste, bis er vollständig bekleidet auf seinem versifften Bett landete. Die heiße Morgensonne brannte durchs Fenster, der Lauf einer Pistole traf ihn schmerzhaft am Hinterkopf und Chris Bekker flüsterte ihm ins Ohr: »Aufwachen, Engländer. Und raus aus den Federn.«

21

Es war eine echte Slapstick-Einlage. Bekker schüttelte zur Musik von »Witchcraft« die zwei Pistolen an seinem Kopf ab und trat von seinen Kumpanen weg, sodass Spack und Bone jetzt aufeinander zielten, ehe sie beide den Arm sinken ließen und ihre Augen dem kleinen Mann folgten, der zu Turner hinüberging.

Bekker sah auf den knienden Turner hinunter und sagte: »Ist das ein Handy in deiner Tasche oder freust du dich bloß, mich zu sehen?«

Turner sagte nichts.

Bekker ging in die Hocke und streckte die Hand aus. »Gib her.«

Als Turner seine im Nacken verschränkten Hände löste, zitterten sie, als hätte er Schüttellähmung, und es war ein Triumph seines Willens, dass er die linke dazu bringen konnte, nach unten in die Tasche zu greifen, wo Grace' Handy steckte.

Er hielt Bekker das nun stumme BlackBerry hin.

»Hast du das im Büro mitgehen lassen?«, fragte Bekker.

»Ja.«

»Wem gehört es?«

»Meiner Angestellten.«

Bekker fummelte an dem Handy rum, entsperrte es und sah sich die Anrufliste an.

»Okay«, sagte er zu den beiden Männern, »unser Daddy hat's nicht geschafft, irgendwelche Notrufe abzusetzen.«

Bekker stand auf, schwang den Arm nach hinten wie ein Pitcher beim Baseball und schleuderte das BlackBerry durch den Raum. Turner sah, wie es kreiselnd im hohen Bogen durch die offene

Terrassentür flog und im neonblauen Rechteck des beleuchteten Pools landete, wo es versank.

Bekker trat Turner ins Gesicht.

Turner spürte seine Nase brechen. Vor Schmerz schossen ihm Tränen in die Augen, und warmes Blut spritzte aus der Nase.

Bekker tobte wie ein durchgeknallter Kosakentänzer, trat Turner zahllose Male gegen den Oberkörper, und Turner rollte sich zusammen wie ein verängstigter Tausendfüßler in dem vergeblichen Versuch, sich vor den Tritten zu schützen, die auf ihn einprasselten.

22

»Was zum Teufel ist hier los?«

Turner blickte blinzelnd Richtung Tür und sah die magere Silhouette von Tanya vor dem blendenden Licht draußen.

Bekker steckte seine Automatik ein und stand von der Matratze auf, wo er über Turner gekniet hatte.

»Polizeiangelegenheit«, sagte er und präsentierte ihr sein charmantestes Lächeln zusammen mit seiner Dienstmarke.

»Schwachsinn. Haben Sie einen Haftbefehl?«

»Ich will ihn gar nicht verhaften.«

»Was wollen Sie dann?«

»Hören Sie, Lady –«

»Ich bin nicht Ihre Lady, Sie Arschloch, ich bin Menschenrechtsanwältin, und so einen Scheißabschaum wie Sie verputze ich zum Frühstück. Was wollen Sie von Mr. Turner?«

Bekker hob beschwichtigend die Hände.

»Mr. Turner ist einer unserer V-Männer.«

»Wenn er Ihr Spitzel ist, wieso halten Sie ihm dann eine Waffe an den Kopf?«

»Manchmal braucht er ein bisschen Zuspruch.«

»Waren Sie das?«, fragte Tanya mit Blick auf Turners blutunterlaufenes und verquollenes Gesicht.

»Nein.«

Sie sah Turner an. »Brauchst du Hilfe, Johnny?«

»Mir geht's gut«, sagte Turner, setzte sich mit schmerzverzerrtem Gesicht auf und griff nach der Flasche Jack Daniel's neben seinem Bett.

»So siehst du aber nicht aus.«

»Ich komm schon klar, Tanya. Danke.«

Sie schüttelte den Kopf, und weg war sie.

»Wer ist die linke Kampflesbe?«, fragte Bekker.

»Meine Nachbarin. Und sie ist keine Lesbe«, sagte Turner. Er gurgelte mit dem Whiskey.

»Fickst du sie?«, fragte Bekker.

»Gelegentlich«, sagte Turner auf dem Weg ins Bad, um zu pinkeln.

Bekker ging zur Haustür, machte sie zu und schloss ab. Dann lehnte er sich gegen den Türrahmen des Badezimmers und sah zu, wie Turner die Klospülung betätigte, ans Waschbecken trat und sich im Spiegel begutachtete.

Sein Gesicht sah furchtbar aus: Er hatte ein blaues Auge und eine verquollene Nase. Er machte den Mund auf und spähte hinein. Ein paar Zähne fühlten sich so wackelig an wie Kippschalter, aber keiner war abgebrochen.

»Also, was ist gestern passiert?«, fragte Bekker, der sich eine Zigarette ansteckte, das Streichholz schüttelte, bis die Flamme erlosch, und es ins Waschbecken schnippte.

»Ich konnte es einfach nicht tun.«

»Du warst am Fluss?«

»Ja, ich war am Fluss.«

»Du hast das Mädchen gesehen?«

»Ich hab das Mädchen gesehen.«

»Hat sie dich gesehen?«

»Nein.«

»Sicher?«

»Ja.« Turner drehte sich zu dem Cop um. »Als ich sie gesehen hab, wurde es zu real.«

»Zu real?«

»Ja.« Turner zuckte mit den Schultern. »Ich kann so was einfach nicht, Mann.«

»Was du nicht sagst.«

»Ich kann's nicht.«

Bekker verpasste ihm einen blitzschnellen Faustschlag auf den Mund.

Turner knallte mit dem Kopf gegen den Spiegel, Blut füllte seinen Mund und fiel in dicken roten Tropfen in das gesprungene Waschbecken.

»Verdammte Scheiße«, sagte er, nuschelnd vor Schmerz und von dem warmen, salzigen Glibber.

Bekker packte ihn an den Haaren, drückte sein Gesicht nach unten gegen das Porzellan und drehte den Hahn auf. Turner prustete und würgte unter dem kalten Wasserstrahl.

Schließlich ließ Bekker ihn los, und Turner richtete sich auf, schüttelte Tropfen aus den Augen und hustete wie ein nasser Hund.

»Dir sollte verdammt noch mal klar sein, dass du nicht mehr den Luxus hast, selbst zu entscheiden, was du kannst und was nicht«, sagte der Cop.

Turner antwortete nicht, hob eine Hand an den Mund, hatte danach warmes Blut an den Fingern.

»Ich hab bei dem Mohrenkopf einen Stepptanz hinlegen müssen wie ein verfickter Michael Jackson. Hab ihm erzählt, es hätte Probleme gegeben, weil plötzlich Leute aufgetaucht wären. Dass die Sache aber heute über die Bühne geht.« Bekker hatte sich ganz nah vor Turner aufgebaut, atmete ihm Rauch, schalen Kaffee und Knoblauch ins Gesicht. »Und das wird sie auch, verdammt noch mal.«

»Und wenn nicht?«, sagte Turner und trat einen Schritt zurück. »Bringst du mich dann um?«

»Nein, ich werde dich nicht umbringen.«

»Nein?«

»Nein, das wäre zu einfach.«

»Du lieferst mich an Mr. Paul aus?«

Der Cop schüttelte seinen gegelten Kopf. »Nee. Immer noch zu einfach.«

Turner versuchte, sich an Bekker vorbeizuschieben, doch der stieß ihn zurück gegen das Waschbecken.

»Du schnappst dir die Kleine, oder ich nehme dich mit ein paar Kilo Heroin hops. Selbst in dieser beschissenen Stadt reicht das aus, um dich in den Diepkloof-Knast zu bringen, ohne Aussicht auf Kaution. Du und dein hübscher weißer Arsch ganz allein unter all den schwarzen Wilden.« Er stieß einen Rauchkringel aus, der sich verformte und auflöste, als er Richtung Turner schwebte. »Und denk gar nicht erst daran abzuhauen.«

»Ich wüsste nicht, wohin ich abhauen sollte«, sagte Turner.

Bekker ging zurück ins Wohnzimmer und betrachtete den schäbigen Raum.

»Sagen wir also, gestern war Generalprobe. Heute sind wir live, okay?«

Turner kam aus dem Bad und steuerte schnurstracks auf die Flasche Whiskey zu. Er trank einen Schluck. Ihm brannte der Mund.

»Okay.«

»Du wirst keinen Ärger mehr machen, oder?«

Turner schüttelte den Kopf. Schlechter Einfall.

»Nein.«

»Du hast drei Stunden. Der Toyota ist da, wo du ihn abgestellt hast. Vermassele es nicht wieder, Engländer.«

Der Cop war weg, und Turner genehmigte sich noch einige Schluck Whiskey, bis sein Magen rebellierte und er auf den Knien vor der Toilette endete und Blut kotzte. Hellrote Tropfen platschten aus seinem Mund ins Wasser, schwebten dort wie Fragezeichen, ehe sie sich auflösten und die Kloschüssel rosa färbten.

Er stand auf, ging wieder ins vordere Zimmer, nahm den Whiskey und trank einen Probeschluck. Der blieb drin, und Turner kippte noch einen hinterher.

Als er jemanden an der Tür hörte, dachte er, Bekker wäre zurückgekommen, aber es war Tanya.

»Bist du wirklich ein Polizeiinformant?«

Turner zuckte mit den Schultern.

Kopfschüttelnd sagte sie: »Scheiße, Johnny, einen Drogendealer kann ich noch respektieren. Aber einen verdammten Spitzel ...«

Dann kniete sie sich trotz aller moralischen Bedenken hin und blies ihm einen, während er die Flasche Jack Daniel's leer trank.

23

Turner, dessen Sicht verschwommen und verzögert war wie ein schlechtes Video, lag schluchzend auf dem Boden, eine Pfütze aus Blut und Kotze auf dem Parkett unter seinem Mund, als der kleine Mann schwer atmend von ihm wegtrat.

Diente dieser Gewaltexzess nur der größeren Glaubwürdigkeit oder verriet er eine unterdrückte Wut, die sich in Bekkers drahtigem Körper angestaut hatte?

Beides, vermutete Turner.

»Apropos Handys, hat einer von euch mal gecheckt, was mit dem Handy von Mr. Toter Mann ist?«

Die beiden Männer wurden schlagartig zu kleinlauten Kindern, traten verlegen von einem Bein aufs andere und schüttelten die maskierten Köpfe.

»Wart ihr zu beschäftigt mit eurem Zwergenaufstand, statt was für euer Geld zu tun?«

Spack watschelte zur Haustür und zog sie auf. Nach einer Minute kam er zurück und hielt ein Handy hoch.

»Hat draußen gelegen.«

»Nimm den Akku raus.« Bekker sprach betont langsam, mit großer Geduld. »Und schmeiß das verdammte Ding in den Pool.«

Spack, dessen dicke Finger durch die Handschuhe noch ungeschickter waren, versuchte, die Rückseite des Telefons aufzubekommen.

Bekker marschierte zu Tanya hinüber. Er trampelte über die Seiten von Lucys Schulprojekt und stieß der reglosen Frau mit der Spitze seines Reebok-Schuhs in die Rippen.

Sie stöhnte.

Er stieß sie fester an.

»Steh auf.«

Sie bewegte sich nicht, die Augen noch geschlossen, aber Turner sah, dass ihre unverletzte Hand, die außerhalb von Bekkers Sichtfeld war, unter den Zeitschriftenseiten verschwand, und er wusste, dass sie bei Bewusstsein war.

Bekker stand breitbeinig über Tanya, zog den Reißverschluss seiner Jeans auf und holte seinen Penis heraus. Er pinkelte auf sie, schwang dabei seinen Schwanz wie einen Gartenschlauch hin und her, bewässerte sie regelrecht.

Tanya prustete, ihre Augen flackerten und öffneten sich, starrten zu Bekker hoch.

Als seine Blase geleert war, packte er seinen Pimmel wieder ein.

»Willkommen zurück, Frau Professor. Ich schlage vor, wir zwei Hübschen gehen jetzt mal ins Schlafzimmer, und du zeigst mir deine edlen Teile.«

Als Tanya nichts sagte, stieß er ihr erneut die Schuhspitze in die Rippen.

»Steh auf, du Miststück.«

Turner stemmte sich auf die Knie. Sein ganzer Körper schmerzte, Blut lief ihm in zwei Bächen aus den Nasenlöchern in den Mund.

»Lass sie in Ruhe«, sagte er, spielte die Rolle, die Bekker ihm zugewiesen hatte, seine Stimme durch die gebrochene Nase comicartig verzerrt.

Bekker lachte. »Sieh einer an, der edle Ritter.«

Er sah zu Bone hinüber.

»Du passt schön auf Daddy auf, während ich mit Mommy einen kleinen Ausflug mache, okay?«

Bone nickte, trat dann näher an Turner heran, hob die Pistole und zielte auf ihn.

Spack, der das Handy endlich aufbekommen hatte, nahm den Akku raus und ging Richtung Terrassentür.

Bekker beugte sich vor und packte Tanyas Arm, wollte sie hochzerren.

Plötzlich sprang sie auf, hob den Arm und rammte ihm, ehe er wusste, wie ihm geschah, die zehn Zoll lange Geflügelschere von Messermeister – die Lucy für ihr Projekt zweckentfremdet hatte – ins linke Auge. Die festgestellten gebogenen und gezahnten Edelstahlklingen glitten durch seinen Glaskörper und die Netzhaut, bohrten sich durch den Augapfel ins Gehirn, trennten seinen Hirnstamm vom Rückenmark, stoppten die Blut- und Sauerstoffversorgung.

Bekker blieb einen Moment lang reglos stehen, die federgespannten silbernen Griffe, die aus seinem Gesicht ragten, glänzten im kühlen Licht eines Deckenstrahlers, seine Lippen bewegten sich im Mundloch der Maske, dann knickten seine Beine weg, und er fiel zu Boden.

Tot.

TEIL VIER

Schicksal, das sind lediglich die in einem
früheren Daseinszustand begangenen Taten.

Ralph Waldo Emerson

1

An jenem lange zurückliegenden Dezembertag hatte Turner lustlos erst Tanya bedient, die bockend und fluchend mehrfach zum Höhepunkt kam, das Gesicht so verzerrt, als durchlebte sie einen quälenden Exorzismus, und dann seinen noch immer harten Schwanz zurückgezogen (die Telefonzentrale seines Nervensystems zu überlastet, um einen Orgasmus durchzustellen). Der Jack Daniel's hatte die Rückstände der Stricher-Droge, die wie Schlamm in seiner Leber lagen, neu aufgewühlt, und er war wieder high – nicht so ekstatisch, metaphysisch high wie am Vortag, diesmal hatten die Vorgänge etwas Bitteres, zynisch Depressives. Die Wirkungen der Droge umhüllten ihn wie ein Schleier aus gelblichem Nebel und brachten die Erinnerung an die folgenden Stunden durcheinander, wie Scherben eines zerbrochenen Spiegels in eine staubige Ecke seines Bewusstseins gefegt.

Turner trat, von Bekkers Drohungen stimuliert, noch immer in denselben verdreckten, blutverschmierten Sachen, die er am Vortag getragen hatte, aus dem Cottage in das schneidend grelle Licht eines afrikanischen Vormittags und sah sein Motorrad in der Einfahrt liegen. Er wuchtete es mühsam hoch, wobei er seinen eigenen penetrant säuerlichen Schweiß roch, warf die Kawasaki an und fuhr los, mit brummendem Schädel.

Das Nächste, woran er sich erinnerte, war, dass er vor einer Ampel am Steuer des Toyota saß, mit heruntergekurbeltem Fenster, und ihm aus der offenen Tür eines Spirituosenladens ein heftiger, vergorener Geruch in die Nase stieg, ihn lockte, auszusteigen und sich eine Flasche Hochprozentiges zu kaufen.

Es war seine Rettung, dass die Ampel auf Grün sprang, doch als er wieder losfuhr, kramte er in den Hosentaschen, bis er den Stummel eines Joints fand, aus dessen Ende ein paar Grasfäden baumelten, und er steckte ihn mit der Kornkreisspirale des Zigarettenanzünders an.

Der Joint stürzte ihn in ein Wurmloch, und in seiner nächsten Erinnerung stand er hinter den dicken Blättern der Weide und beobachtete das Mädchen, das aus dem flimmernden grünen Laub auftauchte und zu dem Baumstamm am Fluss ging, genau wie am Tag zuvor.

In seiner Erinnerung verschmolzen die beiden Tage miteinander, und er fragte sich manchmal, ob die Tränen, von denen er meinte, sie bei dem Mädchen am ersten Tag gesehen zu haben – die Tränen, die er benutzte, um sich seiner eigenen Menschlichkeit und Anteilnahme zu versichern –, nicht in Wahrheit zum zweiten Tag gehörten.

Was seine Taten umso monströser machte.

Egal.

Sie setzte sich.

Sie holte ihren iPod hervor und steckte die Ohrhörer ein.

Sie weinte oder weinte nicht.

Er kramte aus seiner Jeanstasche das Fläschchen mit dem Betäubungsmittel, das zu seiner Verwunderung nicht nur vorhanden war, sondern auch trotz seiner Eskapaden von gestern heil geblieben war.

Er schraubte die Flasche auf und goss etwas von der Flüssigkeit auf sein Taschentuch.

Turner näherte sich dem Mädchen von hinten und drückte ihm das Tuch auf die Nase. Der Gebrannte-Mandeln-Geruch der Droge überlagerte den süßen, sauberen Duft, der aus den dichten Locken ihrer kurzen Haare aufstieg.

Sie wehrte und wand sich, die Augen groß und weiß in ihrem braunen Gesicht, doch er hielt sie fest, und nach wenigen Sekunden fielen ihre Lider herab und sie sackte zur Seite, wobei ihr der graue Rock hochrutschte, den sie über einer dunklen Leggings trug.

Er klopfte ihren Blazer ab und fand ihr Handy neben einer Packung Spearmint-Kaugummi. Er angelte das Telefon mit seinen behandschuhten Fingern heraus, warf es in den Fluss und sah, wie es zwischen Moos und Schilf versank.

Er nahm ihr die Ohrhörer ab, stopfte den iPod in seine Tasche, hob das Mädchen auf – es war leicht wie ein Kind – und trug es zum Toyota.

Er öffnete die Heckklappe und legte sie auf den geriffelten Boden. Mit einer Rolle silbrigem Klebeband (das schrille Reißgeräusch, als er es abrollte, tat ihm in den Ohren weh), fesselte er ihre Hände und Füße und klebte ihr den Mund zu.

Sie lag so reglos da, dass Turner einen Moment lang fürchtete, sie wäre tot. Er zog den Handschuh von seiner rechten Hand und hielt die Fingerspitzen unter ihre Nase, bis er den warmen Hauch ihres Atems auf der Haut spürte.

Dann zog er sich den Handschuh wieder an und wollte gerade die Klappe schließen, als etwas in sein Gedächtnis drang und eine von Bekkers Anweisungen es durch die dunkle Wolke aus Drogen schaffte.

Er holte die drei Handys hervor, die ihm der Cop gegeben hatte, und starrte sie lange an, bis er sich für eines entschied, ein billiges Nokia.

Er klappte es auf, blinzelte auf das Display und tippte herum, bis er die Kamerafunktion gefunden hatte. Dann machte er ein Foto des bewusstlosen Mädchens und schickte es an die einzige Nummer, die in dem Handy gespeichert war.

Als er die Klappe des Vans zuknallte, hatte das Foto bereits seinen Weg zu Bekker gefunden. Turner ging ein paar Schritte bis zum Fluss und warf das Handy in einen kleinen Wasserfall, der über Steine sprudelte, zwischen denen sich eine leere Packung

Simba-Chips und ein platt gedrückter rot-weißer Karton Johannesburger Sorghum-Bier verfangen hatten. Das Telefon versank.

Turner stieg in den Toyota und fuhr, ohne einen Blick auf sein verquollenes und blutunterlaufenes Gesicht im Rückspiegel zu werfen, das Mädchen seinem Tod entgegen.

2

Turner, noch immer auf den Knien, als betete er zu irgendeinem falschen Gott, starrte Tanya an, die schwankend wie ein Derwisch über Bekker stand, während seine Pisse aus ihrem Stachelhaar tropfte. Es mischte sich mit dem Blut, das um die Geflügelschere herum hervorquoll, welche aus dem Augenloch in der Maske des Toten ragte. Keuchend wiederholte sie ein Wort in einem ausdruckslosen, monotonen Singsang, kaum lauter als ein Flüstern. »Wichser. Wichser. Wichser. Wichser. Wichser. Wichser. Wichser. Wichser.«

Bones Augen glitten zu Bekkers Leiche, doch sein Pistolenarm blieb steif ausgestreckt, wie in Bronze gegossen, die Mündung der Waffe auf Turners Stirn gerichtet, den Zeigefinger um den Abzug gekrümmt.

Als Tanya endlich verstummte, sagte Bone: »Spack?«, und sein Pistolenarm sank herab.

»Ja, Sir?«

Turner lokalisierte den Mann anhand seines Atemgeräuschs: auf halbem Weg von der Küche zur Terrassentür erstarrt, noch immer Peters Handy in seiner riesigen Pranke, der umgekippte Tisch, Tanya und Bekker zwischen ihm und Turner.

»Was ist da eben passiert?«, fragte Bone.

»Die Schlampe hat Shorty eine Schere ins Auge gestoßen.«

»Das is' keine normale Schere.«

»Nich'?«

»Nee.«

»Was'n dann?«

»’Ne Geflügelschere, Spack. Zum Kochen.«

»Okay.«

»Aber mal abgesehen von der Art der Waffe, was ist passiert?«

»Die hat Shorty abgemurkst.«

»Und was heißt das?«

»Was das heißt?«

»Ja. Was heißt das?«

»Das heißt, der kleine Scheißer ist tot.«

»Das *heißt*, Spack, dass wir für keinen mehr arbeiten. Nur für uns selbst. Wir sind jetzt selbstständig.«

»Da hast du verdammt noch mal recht.«

»Ich schätze, das ändert die Spielregeln.«

»Und das ist was Gutes?«

»Das ist was sehr Gutes.« Bone lächelte. »Ab jetzt können wir selbst entscheiden, wie es weitergeht.«

Ehe Turner Zeit zum Überlegen hatte, hob er ein Knie vom Boden wie ein Sprinter im Startblock, sprang auf und stürmte zur offenen Tür, verfluchte die Ledersohlen seiner Slipper, die auf dem glatten Holzboden wegrutschten.

Er schaffte es dennoch nach draußen und rannte über die Terrasse auf die Dunkelheit zu, wo sein nicht eingezäuntes Grundstück in das Buschwerk der Wüste überging.

Er würde zum Haus seines nächsten Nachbarn laufen, eine ferne Oase aus hellgelbem Licht, das zwischen den Silhouetten einer Gruppe von Saguaros auf und ab hüpfte.

Das war die einzige Chance, die Lucy und er hatten.

Als er am Pool vorbeikam, legte er noch mal an Tempo zu, von dem Irrglauben beseelt, er könnte den Kugeln davonlaufen, die wie wütende Wespen an seinem Kopf vorbeischwirrten.

Dann trat er in eine Wasserlache, die der übereifrige PoolShark auf die glatten Terrassenfliesen gespritzt hatte; Turner rutschte weg und flog durch die Luft, Arme vor sich ausgestreckt, Füße durch die leere Nachtluft strampelnd.

Er knallte auf die Terrasse, landete zuerst mit dem Brustkorb, dann mit dem Kinn auf den Steinfliesen, und alle Luft wurde ihm aus dem Körper gepresst.

Er versuchte, wieder auf die Beine zu kommen, doch ein Schatten verdunkelte das Licht, und als er über die Schulter blickte, sah er die schwerfällige Gestalt des fetten Mannes, der sich mit den Knien zuerst auf ihn fallen ließ, ihm mit seinem gewaltigen Gewicht einen Schwall Kotze aus dem Mund quetschte. Turner wurde beinahe ohnmächtig, die Augen dunkel vor Blut und die Ohren plötzlich taub für die Geschöpfe der Nacht und das Schnaufen des Mannes.

Der Koloss zog sich die Hose ein Stück höher, ging ächzend in die Hocke wie ein Sumo-Ringer und griff nach unten. Er packte Turner, warf ihn sich über die Schulter wie ein erlegtes Stück Wild, das gleich tranchiert werden soll, und humpelte keuchend und stinkend im Torkelgang zurück zum Haus.

3

Turner wurde von einem jähen Entsetzen gepackt, als das Flugzeug in den Nachthimmel schoss, und merkte, dass er die Armlehnen seines Sitzes so fest umklammerte, dass die Knöchel weiß wurden und die Unterarmmuskeln bebten. Sein Atem ging so flach und schnell, als würde er kämpfen oder vögeln, und Bilder drohenden Unheils überschlugen sich in seinem Kopf.

Bilder, in denen der betagte Flugzeugrumpf aufgrund von Materialermüdung nur noch aus zerknautschter Metallfolie bestand, Bilder einer Terrorbombe – raffiniert zusammengebaut, um Spürhunde und Flughafen-Röntgengeräte zu überlisten –, die in großer Höhe explodierte und die Überreste des Flugzeugs wie Konfetti über der schwarzen Unendlichkeit der Wüste verteilte.

Grace, die neben ihm saß, legte eine Hand auf seine.

»Alles in Ordnung, John?«

Er nickte, schluckte und fand seine Stimme wieder.

»Ja, alles in Ordnung.«

»Sie fliegen nicht gerne?«

»Nicht besonders.«

Eine Lüge. Er hatte noch nie irgendwelche Probleme mit dem Fliegen gehabt.

Nein, dieser plötzliche Anfall von Flugangst war bloß ein Deckmantel. Eine Tarnung für ein tieferes, heftigeres Grauen.

In Wahrheit hatte er Panik davor, die nächsten zwei Tage mit dieser Frau allein zu sein.

Panik davor, dass die sorgsam errichtete Schutzwand, die seine innere Dunkelheit unter Verschluss hielt, Stein für Stein abgebaut werden würde und das zum Vorschein käme, was er seit einem Jahrzehnt sorgfältig vor der Welt und sich selbst verbarg.

Dass der Katalysator zum Vorschein käme, der seine Verwandlung vom abgestumpften, benebelten, toxischen Loser in einen derart staubtrockenen und ausgedörrten Mann verursacht hatte, einen Mann, der die Welt mit schmerzhaft hyperrealistischer Klarheit sah.

Und die Wahrheit über das Schicksal des Mädchens zum Vorschein käme, das er am Fluss entführt hatte.

Ein heller Gong ertönte, die Lichter an Bord wurden hochgedimmt, und Turner sah eine Mischung aus Besorgnis und Belustigung in Grace' Augen.

»Geht's wieder?«

»Ich werd's überleben.«

Entspann dich, beschwor er sich. Das ist bloß eine Geschäftsreise.

Doch während er zusah, wie eine hagere Stewardess einen Getränkewagen den Gang hinunterschob, stoben seine Gedanken zwischen Hochgefühl und Angst hin und her.

Was er da machte, war Wahnsinn.

Was natürlich das Reizvolle daran war.

Nach jenem Morgen in dem Hotelzimmer vor einem Monat – Turner hatte sich leise zurückgezogen (ebenso sehr von sich selbst wie von Grace) und sie schlafen lassen – war ihr Verhältnis freundschaftlicher und zugleich weniger intim geworden. Ihre Hand auf der seinen war die erste Berührung, seit er an dem Morgen, an dem ihre Geliebte gestorben war, an ihrem Bett gesessen hatte.

In den vergangenen Wochen hatten sie sich beide hinter ihren Schreibtischen im Büro verkrochen, emsig Lobgesänge auf den PoolShark verbreitet und am Ende jedes Tages ihre kleinen Erfolge und Rückschläge besprochen, ohne auf privates Terrain abzuschweifen.

Als Grace ihm erzählte, dass sie aus dem Hotel in eine möblierte

Wohnung ziehen würde, hatte er ihr unaufgefordert einen Vorschuss auf ihr erstes Gehalt ausgezahlt.

Er hatte Visitenkarten für sie drucken lassen mit der Aufschrift *Grace Worthington, Vice President Marketing* und sie frisch aus der Druckerei auf ihren Schreibtisch gelegt, wo sie sie am nächsten Morgen fand.

Sie setzte sich, starrte auf den Stapel, das Licht der tief stehenden Sonne auf ihrem Haar – was machte es schon, wenn die helle Farbe das Produkt einer professionellen Haartönung war? –, und als sie eine von den Karten nahm und sich genauer ansah, mit einem Finger über den Rand und den geprägten Schriftzug fuhr, war ihr Gesicht ernst und beinahe traurig.

Doch als sie zu ihm aufblickte, lächelte sie, und ihre Augen tanzten, und er hätte am liebsten die Sicherheitszone hinter seinem Schreibtisch verlassen, um zu ihr zu gehen und seine Lippen auf ihre zu pressen.

Aber er blieb in seinem Sessel sitzen und sagte ihr, dass sie sowohl den Titel als auch die damit einhergehende Gehaltserhöhung verdient habe.

Während sie diese Information verdaute, wurde ihr Lächeln unsicher.

Sie dankte ihm und entschuldigte sich, um draußen eine zu rauchen, etwas, das sie nur tat, wenn sie aufgewühlt war. Sie ging am Pool auf und ab, starrte ins Wasser, stützte den rechten Ellbogen mit der linken Hand ab, während ihr Arm sich wie ein Metronom bewegte, um die Zigarette immer wieder zum Mund zu führen, und grauer Rauch in der windstillen Luft hing.

Turner beobachtete sie von seinem Schreibtisch aus und dachte, dass sie aussah wie eine Frau, die wusste, dass gute Dinge sich wie Trugbilder in Luft auflösten.

Die Stewardess war bei ihnen angekommen, und Turner nahm ein Mineralwasser und Grace eine Cola.

»Tun Sie doch einen Schuss Whiskey rein«, schlug Turner vor.

»Danke, nein«, sagte sie, und nippte an dem Plastikbecher, den die Stewardess ihr reichte.

»Sie können in meiner Gegenwart ruhig Alkohol trinken. Ist kein Problem.«

Grace schüttelte den Kopf. »Es ist nicht Ihretwegen. Ich hab nicht mehr viel getrunken seit …«

Sie winkte ab und sah aus dem Fenster, betrachtete das blinkende rote Licht an der Flügelspitze, während das Flugzeug Richtung Las Vegas dröhnte.

Eine Woche zuvor hatte Turner an seinem Computer gesessen und so getan, als analysierte er die Umsatzzahlen, während er seinem Gehirn erlaubte, über die Oberfläche seines leeren Lebens zu gleiten wie ein Luftkissenboot. Er lauschte dem leisen, regelmäßigen Klackern von Grace' tippenden Fingern, das so anders klang als bei Tanya, die ihre Tastaturen regelmäßig austauschen musste, weil sie darauf einhämmerte, als müsste sie eine innere Wut ausleben.

Das Tippen stockte, und Grace sagte: »John?«

Er blickte auf. »Ja?«

»Ich weiß nicht, ob Sie das interessiert, aber ich hab hier eine Einladung der APSP.«

»Was ist die APSP?«

»Entschuldigung. Die *Association of Pool and Spa Professionals.*«

»Und wieso schicken die uns eine Einladung?«

»Weil wir Mitglieder sind.«

»Seit wann?«

»Ich hab uns vor ein paar Wochen angemeldet.« Sie strich sich eine Haarsträhne aus den Augen. »Ist das ein Problem?«

»Nein, überhaupt nicht. Was ist das für eine Einladung?«

»Zu einer Tagung. In Las Vegas.«

Glücksspiel war eines der wenigen Laster, das sich bei Turner nie verfangen hatte, und Las Vegas stellte keine große Verlockung für ihn dar.

Er stand auf, lachte.

»Meine Fresse, ein Haufen Pool-Experten in Vegas. Klingt ja wie ein absolutes Muss.« Er sah ihren Gesichtsausdruck und sagte: »Meinen Sie, es würde was bringen, daran teilzunehmen?«

»Na ja, vielleicht nicht.«

Ihr Selbstvertrauen verpuffte.

Turner beugte sich über ihre Schulter, nahm ihren Duft wahr, vermischt mit kaltem Tabakrauch. Eine Mischung, die er ungemein erotisch fand.

Auf dem Monitor war ein knallbuntes Bild mit Pools und Spas zu sehen und die Worte »Pool-Tagung – Gehen Sie mit uns baden!«

»Ich dachte, es wäre vielleicht eine Gelegenheit, neue Kontakte zu knüpfen«, sagte Grace.

»Sie haben recht. Es ist eine Gelegenheit.«

»Vielleicht könnte ich hinfahren?«

Ein gefährlicher Gedanke nahm in Turners Kopf Gestalt an, und er fühlte sich wie ein Kunstspringer, der sich dem Sprungbrett nähert, es betritt, es testet, sich an die Kante stellt, einen kleinen Hüpfer macht und dann wieder auf dem wippenden Holz landet.

»Klar«, sagte er, bereit zum Rückzug, »machen Sie das.«

Dann spürte er, wie das Brett sich unter seinen Zehenspitzen bog, als er den Absprung wagte.

»Ach, was soll's. Wir sollten beide hinfahren«, sagte er.

Sie sah zu ihm hoch. »Wollen Sie wirklich?«

»Ja. Ich will. Buchen Sie für uns beide.«

Er ging hinaus ins Sonnenlicht. Ihm war schwindelig.

Am Abend saß Turner allein am Esstisch und aß aufgewärmtes Hühnchen. Lucy guckte fern, stocherte in ihrem Essen herum, und Tanya tigerte durch die Küche, löffelte irgendwas aus einer Schüssel, behielt mit einem Auge angewidert die Reality-TV-Sendung im Blick, an der ihre Tochter klebte, bereit, diese Manifestation des hässlichen Amerikas mit Häme zu überschütten, mit dem anderen Auge Turner, der auf sein Essen starrte, nicht gewillt, sich auf einen weiteren verletzenden Schlagabtausch mit seiner Frau einzulassen.

Sie knallte die Schüssel ihm gegenüber auf den Tisch und stützte die Ellbogen auf die Holzplatte. Er nahm einen Hauch ihres herben Körpergeruchs wahr, durchsetzt mit irgendwas Übelriechendem in der Schüssel.

»Na los, spuck's aus«, sagte sie.

Er seufzte. »Was denn?«

»Du willst mir irgendwas sagen, oder?«

Er zuckte mit den Schultern. »Ich fahr übers Wochenende weg.«

»Wohin?«

»Zu einer Tagung in Las Vegas.«

Sie johlte auf. »Wow. Partytime!« Sie bellte das letzte Wort förmlich, äffte einen amerikanischen Talkmaster boshaft treffend nach.

Tanya richtete sich auf, fuhr sich mit den Händen durch das kurz geschorene Haar, wobei Schuppen auf ihre Schultern rieselten, als hätte sie eine Schneekugel umgedreht.

Sie kicherte. »Nimmst du deine *VPM* mit?«

Turner blinzelte verwirrt.

»Deine *Vice President Marketing*.« Tanya lachte. »Sie hat eine von ihren Visitenkarten auf der Terrasse liegen lassen. Meine Fresse, Johnny, brauchst du das heutzutage, um einer Frau an die Wäsche zu gehen? Musst du sie erst zur *VPM* befördern?«

Turner schielte zu seiner Tochter hinüber, die aber in der Unterwelt des Reality-TVs versunken war und den Krieg zwischen ihren Eltern schon gar nicht mehr registrierte.

»Mann, dieses Scheißland«, sagte Tanya. »Hier ist jeder ein verfickter Vice President von irgendwas.« Sie klopfte mit ihrem Löffel auf den Tisch. »Also? Kommt sie mit?«

»Ja.«

»Was wird das? Ein kleines Stelldichein in glamouröser Umgebung?« Als er nicht antwortete, schüttelte sie den Kopf und sagte: »Na los. Na los, Johnny, besuch deine blöde Glitzerwelt mit deinem fetten Blondchen. Fick sie. Tob dich aus, und dann komm nach Hause und sei ein braver Junge, okay?«

Den letzten Satz warf sie ihm über die Schulter zu, während sie zur Spüle ging und die Schüssel scheppernd hineinwarf.

Das Flugzeug war in schwere Turbulenzen geraten, es schwankte und ruckelte, und das Kabinenlicht wurde gedimmt. Schließlich drehte es bei und jagte der Erde entgegen, wo Las Vegas' pompöse Neonbeleuchtung flackernd die Nacht erhellte.

Die Landung war hart, die Maschine setzte unsanft auf, Reifen quietschten, der Rumpf wackelte und wippte, ehe das Flugzeug nach einem letzten Erbeben schließlich wie ein bezwungenes Tier auf einen Mann mit Gehörschutz zurollte, der zwei Leuchtstäbe schwenkte.

»Wir haben's doch noch geschafft«, sagte Grace.

»Ja. Wir haben's geschafft.«

Sie strich mit der Kuppe ihres Zeigefingers über Turners Ehering und weiter nach unten zu seinem Handgelenk, und die hellen Härchen auf dem Handrücken neigten sich bei ihrer Berührung wie Weizen im Wind.

Das Gefühl elektrisierte seine Haut, und als sie die Hand wegnahm, musste er den Impuls niederringen, sie festzuhalten.

Grace sah ihn lange an und stand dann auf, streckte sich nach ihrer Tasche im Gepäckfach und ging, ohne sich umzusehen, den Gang hinunter, ließ Turner mit der Gewissheit zurück, dass etwas in Bewegung gesetzt worden war, das nicht mehr aufgehalten werden konnte.

4

Spack warf Turner auf den Boden neben Bekkers Leiche.

Als seine Welt wieder heller wurde, sah er Tanya, die mit den Händen zwischen den Knien neben der Leiche hockte und den maskierten Mann mit leeren Augen anstarrte.

Turner hörte das Rumpeln der Laufrollen, als die Terrassentür zuglitt, ehe sie mit einem Knall ins Schloss fiel. Er wandte den Blick von seiner Frau ab und sah, dass Bone abschloss.

»Spack«, sagte Bone, »schnapp dir die Geflügelschere, bevor die Schlampe uns hier alle absticht.«

Der Koloss bot Turner einen Blick auf eine Arschritze so breit wie der Panamakanal, als er sich schnaufend und grunzend neben Bekker auf die Knie plumpsen ließ, den Griff der Geflügelschere umfasste und sie herauszog. Blut tropfte auf seinen Handschuh, als er die Klingen begutachtete, bevor er die Schere in die Gesäßtasche seiner Trainingshose schob.

Spack blickte auf die Leiche hinunter, stupste sie an wie ein neugieriges Kind, packte dann die Skimaske und riss sie vom Kopf, brachte den ungläubigen Gesichtsausdruck zum Vorschein, der Bekkers Totenmaske war.

Spack lachte. »Scheiße, Shorty sieht echt sauer aus, was?«

Tanya starrte in Bekkers Gesicht.

Sie blieb lange Zeit teilnahmslos, und Turner, der die Luft anhielt, wollte sich gerade entspannen, als er sah, wie ihr Körper sich verkrampfte und zuckte, als hätte sie einen Stromstoß bekommen.

Als Tanya aufstand, kam der Riese mit einer Serie von Zappel-

und Schaukelbewegungen wieder auf die Beine, bereit, jeden eventuellen weiteren mörderischen Impuls im Keim zu ersticken.

Doch sie konzentrierte sich bloß auf Bekker, ging einen Schritt näher ran, beugte sich vor und studierte ihn.

Sie starrte den Toten an, betrachtete die zu einem Grinsen verzogenen Lippen unter dem dicken schwarzen Schnurrbart und das unverletzte, weit aufgerissene Auge – wie das eines Reisenden, der sich darüber wundert, an einem unerwarteten Zielort angekommen zu sein. Tanya übertrug diese Züge auf den schlanken Latino, dem sie vor ein paar Wochen auf der Treppe des nach Pisse stinkenden Mietshauses begegnet war.

Schwarzes, aus der Stirn nach hinten gekämmtes Haar. Ja.

Bart. Ja.

Doch als Tanya versuchte, den unter der Bürste aus glänzenden Barthaaren halbversteckten Mund, die Grimasse des Todes mit dem Grinsen des Mannes auf der Treppe in Einklang zu bringen, wurde sie zurück zu dem Moment katapultiert, als sie, befeuert von einer primitiven Hormonaufwallung, vom Boden aufgesprungen war und ihm die Schere mit solcher Wucht ins Auge gerammt hatte, dass sie spürte, wie die Klingenspitzen gegen den Schädelknochen stießen. Ihr stand der Moment vor Augen, als diese haargesäumten Lippen sich obszön im Mundloch der Maske geöffnet hatten und etwas sagten, das sie nicht richtig wahrnahm, weil ihr das Blut wie wild in den Ohren rauschte.

Aber sie hörte sie jetzt, hörte die zwei Wörter, die als Todesröcheln aus dem Mund des dunkelhaarigen Mannes gekommen waren:

Fokken kont.

Verdammte Fotze.

Nicht Spanisch, sondern Afrikaans, die Sprache Südafrikas, die Bastardbrut aus Dialekten der Niederlande, die in Tanyas Kindheit und Jugend – im trotzig kolonialen Natal, englischer als England mit seinem Polo und Kricket und seinen Gin Tonics – als die verhasste Sprache des unnachgiebigen calvinistischen Regimes galt, die harten Rachenlaute perfekt geeignet, um den brutal prosaischen Irrsinn der Apartheid auszudrücken.

Ihre Reise durch die Zeit nahm an Fahrt auf, und sie war wieder in dem verkommenen Cottage in Johannesburg vor zehn Jahren, und ein Mann – *dieser* Mann –, dieser dunkelhaarige Mann, ohne Schnurrbart, aber ohne den leisesten Zweifel dieser Mann, hatte sich über Johnny gebeugt und ihm eine Pistole an den Kopf gehalten. Er hatte sie lässig weggesteckt, als sie aufgetaucht war, und er hatte ihr seine Dienstmarke und mit einem arroganten Grinsen auch seine Zähne gezeigt, und obwohl sie ihn für einen Latino gehalten hatte – Portugiese? Italiener? –, war ihr aufgefallen, dass er den leicht amerikanisierten Akzent der vor der Glotze aufgewachsenen urbanen Afrikaaner hatte, und jetzt, hier in ihrem Wohnzimmer in Arizona, begriff sie, wer dieser Tote war.

Und wozu ihr Mann ihn hergeholt hatte.

5

Turner fuhr das bewusstlose Mädchen zu der perfekten Bühne für alles, was kommen sollte: dem hässlichen Bastard von Haus, in dem eine Afrikaaner-Familie (Vater, Mutter, ein Kleinkind und ein Säugling) sich selbst eine Falle aus hohen Zäunen, Stacheldraht und dicken Gitterstäben gebaut hatte, leichte Beute für ihre marodierenden Killer – Teenager, die in dem Jahr geboren wurden, als Nelson Mandela freikam –, die mit einer Grausamkeit geplündert, vergewaltigt und gemordet hatten, die nur vom genetischen Gedächtnis geschürt worden sein konnte.

Turner, sein Schatten ein schwarzer Fleck auf dem ausgebleichten Gras und der roten Erde, stieg aus dem vibrierenden Toyota und schloss das Tor im Zaun auf, fuhr den Wagen langsam hindurch und schloss wieder ab.

Er parkte den Van hinter dem Haus und zog die Skimaske über, die Chris Bekker für ihn ins Handschuhfach gelegt hatte.

Als er die Heckklappe des Toyota öffnete, sah er, dass das Mädchen noch immer bewusstlos war, aber er behielt die Maske auf, mehr um sich vor sich selbst zu verbergen als vor ihr.

Er ging ums Haus herum und schloss die vergitterte Vordertür auf, ehe er zum Wagen zurückkehrte und das Mädchen aus dem Toyota zog, zusammenzuckte, als ihr Kopf gegen die Seite des Van schlug. Er trug sie in das Schlafzimmer, legte sie auf die Matratze, befreite ihre Hände und Füße und zog mit einem Ruck das Klebeband von ihrem Mund.

Der Schmerz entlockte ihr ein leises Seufzen, und ihre Augenlider flatterten. Sie schwamm langsam zurück ins Bewusstsein.

Turner verließ den Raum und schloss hinter sich ab, zog die Maske vom Kopf, ging in eine Ecke des Wohnzimmers, möglichst weit weg von den ominösen Flecken und Einschusslöchern, und setzte sich auf den Teppich, mit einem Mal entsetzlich klar und nüchtern, erschöpft, ein schlaffes Häufchen aus Toxinen und Grauen.

Seine Hände zitterten.

Seine Beine schlotterten.

Er empfand eine überwältigende Angst, das Gefühl, den Halt zu verlieren, zu fallen und zu stürzen; er glaubte zu spüren, wie die Erde unter seinen Füßen nachgab, und er war wieder der zwölfjährige Johnny Turner in diesem furchtbar engen Bergarbeiterhaus mit seinem trüben Licht und den billigen Möbeln und dem Geruch nach schalem Essen und Verzweiflung.

Seine Mutter, beduselt vom Valium, schaute sich wie hypnotisiert *Chefarzt Dr. Westphall* an, während seine zweijährige Schwester neben ihr auf der Couch schlief. Turner wechselte der Kleinen die Windeln, und sie umklammerte im Schlaf seinen Finger mit ihrem winzigen Händchen.

Er ging aus dem Haus, setzte sich aufs Fahrrad und fuhr zum Autokino, kroch durch eine Lücke im Zaun und erlebte den Schluss von *Rocky III* im Dämmerzustand.

Dann kam der zweite Teil der Doppelvorstellung, den er sich anschauen wollte: *Misfits – Nicht gesellschaftsfähig*. Als der alte Schwarzweißfilm über die riesige Leinwand zuckelte und es die Kratzer und Laufstreifen auf der betagten Filmkopie beinahe mit dem zerklüfteten Gesicht des schon fast toten Clark Gable aufnehmen konnten, rollten die Autos eins nach dem anderen davon, bis nur noch einige wenige da waren, hauptsächlich mit vögelnden Pärchen besetzt, aber Turner war verzaubert.

Marilyn Monroe, schon weit über dreißig – älter als seine tablettensüchtige Mutter – besaß eine zerbrechliche, leicht kaputte Sinnlichkeit, und sie weckte etwas in dem Jungen, eine undefinierbare Sehnsucht, die auf seinem Weg hin zu Unzufriedenheit und Ausschweifung immer weiter in ihm wuchs.

Als der Film zu Ende war, weckte ein dicker, tollpatschiger Typ in einem weißen Kittel die Liebespaare mit einer Taschenlampe, und sie tuckerten in ihren kleinen Autos davon, bis Turner schließlich allein mit den Reihen von Lautsprechern war, die vor der leeren Leinwand knieten.

Er schlief im Gras ein, und als er aufwachte, wurde es gerade hell. Der Boden unter ihm bockte und wogte, wellte sich wie das Wasserbett, auf dem er im Ausstellungsraum von Bradlows herumgehüpft war, bis ein Verkäufer ihn verscheucht hatte, und die Lautsprecher klapperten und zitterten an ihren kleinen Masten wie eine Legion von Bettlern.

Derlei Beben, die auftraten, wenn einer der zahllosen Stollen in der Erde unter der Stadt einbrach, waren keine Seltenheit, und Turner sprach unwillkürlich ein kurzes Gebet für die Männer, die die ganze Nacht in der Tiefe schufteten, die gruben, bohrten und Gold aus dem Gestein sprengten.

Das Beben beruhigte sich wieder, doch als Turner durch die menschenleeren Straßen radelte, der Förderturm der Mine schwarz vor der roten Morgendämmerung, hörte er das Heulen von Sirenen und wusste, dass ein Unglück passiert war.

Je näher er seiner Straße kam, desto lauter wurden die Sirenen, und als er zu Hause ankam, sah er einen Haufen Einsatzfahrzeuge und Rettungswagen und dann etwas dermaßen Surreales, dass er dachte, er würde noch immer schlafen und träumen.

Sein Elternhaus war futsch, verschwunden im Schlund eines riesigen Kraters. Das Nachbarhaus hing bedrohlich schräg an der Kante, krumm und schief wie ein Zelt mit durchtrennten Spannseilen.

Ein Polizist schob Turner weg von der Gefahrenzone, und während er zwischen einer Gruppe von Leuten in Pyjamas und Nachthemden stand, fassungslos, benommen, kam in Schlangenlinien ein Auto angefahren. Sein Vater stieg torkelnd aus, ließ die Frau eines anderen Mannes allein auf dem Beifahrersitz sitzen.

Billy Turner roch nach Schweiß und Brandy und Zigaretten und Sex, als er seinen Sohn umarmen wollte, der ihn fluchend abwehrte. Die Cops kannten seinen Vater gut, sie zogen ihn von dem Jungen los und nahmen ihn mit.

Turner sah seinen Vater nie wieder.

Später an jenem Tag tauchten seine Großeltern – vornehme Johannesburger, die ihre einzige Tochter verstoßen hatten, als sie von dem attraktiven versoffenen Goldgräber schwanger wurde – in einem schnittigen Jaguar auf und nahmen Turner mit in ihre elegante Villa in Westcliff, wo sie starr mit ansahen, wie er heranwuchs und von Tag zu Tag mehr seinem Vater ähnelte.

Doch die Persönlichkeit – und den gierigen Konsum von Büchern und später Drogen – hatte er ganz von seiner Mutter.

Er ging auf die besten Schulen.

Er verlor seine Jungfräulichkeit an zwei reiche Partygirls.

Wenn er Alkohol trank, Gras rauchte und aus dem Medizinschrank seiner Großmutter geklaute Tabletten einwarf, hatte er das Gefühl, endlich, nach einer sehr langen Reise, angekommen zu sein.

In seinem achtzehnten Lebensjahr starben seine Großeltern innerhalb von zwei Monaten und hinterließen ihm ein Erbe aus Schulden.

Turner war allein.

Allein mit einer inneren Leere, die ebenso groß war wie der Krater, der seine Mutter und Schwester verschluckt hatte, in einem Leben, das die Neigung hatte, ihm unter den Füßen in Löcher wegzusacken, die er selbst gegraben hatte.

6

Als Tanya, die sich tief über Bekkers Leiche gebeugte hatte, zu ihm hochschaute, sah Turner, dass die Bosheit in ihren Blick zurückgekehrt war.

»Du Scheißkerl«, sagte sie und stürzte sich völlig unvermittelt auf Turner, der nach Spacks Attacke noch immer nicht richtig Luft bekam und lediglich mit dem Hintern übers Parkett rutschen konnte, während sie auf seinen Kopf eindrosch.

Schnaufend und kichernd schlang der Koloss die Arme um Tanya und hob sie vom Boden auf, während sie mit den Beinen strampelte wie ein wütendes Kleinkind.

Tanya keuchte, versuchte vergeblich, sich zu befreien, und sagte, die Augen auf Turner gerichtet: »Das ist Chris Bekker.«

»Du bist verrückt«, sagte Turner.

»Glaubst du etwa, dieser dämliche Freddie-Mercury-Schnurrbart kann mich täuschen? Er ist es, du Drecksack. Du hast ihn mit diesen beiden Irren herbestellt, um mich umzubringen, was?«

Turner schüttelte den Kopf.

Bone trat vor.

»Okay, Ruhe jetzt. Willst du behaupten, du kennst Short Henderson?«

»Er heißt Chris Bekker«, sagte Tanya. »Er ist Südafrikaner. Wie wir.«

»Ihr seid Südafrikaner?«

»Ja, wir sind Südafrikaner.«

»Ich hab gedacht, ihr seid Engländer«, sagte Spack.

»Und Spack muss es wissen, weil der nämlich nichts lieber tut, als seine stinkenden Füße nach einem anstrengenden Tag hochzulegen und sich stundenlang *Downton Abbey* anzugucken.«

»Und dazu steh ich«, sagte Spack.

»Kannst du auch, Spack.« Bone sah Tanya an. »Er hat ein Spitzengehör wie ein echter Jagdhund. Wenn er sagt, ihr seid Engländer, dann seid ihr verdammt noch mal Engländer.«

»Wir sind Südafrikaner. Seht euch doch unsere Pässe an, wenn ihr mir nicht glaubt.«

»Und wieso seid ihr dann keine Nigger?«

»Weil wir weiße Südafrikaner sind.«

»Du verarschst mich«, sagte Bone.

»Nein, verdammt noch mal.«

Er überlegte einen Moment.

»Ehrlich gesagt, ich hatte schon immer das Gefühl, dass mit Shorty was nicht stimmt. Aber ich hab gedacht, das liegt daran, weil er ein Junkie ist.«

Spack schüttelte seinen riesigen Schädel. »Aber er hat immer Amerikanisch gesprochen.«

Tanya sagte zu Bone: »Hast du nicht gehört, was er gesagt hat? Als ich ihn erstochen hab?«

»Tja, er war nicht erfreut, so viel ist klar.«

»Fokken kont.«

»Hä?«

»Das ist Afrikaans und heißt ›verdammte Fotze‹.«

»Was ist Afrikaans?«

»Das ist eine Sprache. Eine südafrikanische Sprache.«

Bone nickte. »Die Schlampe hat recht. Das hat sich nicht nach Amerikanisch angehört. Eher wie Deutsch oder so.«

»Oder Kreolisch«, sagte Spack.

»Kreolisch?«

»Kreolisch.«

»Was weißt du denn schon über Kreolisch?«

»Meine Mama war Kreolin.«

»Scheiße, Spack, du hast doch überhaupt keine Mama gehabt, du bist voll ausgewachsen aus 'nem Plumpsklo gekrochen.«

»Hör mal, das war jetzt echt nicht nett.«

Bone hatte die Augen auf Tanya gerichtet. »Du meinst, unser Daddy hier hat Shorty gekannt?«

»Ja.«

»Und er hat ihn herbestellt, damit er dich tötet?«

»Ja.«

»Und es sollte aussehen wie ein Raubüberfall, der aus dem Ruder gelaufen ist?«

»Ja. Genau das meine ich.«

Bone sah Spack an. »Davon hat Shorty uns nix gesagt.«

»Nee, kein Wort.«

Bone betrachtete Tanya. »Warum will Daddy dich loswerden? Fette Lebensversicherung?«

Tanya sah Turner in die Augen. »Er will mich aus dem Weg haben, damit er es ungestört mit seiner Hure treiben kann.«

Bone stupste Turner mit seinem Stiefel an. »Stimmt das, Freundchen?«

»Sie spinnt. Das ist ein reines Ablenkungsmanöver.«

»Stimmt das? Willst du uns übers Ohr hauen?«

»Nein. Seht euch Bekkers rechten Bizeps an. Da ist ein Tattoo. Ein Schädel.«

Turner dachte blitzartig zurück an jenen Morgen, als Bekker ihn mit vorgehaltener Waffe geweckt hatte, in dem Cottage in Houghton neben der Matratze gekauert hatte. Der T-Shirt-Ärmel des Cops war hochgerutscht, hatte das grinsende Maul des Totenschädels freigelegt, als Tanya in der Tür erschien und mit ihren gierigen kleinen Augen die Szene in sich aufsog, sich alles haarklein einprägte.

Bone sagte: »Sei so lieb, Spack. Schau mal nach.«

Spack ging ächzend in die Knie, zog die Jacke von Bekkers rechter Schulter und schob das T-Shirt hoch.

»Da ist kein Tattoo«, sagte er.

Bone beugte sich näher. »Aber da ist eine Narbe, Mann. Als hätte er sich was wegbrennen lassen.« Er richtete sich wieder auf. »Weißt du was, Spack?«

»Was denn?«

»Ich bin geneigt, diesem mageren Miststück zu glauben.«

»Okay.«

»Ich schätze, Shorty und unser Daddy hier hatten Pläne für die Zukunft. Pläne, in denen wir nicht vorkamen, Spack.«Er drehte sich zu Turner um und trat ihm in die Rippen.

»Stimmt das, Daddy?«

Turner hob die Hände. »Sie spinnt. Ich kenne den Mann nicht.«

Bone starrte ihn an, nickte dann.

»Ich denke, es ist an der Zeit, dass in diesem Raum die reine, ungeschminkte Wahrheit ans Licht kommt.«

Er zog seine OP-Handschuhe aus, ließ sie wie obszöne Mitbringsel aufs Parkett fallen, hob dann eine Hand und zog seine Maske ab. Zum Vorschein kam ein Gesicht, das ganz attraktiv hätte werden können, wenn die Natur nicht ein paar falsche Justierungen vorgenommen hätte: blaue, zu weit auseinanderstehende Augen über flachen Wangenknochen; eine gewisse Asymmetrie des zu volllippigen Mundes über einem fliehenden Kinn; der Haaransatz seiner weißblonden Mähne zu tief über den fast unsichtbaren Brauen.

»Ich bin Lukas Bone, und das da ist Spack. Oder Spacko. So heißt er, weil er ein Vollidiot ist. Zeig ihnen dein hübsches Gesicht, Spack.«

Spack ließ Tanya los, die schlaff zu Boden glitt, und tat wie geheißen, zog seine Handschuhe aus und enthüllte einen Kopf so groß wie eine Osterinsel-Statue, auf dem ein paar dünne Haarsträhnen mit einer nach Benzin stinkenden Pomade an den Schädel geklatscht waren.

Seine mehrfach gebrochene Nase saß schief im Gesicht, ein

winziges Paar Augen, dunkel wie Zigarettenbrandnarben, spähte aus dem Schatten der Knochenplatte, die seine Stirn bildete. Er kicherte, riss den nassen, von wuchernden Haaren gesäumten Mund auf, sodass seine Zahnlücken sichtbar wurden, und drückte mit Daumen und Zeigefinger an einem vanillegelben Pickel herum, der aus den dreckigen Falten seines runzeligen Halses ragte.

Lukas Bone sah den Gesichtsausdruck der beiden Turners und lachte.

»Oh ja, da guckt ihr, was? Uns hat ein böser Wind von schlimmen Entscheidungen und noch schlimmerem Unheil hereingeweht.«

»Das klingt hübsch, Lukas.«

»Danke, Spack.«

»Und je öfter du es sagst, desto hübscher klingt es.«

Tanya sah Turner kopfschüttelnd an.

»Herzlichen Glückwunsch, du fotzenhöriges Stück Scheiße, du hast uns alle umgebracht.«

7

Das Hotel, in dem die APSP-Tagung stattfand, ragte wie ein gigantischer Dominostein am Strip auf – eine schimmernde Lichtfalle, speziell angefertigt, um scharenweise Mittelamerikaner anzulocken.

Als Turner und Grace zeitgleich mit etlichen sonnengebräunten Tagungsteilnehmern eincheckten, sagte Grace: »Treffen wir uns hier unten in einer Stunde, dann zeige ich Ihnen ein bisschen was vom alten Vegas.«

Turner duschte und zog den einzigen Anzug an, den er besaß – ein Relikt aus seiner Zeit in Johannesburg, dermaßen aus der Mode gekommen, dass es schon fast wieder schick war – mitternachtsblaues Sharkskin-Gewebe, glänzend wie eine schmutzige Benzinpfütze, ein bisschen zu eng für einen Körper geschnitten, der einst durch Jugend und Drogenmissbrauch schlank gehalten worden war, nun aber im mittleren Lebensalter einen Bauch ansetzte, der die Knöpfe des weißen Seidenhemdes spannte.

Während er sich vor dem Schlafzimmerspiegel mit den Fingern durch die feuchten Haare fuhr, empfand Turner ein seltsames Gefühl von Verlagerung, als steckte das Wesen des Mannes, der er einst gewesen war, noch immer im Stoff des Anzugs.

Ein jäher Ansturm blutiger Erinnerungen ließ Turners Knie weich werden, und er sank aufs Bett, starrte blicklos auf das übergroße abstrakte Bild aus schwindelig machenden Wirbeln, das über dem Frisiertisch hing.

Er war versucht, Grace anzurufen und die Verabredung abzusagen.

Doch sein Drang, dem plötzlich klaustrophobischen Raum zu entfliehen, trieb ihn dann doch nach unten in die weitläufige Lobby, wo er neben einer Wüstensukkulente wartete und die Fahrstühle im Auge behielt.

Turner hörte jemanden »John« sagen, und als er sich umdrehte, sah er sich der Inkarnation seiner pubertären Fantasien gegenüber: eine üppige Blondine in einem schwarzen Paillettencocktailkleid, das aussah wie auf den Körper gemalt.

Ein nervöser Ausdruck huschte über Grace' Gesicht, wie eine dunkle Wolke an einem Sommertag.

»Ist das übertrieben?«, fragte sie, schaute unsicher an sich hinunter und deutete vage auf das Kleid.

»Nein«, sagte Turner bloß. Die Worte, auf die sie wartete – die sie verdiente –, die schmeichelnden und verführerischen Worte, die ihm früher so unglaublich leicht über die Lippen gekommen waren, steckten ihm wie ein Widerhaken in der eingerosteten Kehle, die trocken vor Anspannung war.

Aber sein Gesicht hatte offenbar seine Gefühle verraten, denn sie lächelte und drehte sich kokett, wobei ihr Kleid schimmerte wie Mondlicht auf dem Ozean, als es sich wieder an ihre Rundungen schmiegte. Dann rief sie ihm über die Schulter ein »Kommen Sie« zu.

Ein Taxi brachte sie vom epileptischen Neonlicht des Strip zu einem Gewirr von älteren Kasinos.

Turner folgte Grace in einen höhlenartigen Raum, in dem ältliche Cocktailkellnerinnen (sie hatten Getränketabletts um die Schultern geschnallt wie Lastesel) an leeren Spieltischen vorbeischlurften, während traurige Croupiers darauf warteten, Spielkarten auszugeben und Rouletteräder zu drehen.

Ein dunkelhäutiger Mann im schmuddeligen Freizeitanzug, dem ein Komma aus fettigem Haar über das linke Auge fiel, drehte sich vom Craps-Tisch um und hielt Grace die Würfel hin, damit sie sie küsste – sie knutschte sie im Vorbeigehen ab –, und der

Mulatte ließ sie mit einem lässigen Schnippen aus dem Handgelenk über den Tisch rollen.

Grace und Turner waren schon ein Stück weiter, als die Würfel zur Ruhe kamen und der Stickman die Punktzahl ansagte, aber Turner wusste, dass der Mulatte gewonnen hatte.

Das laszive Schnarren einer Snare-Drum und eine kehlige Trompete lockten sie in eine Lounge neben dem Kasino.

Ein in lila Licht getauchtes Quartett, alle über fünfzig und alle mit Humpty-Dumpty-Bäuchen, über denen sich ihre weißen Overalls spannten, begann mit einer trägen Version von »The Look of Love«.

Während Grace und Turner sich einen Platz suchten, streifte sein Blick eine Bar, ein paar Tischreihen mit einigen wenigen grauhaarigen Gästen, eine kleine Bühne und ein leeres Tanzparkett. Spotlights schossen indigoblaue Strahlen von der Decke nach unten.

»Na, genügt Ihnen das an Rat-Pack-Atmosphäre?«, fragte Grace, die sich auf einen Stuhl niederließ.

»Hier fühl ich mich gleich wieder jung«, sagte Turner, und Grace lachte. »Woher kennen Sie den Laden?«

»Ich hab vor Jahren in einem Kasino in der Nähe als Blackjack-Dealerin gearbeitet.«

»Sie waren Croupière?«

»Eine Zeit lang.«

»Warum haben Sie aufgehört?«

Sie sah ihm in die Augen, zündete sich dann eine Zigarette an, ohne den Blick von ihm abzuwenden.

»Ich hab in einer sogenannten Party Pit gearbeitet.«

Er schüttelte den Kopf.

»Ich hab Blackjack in Dessous gespielt«, sagte sie und schwenkte das Streichholz, bis es erlosch.

Er starrte sie an. »Ist nicht Ihr Ernst.«

»Doch.«

»Das hätte ich gern gesehen.«

»Nein, bestimmt nicht. Das Trinkgeld war gut, aber glauben Sie mir, es wurde sehr schnell ausgesprochen öde. Das Highlight meiner Schicht war zum Beispiel, einen Revierkampf zwischen zwei Nutten zu beobachten, die sich darum stritten, welche von ihnen den Raum mit den ganz hohen Pokereinsätzen beackern durfte.«

Eine Kellnerin kam, um ihre Bestellung aufzunehmen, und Grace sagte zu Turner: »Ich werde mir heute ein bisschen Alkohol gönnen, okay?«

»Klar.«

Sie bestellte einen Whiskey Cola und hob ihre angemalten Augenbrauen Richtung Turner.

»Mineralwasser?«

»Ja.«

Die Kellnerin ging wieder, und Grace nahm einen tiefen Zug von ihrer Zigarette, schloss die Augen, als sie das Kinn reckte und ausatmete, und sah Turner dann durch den dünnen Rauchvorhang an.

»Also, John«, sagte sie, »erzählen Sie mir Ihre dunkelsten Geheimnisse.«

Turner schüttelte den Kopf.

»Ich hab keine.«

»Das glaube ich Ihnen nicht.«

»Stimmt aber.«

»Wir haben alle dunkle Geheimnisse.«

»Dann erzählen Sie mir Ihre.«

Sie lachte und schüttelte den Kopf, drückte ihre Zigarette aus.

Der Song endete, bekam spärlichen Applaus, und einen Moment trat Stille ein. Dann kam ein knapp Siebzigjähriger mit einem lockigen Haarteil, das ihm auf dem Kopf saß wie ein Zwergspitz, auf die Bühne getrottet und sang eine heisere Version von »Witchcraft«.

Grace stand auf und sagte: »Darf ich bitten?«

»Ich tanze nicht«, sagte Turner.

Grace streckte eine Hand aus.

»Kommen Sie.«

Turner stand auf und ließ sie in seine Arme.

Anfangs war er linkisch, doch Grace schmiegte sich an ihn, und er spürte, wie ihr warmer Körper ihn schmelzen ließ, nahm ihren Duft wahr.

Sie tanzten sich durch eine ganze Reihe von Sinatra-Titeln und kehrten dann zu ihrem Tisch zurück. Während Grace trank und rauchte, zog eine Wärme Turner nach unten, eine Schwere zerrte an seiner Leiste, und er wünschte, er könnte die Faust öffnen – geballt vor Verlangen und der Panik, die es ausgelöst hatte – und drei gelb-schwarze Pillen auf seinem Handteller sehen, wie ein Trio von Hummeln; Pillen, die ihn in ihre narkotische Umarmung schließen und seine Furcht besänftigen würden.

»Kommen Sie, John«, sagte Grace, nahm seine Hand und führte ihn aus der Lounge.

Zurück im Hotel folgte Turner ihr über die hallende Fläche der gefliesten Lobby in einen wartenden Aufzug, seine gummibesohlten Schuhe zwei quietschende Mäuse voller Angst vor den Pistolenschüssen, die ihre Stilettos abfeuerten.

Turner drückte den Knopf für die zwanzigste Etage, und die Türen hatten sich schon fast geschlossen, als ein diskretes Pling ertönte und sie leise wieder aufglitten, um drei Paare in Abendgarderobe hereinzulassen, die zum Penthouse-Restaurant wollten.

Sie waren Mitte fünfzig, die Männer offensichtlich erfolgreich, gepflegt und gut genährt, und ihre Frauen – mit Haarhelmen wie aus Zuckerwatte – modisch hager, mit der gequälten Miene der ständig Unterernährten.

Turner wich zurück, bis er an der verspiegelten Rückwand

stand, und Grace wurde an ihn rangedrängt, als die Kabine sich füllte.

Auf der Fahrt nach oben sah Turner Grace' Hand an ihrem Hals, wie sie ihr Haar nach vorn über die linke Schulter zog, sodass ihr Rücken frei lag. Ihre Finger, geschickt wie die eines Zauberers, lösten den Verschluss ihres Kleides.

Turner zögerte einen Moment, dann nahm er den Griff des Reißverschlusses, der vom Genick bis zur Spalte zwischen ihren Pobacken ging, und öffnete das Kleid mit einer langsamen, fließenden Bewegung. Die Reißverschlusszähne gaben ein leises erfreutes Surren von sich, als sie sich voneinander lösten.

Der Kleiderstoff fiel über der blassen Haut von Grace' Rücken auseinander, ließ erst den schwarzen Streifen ihres BHs sehen und dann, als der Reißverschluss endete, den Spitzensaum ihres Höschens.

Grace hatte ein schönes Rückgrat, jeder Wirbel deutlich abgehoben unter ihrer straffen Haut, wie eine erlesene Kette aus Knochen.

Turner, der seitlich von Grace stand, seine Leisten gegen ihren Oberschenkel gepresst, fuhr mit dem Zeigefinger der rechten Hand langsam an ihrer Wirbelsäule entlang nach unten, und sie erschauderte und Gänsehaut breitete sich über ihren Rücken aus – für seine Finger so deutlich ertastbar wie Blindenschrift.

Turner spürte, wie sein Schwanz steif wurde und gegen ihre Hüfte drückte, als seine Finger unter dem Saum ihrer Unterwäsche verschwanden, über ihre Pobacken glitten, die sich unter seiner Berührung anspannten, und die feuchte Wärme zwischen ihren Beinen fanden.

Eine der Frauen schaute nach hinten, blinzelte und sah dann weg, richtete die Augen auf die LED-Anzeige, die die Stockwerke nach oben zählte. Ihre Kinnbacken mahlten, als sie mit den Zähnen knirschte.

Der Fahrstuhl hielt seufzend an, und die Türen öffneten sich widerstandslos auf den mit Teppichboden ausgelegten Flur, während Turners Hand sich noch immer tief in Grace' triefendem Schoß befand wie ein lasterhafter Puppenspieler.

Turner zog die Hand weg und führte Grace zwischen den Paaren hindurch, deren Augen auf Grace' nacktes Rückgrat fielen, und als die Türen sich schlossen, hörte er ein empörtes Murmeln.

Als sie bei Grace' Zimmer ankamen, zog sie die Keycard durch den Schlitz, und der Mechanismus surrte und klickte. Turner stieß die Tür auf.

Sobald sie drinnen waren, schloss Grace die Tür mit dem Fuß, und der Raum wurde dunkel bis auf den schmalen Lichtspalt, der aus dem Flur hereinfiel. Sie stieß Turner so fest gegen die Wand, dass ihm die Luft aus der Lunge entwich.

Während er nach Atem rang, bedeckte sie seinen Mund mit ihrem und küsste ihn, ihre Zunge suchte seine, während seine Hände ihr Kleid über die Hüften zogen, an ihrer Unterwäsche rissen.

Grace' Hände zitterten, als sie seinen Gürtel fasste und die Zunge aus der Silberschnalle zog. Das Leder knarzte leise, als sie es zurückbog, um den Dorn aus dem Loch zu befreien.

Der Gürtel fiel mit einem gedämpften Klimpern auseinander, und als Grace Turners Hose aufknöpfte, streifte die warme Masse seines Fleisches ihre Haut, und wieder blieb ihm die Luft weg.

Sie strich mit der Fingerspitze an seiner Länge entlang, dann trat sie zurück, ging in die Finsternis Richtung Bett, das Schimmern ihres Kleides wie schwärmende Glühwürmchen im Dunkeln, bevor sie verschwand.

8

Turner saß mit dem Rücken zum Wohnzimmer und beobachtete Lukas Bone und Spack, die die Ellbogen auf die Kücheninsel gestützt hatten und sich leise unterhielten.

Tanya stand da, die Arme um den Oberkörper geschlungen, und starrte durch die Glastür auf das leuchtende Rechteck des Swimmingpools.

Turners Blick wanderte zu Bekkers Leiche. Hinter der rechten Hüfte des Toten war der Griff seiner Pistole zu erahnen, der ein kleines Stückchen über den Bund seiner Jeans ragte.

Die Waffe wäre garantiert schussbereit.

Turner war eines Nachts mit Bekker in dem Leichengeruch-Mercedes durch Johannesburg gefahren, und der korrupte Cop hatte gesagt: »Im Leben geht's immer um Trümpfe, Engländer. Um Vorteile. Darum, vorbereitet zu sein, verdammt noch mal. So zum Beispiel.« Er nahm eine Hand vom Lenkrad und klopfte auf die Automatik an seiner Seite. »Ich hab immer eine Kugel in der Kammer. Und das gilt für alles. Sei bereit. Sei schneller. Wer einen Fuchs fangen will, muss schlauer sein als er.«

»Scheint ja prima zu funktionieren«, hätte Turner jetzt am liebsten zu Bekker gesagt, nachdem der Ex-Cop bei Tanyas Variante von Schere-Stein-Papier unwiderruflich verloren hatte.

Bone ging zu Tanya, zeigte mit einem Finger auf Turner.

»Behalt ihn im Auge, Spack.«

Der Hüne nahm den Befehl wörtlich, ging in die Hocke und starrte Turner in die Augen, sein Kloakenatem eine widerliche Wolke.

Als Turner wegschauen wollte, hielt der Rohling ihn mit unsäglich schmutzigen Fingern am Kinn fest, und der Gestank, der aus dem verkrusteten Dreck in den Hautfurchen und unter den eingerissenen Nägeln aufstieg, roch nach Fäkalien und Schlachthaus.

Bone trat so nah an Tanya heran, dass sie seine Körperwärme spürte.

»Wie ich sehe, trägst du einen Ehering«, sagte er.

Sie blieb stumm, sah dem unermüdlichen Poolreiniger bei der Arbeit zu und wünschte wahrscheinlich, sie wäre dort im Wasser, nackt und sauber.

»Ich rede mit dir!«

»Ja, ich trage einen Ehering.«

»Aber er nicht?« Ein Nicken Richtung Turner.

»Nein, er nicht.«

»Warum nicht?«

»Frag ihn doch.«

Bone schniefte und sog Schleim aus seiner Kehle hoch.

»Ich hab keinen Respekt vor einem Mann, der sein Gelübde bricht. Spack, du siehst das doch auch so, nicht?«

»Worauf du dich verlassen kannst«, antwortete der Dickwanst, der noch immer Turner anglotzte.

Bone hielt die linke Hand hoch, an dessen vierten Finger Silber glänzte.

»Mit diesem Ring wird man mich beerdigen.«

Spack schwenkte eine Hand vor Turners Gesicht. Ein angelaufener Ehering lugte aus den Fettfalten an seinem verdreckten Finger.

»Bis dass der Tod uns scheidet«, sagte er.

»Da dieser Staat früher die Ehe zwischen zwei Männern missbilligte, mussten Spack und ich vor ein paar Jahren nach Kalifornien fahren, um zu heiraten.«

»Den ganzen weiten Weg bis nach Los Angeles.«

»Haben uns von einem Richter in Tarzana trauen lassen.«

»Der Name hat mir schon immer gefallen. Tarzana.«

»Wir haben also diese kleine Wallfahrt gemacht.«

Bone lehnte sich gegen die Scheibe und lächelte zu Tanya hinunter.

»Und dann haben wir uns Flitterwochen in der Mojave gegönnt, was, Spack?«

»Schöne Erinnerungen, Lukas.«

»Oh, unglaublich schön, Spack. Einfach unglaublich.« Bone lachte. »Weißt du noch, der Tramper, den wir auf dem Weg nach Baker mitgenommen haben?«

»Der stämmige Kerl um die vierzig?«

»Genau der.«

»Was für ein Weichei.«

»Verdammt, ja, war dann doch ziemlich enttäuschend. Bloß zwei Tage bis sein schlappes Herz den Geist aufgegeben hat.«

Spack kicherte und stieß Faulgas aus. »Aber dann hatten wir mehr Glück.«

»Oh ja, die magere kleine Highwaynutte, die wir uns auf dem Rastplatz geschnappt haben. Wo war das noch mal, Spack? Barstow?«

»Ludlow.«

»Stimmt, Ludlow.«

»Die war ein temperamentvolles kleines Ding.«

»Hat drei Wochen durchgehalten, weißt du noch?«

»Und ob. Und ob ich das noch weiß.«

»Hat uns beschimpft und verflucht, bis du ihr die Zunge mit einer Quetschzange rausgerissen hast.«

»Genau. Die Zunge hat nach Tabak und Wichse und Likör geschmeckt.«

»Du bist ein verdammter Epikureer, Spack.«

»Weiß nicht so genau, was das heißt, Lukas.«

»Das heißt, dass du einen feinen Gaumen hast.«

»Einen feinen Gaumen?«

»Hmm.«

»Da kann ich nicht widersprechen.«

»Weißt du was? Die magere Fotze hier erinnert mich irgendwie an die kleine Nutte«, sagte Bone und stupste mit seinem Arbeitsstiefel Tanyas Wade an.

»Haargenau, Lukas. Zwei von einem Schlag.«

»Vom selben.«

»Vom selben?«

»Vom selben.« Bone nickte Richtung Turner. »Ich wette, sie hält länger durch als er.«

»Weiß man's?«

»Tja, wir werden es rausfinden.«

»Und ob wir das werden.«

Bone ging zur Haustür.

»Ich hol mal rasch ein bisschen Material aus dem Van, Spack. Übernimmst du die Conn?«

Spack lachte.

»Klar, ich übernehme die Conn.«

Bone ging aus dem Haus, und Turner hörte seine Stiefel über Kies knirschen, dann das Rattern einer aufgleitenden Wagentür und eine Minute später den dumpfen Schlag, als sie geschlossen wurde.

Er schielte kurz zu Bekkers Waffe hinüber.

Turner wusste, dass Spack ihn zerbrechen würde wie ein Streichholz, falls er versuchte, sich zu bewegen, also rührte er sich nicht, und als Bone zurückkam, hatte er eine Reisetasche über die Schulter gehängt und hielt einen kleinen Hartschalenkoffer in der Hand.

Bone ließ die Reisetasche im Flur neben Peters Leiche fallen und ging zur Kücheninsel, wo er den Koffer auf die Arbeitsplatte knallte.

»Mommy, komm mal hier rüber.«

Tanya blieb an der Tür stehen, starrte weiter aufs Wasser.

»Ich will das nicht zweimal sagen müssen.«

Sie ging wie eine Schlafwandlerin zur Küche hinüber.

»Okay, hol Daddy her.«

Das Monster schlang beide Arme um Turner, dem die Luft wegblieb, weil der Gestank nach alter Pisse und ungewaschenen Weichteilen schier überwältigend war, und schleppte ihn zu Bone und Tanya.

Bone öffnete die Schnappriegel des Koffers. Darin lag in einem passgenauen Schaumstoffbett eine Akku-Kreissäge der Marke DeWalt, der gelb-schwarze Gummigriff und das kantig gezähnte Sägeblatt überzogen mit rötlich braunen Schmierspuren und Flecken.

Spack packte Turners linke Hand und zog den Ringfinger gerade, legte ihn flach auf die Küchentheke, die anderen Finger nach hinten gekrümmt.

Bone hob die Säge und drückte den Starterknopf, der Motor kreischte auf, und das Hartmetallblatt rotierte.

Bone ließ den Knopf los und hielt Tanya die Säge hin.

»Jetzt ist die Heimwerkerin gefragt«, sagte er und ließ die Säge kurz aufjaulen.

Tanya wich zurück. Die Zähne des Sägeblatts verwischten, als es kreiste.

»Nimm das Ding«, sagte Lukas Bone. »Nimm es und schneid deinem Fremdgeher von Mann den Finger ab.«

Tanya schüttelte den Kopf.

»Nun komm schon«, sagte Bone. »Im Grunde möchtest du das doch.«

Er lächelte, zeigte dabei Zähne, die so klein und gelb waren wie gebutterte Maiskörner.

»Die Strafe soll zu dem Verbrechen passen.«

Sie starrte Bone an, dann glitt ihr Blick zu Johnny. Die Männer verschwanden, und es war wieder vor einer Woche: Ihre Küche erstrahlte in makelloser, fast klinischer Sauberkeit, und ihr Mann und ihre Tochter standen zusammen an der Insel in einem ihrer kleinen, kuscheligen Momente von Zweisamkeit – Johnny trank Kaffee, Lucy schüttete eine ihrer zahllosen, verfettenden Colas in sich hinein –, ohne zu merken, dass Tanya ihr Arbeitszimmer verlassen hatte, wo sie sich mit unsinnigen Arbeiten und hirnlosem Surfen im Internet beschäftigte. Wo sie zwischen *New Statesman* und *Guardian* hin und her wechselte, um ihren selbstgerechten Antiamerikanismus zu schüren, und wo sie, wenn sie wütend und gelangweilt war, metaphorische Zehen in obskure Quellen tauchte (die letzten Tage eines deutschen Philosophen in einem Schwulenbadehaus in Biarritz; der wachsende Wahnsinn einer ecuadorianischen Diva, auf einem Raddampfer auf einem abgelegenen Zufluss des schlammigen Orinoco gestrandet), die an die Oberfläche trieben, um sogleich wieder von dem Online-Tsunami hinweggefegt zu werden. Und nun stand sie lauschend im Korridor.

»Dad?«, sagte ihre Tochter mit diesem enervierenden Näseln.

»Ja?«

»Warum ist Mom immer so wütend?«

»Sie ist bloß sehr angespannt.«

»Sie ist dauernd mies drauf.«

»Deine Mutter versucht ihr Bestes.«

»Nein. Sie ist eine Fotze.«

Johnny starrte ihre Tochter an.

»Wow! Wo hast du denn das Wort her?«

»Von ihr. Mom.«

»Mom?«

»Ja. Sie nennt mich so. Sie nennt mich eine Fotze.«

Er schüttelte den Kopf.

»Lucy, das Wort nimmst du bitte nicht in den Mund, okay? Es ist sehr verächtlich.«

»Und warum benutzt Mom es dann?«

»Willst du so werden wie Mom?«

»Nein, ich will nie, niemals so werden wie Mom.«

»Na siehst du.«

Sie nickte.

»Okay.«

Sie trank einen Schluck Cola.

»Wieso kann Mom nicht ein bisschen so sein wie Grace? Grace ist nett.«

»Ja, das ist sie.«

»Magst du sie?«

»Grace?«

»Ja, Grace.«

»Klar mag ich sie.«

»Echt?«

»Ja.«

»Ganz ehrlich? Wow.«

Johnny sah sie an.

»Halt. Moment mal. Was hast du mit *mögen* gemeint?«

»Na eben: mögen. Wie ein Junge Mädchen mag.«

»Ein Junge Mädchen mag?«

»Ja.«

»Dann: nein.«

»Nein?«

»Nein. Ich bin ihr Chef. Mehr nicht, okay?«

»Ehrlich?«

»Ehrlich.«

»Ich wünschte, du wärst mit ihr zusammen. Ich wünschte, Mom wäre tot.«

Ihre Tochter floh aus der Küche, pflanzte ihr fettes Hinterteil auf die Couch und guckte sich fasziniert irgendeine Kardashian-Fleischbeschau an.

Wieder zurück im Jetzt blinzelte Tanya den Irren mit der Kreissäge an und hörte den mageren Jungen sagen: »Das Blut wird dich erlösen«, und in diesem Moment überließ sie sich dem Wahnsinn, der sie all die Jahre seit jenem glutheißen Morgen in den Zuckerrohrfeldern umlauert hatte, und ihre Augen verdunkelten sich vor Zorn, und die gegerbte Haut in ihrem Gesicht zog sich straffer über die Knochen, ihre dünnen Lippen pressten sich so fest aufeinander, dass sie weiß wurden, und ihre Augen sanken tiefer in den Schädel. Sie nickte, streckte die rechte Hand aus und ließ sich von dem lüstern grinsenden Mann die Säge geben.

Turner sah, wie das schwere Elektrowerkzeug den Arm seiner Frau nach unten zog und es ihr beinahe entglitt. Sie packte das Gehäuse hastig mit beiden Händen, und der Schmerz in ihren gebrochenen Fingern ließ sie zusammenzucken.

Tanya balancierte sich aus, hob die Säge und warf sie an, experimentierte mit dem Gewicht, gewöhnte sich an den Griff.

Turner, dessen Finger von Spacks Schraubstockhänden an Ort und Stelle gehalten wurde, spürte, wie sich Schweiß unter seinen Armen und an seinem Haaransatz sammelte und seine Eier sich verkrampften wie Fäuste, als er sah, wie das gezahnte Sägeblatt rasend schnell kreiste und schrie.

9

Der Tag kündigte sich an wie ein Sondereinsatzkommando, das die Tür eintritt. Panik schreckte Turner aus einem unruhigen Schlaf, riss ihn hoch, mit rasendem Herzen, toxischem Schweiß auf der Stirn und einer nackten Angst, die seinen ganzen Körper durchströmte.

Er griff automatisch nach der Flasche Jack Daniel's, die immer neben seinem Bett stand, aber als seine Finger ins Leere fassten, merkte er, dass er nicht zu Hause war, dass er steif und verkrampft auf dem ominös fleckigen Teppich in diesem Haus des Todes lag und die Schreie seiner Gefangenen durch die abgeschlossene Schlafzimmertür zu ihm drangen.

Die gleichen Schreie und hämmernden Schläge, die bis in die frühen Morgenstunden angehalten hatten, bis das Mädchen sich endlich in den Schlaf geweint hatte und er in einen bangen Dämmerzustand sinken konnte.

Turner stand mit schmerzendem Rücken auf und humpelte zur Tür hinüber.

Sie hatte offenbar das Schlurfen seiner Schuhe auf dem Teppich gehört, denn die Schreie wurden zu einem Wimmern.

»Lasst mich raus. Bitte lasst mich raus. Bitte. Bitte. Bitte.«

Das anschließende Schluchzen trieb ihn zur Haustür; er schloss sie auf und starrte durch die rostigen Gitterstäbe des Tors, sah die Blechdächer der wuchernden Hüttensiedlung, auf denen sich die Sonne spiegelte, sah in der Ferne Sandtons gezackte Skyline aus einer Smogdecke aufragen. Er schaute auf die Uhr und stellte erstaunt fest, dass es fast Mittag war.

Turner schloss das Tor auf und trat in die Hitze hinaus. Er pisste gegen die Seitenwand des Hauses, ging dann zu dem Toyota und setzte sich ans Steuer, spürte das rissige Leder glühend heiß auf der Haut.

Als er das Radio einschaltete, dröhnte ihm Kwaito in die Ohren, und er drehte am Einstellknopf, bis pompöse Musik ihm die 12-Uhr-Nachrichten auf Sender 702 ankündigte, und er hörte sich ein paar Minuten lang Meldungen über Verbrechen und Korruption sowie schwachsinnige Sportergebnisse an.

Kein Wort über das Mädchen.

Er wusste nicht, ob das gut oder schlecht war.

Aber er wusste, dass er dringend einen Drink und Drogen brauchte, und klopfte seine Taschen in der vergeblichen Hoffnung ab, noch einen Joint zu finden.

Nichts.

Er stieg aus dem Van und ging zurück ins Haus, schloss hinter sich ab.

Das Mädchen war still. Er setzte sich auf den Boden, lehnte den Kopf an den kühlen Wandputz und versuchte nachzudenken.

Als Turner eins von den Handys aus der Tasche nahm und überlegte, Bekker anzurufen, hörte er eine klare, ruhige Stimme. Im ersten Moment dachte er, er hätte Halluzinationen, bis er begriff, dass es das Mädchen war.

»Hi«, sagte sie durch die Tür, klang zum ersten Mal ruhig. »Ich weiß, dass da jemand ist. Bitte, hören Sie mir zu.«

Er stand auf und ging zur Zimmertür.

»Ich hab meine Periode bekommen«, sagte sie, »und ich hab das ganze Klopapier aufgebraucht. Bitte, ich brauche Tampons.«

Turner trat von der Tür weg, wusste, dass er die Bitte überhören sollte.

Aber er erinnerte sich an die kleine Ladenzeile, die er gesehen hatte, als er zum ersten Mal mit Bekker hier rausgekommen war, zwei oder drei Kilometer hinter den Hütten an der Straße nach

Johannesburg, und er meinte ziemlich sicher, da auch eine Apotheke bemerkt zu haben, eingezwängt zwischen einem KFC und einem Spirituosenladen.

Gott, schon der Gedanke an was Hochprozentiges machte ihn gierig.

Er ging aus dem Haus, ehe er Zeit hatte, es sich anders zu überlegen, schloss ab und trabte zum Toyota, war schon außer Atem, als er sich ans Steuer setzte.

Er fuhr zu dem Tor im Zaun, und weil ihm die Hände zitterten, brauchte er gefühlte Stunden, bis er mit dem Schlüssel das Loch des Vorhängeschlosses traf.

Es kostete ihn ungeheure Willenskraft, noch einmal aus dem im Leerlauf stotternden Van zu steigen und das Tor wieder abzuschließen, ehe er in den sengenden Tag davonfuhr, gelben Staub hinter sich aufwirbelnd.

Als er auf die Asphaltstraße kam, bog er nach rechts und fuhr an den Hütten vorbei, aus deren Richtung es satt und heftig nach Scheiße roch.

Die Ladenzeile erhob sich wie eine Oase aus dem verdorrten Buschland, und Turner parkte den Toyota und ging schnurstracks zu dem Spirituosengeschäft.

Der Laden war die reinste Festung.

Er musste einen Summer an einem Gittertor drücken, und es dauerte lange, ehe das Schloss aufsprang.

Turner trat ein und sah einen Mann mit dunklem Teint und pomadigem Haar, fast ein Doppelgänger von Elvis in der Zeit seines Comebacks, der ihn durch ein Gitter hindurch beobachtete, während laute Bhangra-Musik aus knisternden Lautsprechern schallte.

»Ja?«, sagte der Mann, die Hände unter der Theke verborgen, wo sie wahrscheinlich eine Pistole oder eine Schrotflinte hielten.

»Jack Daniel's.«

»Nicht hab.«

»Haben Sie Southern Comfort?«

Der Mann schüttelte den öligen Kopf.

Turner blinzelte durch das Gitter und sah eine Reihe staubige Flaschen goldenen Mezcal. Die Sorte mit dem Agavenwurm drin.

Er kaufte zwei Flaschen, schraubte eine schon auf dem Weg zurück zum Van auf und trank so gierig daraus, dass der fette weiße Wurm auf seinen Mund zuschwebte. Turner musste husten von dem starken mexikanischen Feuerwasser, von dem ein Schwall auf seine Converse spritzte.

Aber es half. Die Wärme breitete sich in seinem Bauch aus, betäubte die Stiche der Stacheldrahtkugel, die seinen Unterleib ausfüllte.

Er nahm noch ein paar Schlucke mehr, verstaute die Flaschen dann im Toyota, ehe er in die Apotheke ging, um Tampons für das Mädchen zu kaufen.

Er beäugte die rezeptpflichtigen Medikamente hinter der Verkaufstheke und hätte sich gern welche erschwindelt, wusste aber, dass der Versuch zum Scheitern verurteilt wäre und man sich an ihn erinnern würde.

Auf dem Rückweg zum Van sah er einen jungen Schwarzen, der einen blauen Kangol-Schlapphut und ein T-Shirt des Pirates-Fußballklubs trug, auf dem Bürgersteig herumlungern und geflissentlich so tun, als sähe er Turner nicht. Der aber hatte genug Jahre Erfahrung im Durchwaten der trüben Wasser der Drogenwelt, um einen Kleindealer zu erkennen.

Als er sich ans Steuer setzte, stellte er Blickkontakt mit dem Mann her, der prompt über den Parkplatz zum Toyota geschlendert kam, die Hüften vorgeschoben, die mageren Arme wie Lakritzstangen an den rollenden Schultern baumelnd.

Der Mann schob den Kopf durchs offene Seitenfenster und lächelte Turner zahnlückig an. »Was brauchst du, Bruder?«, fragte er mit einem süßlich gedehnten, unechten amerikanischen Akzent.

Er hatte eine erstaunlich sonore Stimme, die tief aus seiner Brust kam, wie Isaac Hayes in *South Park*.

»Hast du Gras?«, sagte Turner.

Der Mann schüttelte den Kopf. »Nix mehr. Aber ich hab Tik, Mann.«

Turner starrte ihn an.

Tik. Meth.

Selbst er, der Evel Knievel der Drogen, hatte bislang die Finger von Methamphetamin gelassen.

Doch jetzt brauchte er etwas, um die ausgezackten Kanten der Realität zu glätten.

»Ich hab keine Pfeife«, sagte Turner.

Der Mann, der sich mächtig ins Zeug legte, um möglichst teuflisch zu wirken, grinste und tätschelte seine Jeanstasche.

»Kein Problem, Bruder, ich hab 'nen Lolli dabei.«

Turner stieß die Beifahrertür auf.

»Steig ein«, sagte er.

Der Mann schwang sich in den Wagen und zeigte auf eine kleine Straße, die ins Buschland führte.

»Fahr da rein.«

»Warum nicht hier?«

»Die *boere*, Bruder. Die fahren hier Streife.«

»Ach ja?«

»Ja, ja.«

Die Erwähnung der Cops genügte Turner, um den Motor anzulassen und der Anweisung des Manns zu folgen. Er wusste, es war Wahnsinn, in der Carjacking-Hauptstadt der Welt so ein Risiko einzugehen, aber scheiß drauf, er war verzweifelt.

Turner hielt hinter einer Baumgruppe und verkrampfte sich innerlich, als der Mann in seine Tasche griff, doch als seine Hand wieder hervorkam, hielt sie eine Meth-Pfeife.

»Wie viel?«, fragte Turner.

»Fünfzig«, sagte der Mann, während er die Pfeife füllte.

Turner gab ihm das Geld.

Der Dealer zündete die Pfeife an, und Turner nahm den Geruch nach verbranntem Plastik wahr, sobald der Mann daran zog. Der Dealer atmete aus, als stünde sein Kopf in Flammen, und reichte Turner die Pfeife, der einen tiefen Zug nahm.

Fuck.

Die Droge traf ihn in die Stirn, warf ihn buchstäblich nach hinten, wie ein vom Bolzenschussgerät niedergestrecktes Tier im Schlachthaus.

Turner sank gegen die Rückenlehne und spürte, wie alle Angst beim Ausatmen aus ihm rausströmte. Und als er erneut an der gläsernen Zitze saugte, sog er Freude und Herrlichkeit in sich ein.

Nach dem Rauchen der Pfeife war Turner überzeugt, bei der Wiederkunft Christi einen Platz in der ersten Reihe zu haben.

»Das Zeug ist gut«, sagte er mit einer Stimme, die Musik in seinen Ohren war.

»Verdammt gut, Bruder.«

»Ich kauf dir noch eine Dröhnung und die Pfeife ab.«

Wieder wechselte Geld den Besitzer, und Turner fuhr in einer stimmungsaufgehellten Trance zurück zur Straße.

Er setzte den Dealer ab und wendete, um zurück zum Haus des Todes zu fahren. Auf dem Hinweg, als er nichts Eiligeres zu tun gehabt hatte, als zu dem Spirituosenladen zu kommen, waren ihm die Frauen, die unter den Bäumen am Straßenrand standen und mit trägen schwarzen Armen winkten wie Slum-Sirenen, gar nicht aufgefallen.

Jetzt wurde Turner von einer so intensiven Lust gepackt, dass er ihr augenblicklich nachgab – kein Raum für Zweifel oder Vernunft, um die Lücke zwischen den Synapsen zu überbrücken – und den Wagen vor einer jungen Frau stoppte, die barfuß und in einem zerlumpten Kleid dastand.

Sie trat an sein Fenster und setzte ein leeres Lächeln auf, nannte ihren kümmerlichen Preis.

Er rückte das Geld raus, und sie stieg neben ihm ein. Der Geruch nach altem Schweiß und Holzrauch, der an ihr haftete, war für seine Nase ein Aphrodisiakum.

Er lehnte sich zurück, als sie seinen Gürtel aufmachte, die Jeans runterzog und seinen Schwanz aus der Unterhose holte, ihn mit der Zunge bearbeitete, der Länge nach leckte, bis er extrem hart war, so hart, dass er einen zutiefst erotischen Schmerz spürte.

Während sie ihm mit ihrem heißen Mund eine gefühlte Ewigkeit einen blies, saß Turner da und starrte über ihren wolligen, sich auf und ab bewegenden Kopf hinweg durch die staubige Windschutzscheibe auf die ferne Bergkette – die Magaliesberge, die sogenannte Wiege der Menschheit –, wo der Frühmensch sich von allen vieren erhoben und die ersten wackeligen Schritte in eine ungewisse Zukunft getan hatte.

Als Turner schließlich kam, war es, als würde er von einem Engel gesalbt, und er krampfte und stöhnte und stieß, während eine Supernova auf den Leinwänden seiner geschlossenen Augenlider erstrahlte.

Als er die Augen wieder aufschlug, sah er, dass die Beifahrertür offen stand und die Frau verschwunden war und mit ihr alles Geld, das er zusammengefaltet in der Tasche seiner Jeans gehabt hatte, die jetzt als kleines Häufchen um seine Knöchel herum lag.

Er lachte.

Nichts konnte seine Hochstimmung trüben.

Er schaltete das Radio ein, surfte durch die Sender, bis er irgendeinen geistlosen R&B fand, den er normalerweise verschmäht hätte, der jetzt aber zu seiner Laune passte, und er fuhr summend und singend zurück zu dem Haus, als hätte er noch das Recht, glücklich zu sein.

Er fuhr durchs Tor, parkte den Toyota hinterm Haus, nahm den Mezcal und die Tampons und ging zur Haustür. Während er das Gittertor und die Tür aufschloss, war er in Gedanken bei dem

Meth in seiner Tasche und fragte sich, wie lange er warten sollte, ehe er es rauchte.

Als er die Tür öffnete und in das dumpfe, halbdunkle Wohnzimmer trat, bekam er einen wuchtigen Schlag gegen die rechte Schläfe und fiel benommen auf die Knie.

Ein dunkler Schatten flog an ihm vorbei ins gleißende Licht.

Turner blinzelte und hob eine Hand an den Kopf, spürte Blut an den Fingern.

Er sah ein langes Stück Metall auf dem Boden liegen. Die Schlafzimmertür stand offen, das Holz um das Schloss herum geborsten und gesplittert.

Ein warmer Schwall Kotze schoss aus Turners Mund und spritzte auf den Boden zwischen seinen Knien. Etwas Erbrochenes stieg in seine Nase und brannte ihm in den Nasenlöchern.

Er hielt sich am Gittertor fest und hievte sich auf die Beine, obwohl der Raum schwankte und kreiste.

Nachdem er einmal tief Luft geholt hatte, hastete er auf den Hof des Hauses und sah das Mädchen schreiend Richtung Tor laufen.

Als sie merkte, dass das Tor abgeschlossen war, warf sie sich mit dem Körper dagegen wie ein gefangenes Tier, rüttelte am Zaun, brüllte.

Er lief ihr in einem taumelnden Trab hinterher, der Atem rasselte ihm laut in den Ohren, Blut tropfte ihm ins rechte Auge und verschleierte sein Gesichtsfeld.

Das Mädchen sah ihn und rannte ums Haus herum, flink wie ein Hase; Turner, benebelt und schwerfällig wie er war, konnte sie nicht einholen.

Als er die Rückseite des Hauses erreichte, sah er sie am Schuppen, wo sie an der verschlossenen Tür rüttelte, dann stürzte sie zum Maschendrahtzaun und begann, an ihm hochzuklettern, schnell und behände, und er fürchtete schon, sie würde ihm entwischen, bis sie mit den Händen oben an die Drahtrollen geriet, auf deren hässlichen messerscharfen Klingen die Sonne leuchtete.

Turner verringerte die Distanz, hörte ihren keuchenden Atem und die animalischen Schreie, als sie sich Hände und Arme an den Klingen zerschnitt, dann fiel sie kreischend vom Zaun und landete im Sand, von dem eine kleine Staubwolke aufstieg.

Er war fast bei ihr, doch sie drehte sich rasch von ihm weg und sprang auf, und ein Schauer aus Blutstropfen musterte den Sand, als sie wieder losrannte.

Turner setzte ihr nach, strauchelte und landete der Länge nach im Sand, bekam keine Luft mehr, und das Mädchen war wieder um die Hausecke herum verschwunden.

Er humpelte ihr panisch japsend hinterher, über die furchige rote Erde, die sich unter seinen Füßen ebenso unsicher anfühlte, wie es der Boden an jenem längst vergangenen Tag gewesen war, als er seine Mutter und Schwester verschlungen hatte.

Er kam zur Vorderseite des Hauses und blieb stehen, rang gierig nach Luft, stützte sich an der niedrigen Verandawand ab, während er den Hof nach dem Mädchen absuchte.

Sie war verschwunden.

Er wischte sich Blut aus dem Gesicht und ließ den Blick am Zaun entlanggleiten.

Hatte sie ein Loch gefunden, durch das sie sich gequetscht hatte wie ein Kaninchen, und rannte jetzt weiter Richtung Straße?

Unwillkürlich lief er zum Toyota, weniger von dem Wunsch angetrieben, sie zu jagen, als von einem verzweifelten Fluchtinstinkt.

Doch als er an dem leeren Swimmingpool vorbeikam, sah er einen leuchtend roten Fleck auf der gesprungenen Randeinfassung, die den Pool umsäumte wie rissiger Zuckerguss auf einem altbackenen Kuchen.

Blut.

Turner spähte in den Pool.

Er sah einen Haufen Müll.

Er sah eine kopflose Puppe.

Er sah das Dreirad eines Kindes. Das Vorderrad fehlte, und die

Radgabel verschwand in einem flachen, dreckigen Tümpel, der vom letzten Regen übriggeblieben war.

Und er sah das Mädchen, in den Müll geduckt, wie es sich auf die blutende Faust biss, um ihre Schluchzlaute zu unterdrücken, die Augen fest zugepresst, als würde es dadurch unsichtbar.

Turner blieb einen Moment stehen, sammelte sich, kam zu Atem, der Gestank seines Körpers faulig, und dann stieg er am flachen Ende in den Pool und ging die Schräge hinunter zu dem Mädchen, das in dem grünlich schwarzen Dreck hockte.

Er blieb vor ihr stehen, und während sie die Augen geschlossen hielt, hörte er, dass sie das Vaterunser murmelte.

»Komm«, sagte er.

Sie sprach das Gebet zu Ende, hob die Hände vors Gesicht.

»Komm«, sagte er wieder.

Ein Auge wie das eines Rehs, öffnete sich und betrachtete ihn. Eine Träne löste sich und rollte ihr übers Gesicht, blieb noch einen Moment am Unterkiefer hängen, ehe sie wie ein Edelstein in den Modder fiel und verschwand.

Er bückte sich und griff ihr unter die Arme, und obwohl er entkräftet und krank vor Angst und Panik war, schien sie gar nichts zu wiegen.

Er trug sie wie ein kleines Kind aus dem Pool und über den Sand ins Haus, setzte sie auf den stinkenden Teppich, während er Gittertor und Haustür abschloss.

Sie lag lautlos schluchzend da, aller Kampfeswille erloschen.

Er hob sie wieder hoch und trug sie ins Schlafzimmer, wo er sie sachte auf die Matratze legte.

Als er in das kleine Bad schaute, sah er, dass das Waschbecken schief hing, und er begriff, dass sie eine Metallstrebe aus der Wand gerissen und damit die Schlafzimmertür aufgehebelt hatte, ehe sie ihm hinter der Eingangstür auflauerte, um ihn niederzuschlagen.

»Hast du wirklich deine Periode?«, fragte er.

Sie schüttelte den Kopf, starrte ihn an.

»Okay. Du weißt, dass ich dich jetzt fesseln muss?«

Sie nickte.

Turner ging in die Hocke und wickelte Klebeband um ihre Fußknöchel.

Er wollte gerade anfangen, ihre blutenden Hände zu fesseln, doch dann sagte er sich, dass sie keinen Fluchtversuch mehr unternehmen würde.

»Wenn du mir keinen Ärger machst, lasse ich deine Hände frei«, sagte er.

»Danke«, sagte sie.

Er holte eine Flasche Wasser von dem Vorrat an der Wand und schraubte sie auf.

»Wasch dich«, sagte er, richtete sich auf und sah zu ihr hinunter.

Sie blickte unverwandt auf das gelborange Licht, das durch das hohe vergitterte Fenster hereindrang.

Er verließ das Zimmer, hob die halbvolle Flasche Mezcal vom Boden auf und leerte sie in einem langen Zug.

Zusammen mit der Restwirkung des Meth spülte der Alkohol die Panik und den Schmerz weg, und als er schließlich das richtige Handy ausgesucht hatte, um Bekker anzurufen, war er ruhig genug, um dessen Nummer zu wählen, obwohl seine Hände noch immer zitterten und seine schmutzigen Fingernägel ein SOS auf dem Display des Telefons klopften.

Das Handy raunzte lange in sein Ohr, bevor er Bekker sagen hörte: »Ja?«

»Komm her«, sagte Turner. »Komm sofort her. Wir haben ein Riesenproblem.«

10

Tanya brachte die schreiende Kreissäge zum Verstummen und stützte einen Ellbogen auf die Arbeitsplatte, hob das gezahnte Metallblatt über Turners Finger, ohne dass ihre verrückten Augen auch nur einmal blinzelten.

»Warte, Tanya«, sagte Turner, der vergeblich versuchte, sich aus Spacks Griff zu winden, seine Stimme kaum mehr als ein Krächzen, das von der aufjaulenden DeWalt übertönt wurde, als seine Frau erneut den Starterknopf drückte.

»Fick dich«, sagte Tanya.

Sie senkte die Säge, und das Blatt berührte das Fleisch von Turners Finger knapp unterhalb des Gelenks und riss es auf, das spritzende Blut ein grelles Rot vor dem Weiß der Arbeitsplatte.

Das Schreien des Elektrogeräts wurde zu Turners Schreien, als Tanya die DeWalt weiter nach unten drückte und das Sägeblatt in seinen Fingerknochen drang, einen Nebel aus Blut und Fleisch versprühte, wovon ihm einiges an Gesicht und Haaren kleben blieb wie Konfetti.

Schmerz.

Schriller, reißender, gallefarbener Schmerz.

Er versuchte, sich aus Spacks Umklammerung zu befreien, aber der Koloss hielt ihn an Ort und Stelle, während sein Finger abgetrennt wurde und Blut aus seiner Hand strömte.

Turner, der durch die Tränen der Qual nur noch verschwommen sehen konnte, wollte brüllen, doch warme Kotze füllte seinen Mund und erstickte ihn fast.

»Bring ihn her«, sagte Bone und drehte am Gasherd einen

der Brennerringe auf, über dem sogleich eine gelbblaue Flamme tanzte.

Turner stöhnte und wand sich, aber Spack bugsierte ihn mühelos zum Herd, zwang den blutenden Stumpf von Turners Ringfinger auf das vom Feuer umzüngelte glühende Metall.

Haut und Fleisch wurden schwarz und verkohlten, Rauch stieg in kleinen Wölkchen auf wie die Dämpfe eines Weber-Grills mit geschlossenem Deckel bei einem Familien-Barbecue, während die durchtrennten Nervenenden Notsignale an sein Hirn funkten.

Turner tat das einzige Vernünftige: Er wurde ohnmächtig, und als die Welt anfing, sich aus ihrer Achse zu drehen und kopfüber ins Nichts kippte, hörte er Tanya sagen: »Ich hoffe, die fette Kuh war es wert.«

11

Turner schwebte zurück ins Bewusstsein wie ein Schwimmer, der träge durch warmes dunkles Wasser gleitet und Richtung Sonne paddelt, die die Oberfläche mit goldenen Lichtklecksen betupft.

Anders als sein üblicher Aufwachmodus – ein Schaftstiefeltritt des Entsetzens in den Solarplexus, der ihn hochschrecken ließ – war es diesmal ein sanftes Wiederandocken an seinen langen, erschlafften Körper, der nackt und haarig ausgestreckt auf dem Hotelbett lag.

Turner blieb still liegen, die Augen einen Spalt geöffnet, und zog Bilanz.

Er war allein, das zerwühlte Bettzeug roch nach schalem Parfüm und Sex.

Die Vorhänge waren geschlossen, aber ein einzelner später Sonnenstrahl drang durch eine Ritze in den Raum, malte eine orange Spur auf den Teppich, fand Grace' schwarzes Kleid, das achtlos auf dem Boden gelandet war wie ein schmutziger Lappen, fand seine Hose auf der Rückenlehne eines Stuhls, ein Bein bis zum Knie nach innen gestülpt, und da, wo die Sonne sich in nichts verlor, befingerte sie noch so eben das milchige Kondom, das in Form eines Fragezeichens auf der Steppdecke lag.

Ein wohliger Schmerz strahlte von Turners wundem, schlaffem Penis in den übrigen Körper aus, und als er sich mit der Hand über den Bauch strich, auf dem getrocknetes Sperma seine Haut zu kleinen Runzeln zusammengezogen hatte, berührten seine Finger Wundschorf, und er erinnerte sich, dass Grace ihn mit den Fingernägeln zerkratzt hatte, als sie ihn zu einem derart intensiven Orgasmus ritt, dass sich sein Mund mit salzigem Blut füllte, weil er sich auf die Zunge gebissen hatte.

Während die Nachbeben des Orgasmus Turner gefühlte Minuten lang durchliefen, blieb er hart, schwer in Grace vergraben, bis sie wieder begonnen hatte, sich auf ihm zu bewegen, und sie hatten mit einer Entschlossenheit, die ans Heroische grenzte, weiter gevögelt.

Bei der Erinnerung wurde er steif, und als die Toilettenspülung ging und Grace aus dem Bad kam, breite Hüften, schwingende Brüste und rundlicher Bauch, griff er nach ihr, zog sie aufs Bett und küsste ihre geschwollenen Lippen, spreizte ihre Beine bis zu dem dunklen Dickicht, das ihre zerzauste blonde Haarmähne Lügen strafte, und hörte sie zischend einatmen, als er sie ausfüllte.

Es war dunkel, als er wieder erwachte, aber er konnte Grace anhand des Glühwürmchens ihrer Zigarette am Schminktisch lokalisieren.

Er knipste die Nachttischlampe an und sah, dass sie sich ein flauschiges weißes Handtuch umgeschlungen hatte und dass sie weinte.

Sie wandte ihr Gesicht nicht ab, saß einfach da und rauchte, während Mascara die Tränenrinnsale, die ihr über die Wangen liefen, schwarz färbte.

»Was hast du denn?«, fragte er.

»Nichts.«

»Warum weinst du dann?«

»Weil ich glücklich bin.«

»Du bist glücklich?«

»Ja.«

»Na, Gott sei Dank.«

Sie lachte, drückte die Zigarette aus und sagte: »Und ich bin hungrig.«

Grace rief den Zimmerservice an und bestellte blutig gebratene Porterhouse-Steaks mit Ofenkartoffeln und Pommes, Bier für sich und Mineralwasser für ihn, und dann saßen sie nackt auf dem Bett und schlemmten, fütterten sich gegenseitig mit roten Fleischbissen, das Zimmer erfüllt vom Geruch der Steaks und ihrer ungewaschenen Körper.

Als sie fertig waren und die Teller auf den Flur gestellt hatten, schlug Grace die Beine übereinander, lehnte sich gegen das gepolsterte Kopfende des Betts und sagte: »John, darf ich dir was erzählen?«

»Klar.«

»Ich hatte eine Zwillingsschwester.«

Er sah sie an.

»Eineiig?«

»Ja.«

»Was ist mit ihr passiert?«

»Sie ist gestorben.«

Grace zündete sich eine Zigarette an.

»Gestorben?«, sagte Turner.

»Ja.«

»Wie?«

Sie rauchte und starrte die Wand an, ehe sie antwortete.

»Wir waren sechs Jahre alt. Wir sind mit unseren Fahrrädern auf dem Rasen vor unserem Haus rumgekurvt. Es war Sommer, und das Gras war grün und frisch gemäht. Ich bin auf die Straße gesaust, und Nancy – sie hieß Nancy – ist hinter mir her. Ich hab gelacht und mich umgedreht, doch plötzlich hörte ich Bremsen quietschen und sah einen Kombi und hörte ein schreckliches Geräusch, und dann stand der Wagen auf einmal. Der Motor lief noch, und unsere Nachbarin, Mrs. Banning, schrie um Hilfe und schaute nach unten auf den Asphalt, wo unheimlich viel Blut unter dem Reifen von dem Wagen war.«

Grace schloss die Augen. Rauchte. Öffnete die Augen.

»Meine Mutter und mein Vater kamen aus dem Haus, und mein Vater blieb stehen und starrte bloß und sagte ›Um Himmels willen‹, und meine Mutter ist auf die Knie gefallen, in dem Blut, und hat geschrien. Mein Vater hat mich hochgehoben und mein Gesicht an sein Hemd gedrückt. Er hat nach Schweiß und Tabak gerochen, und er ist mit mir ins Haus gelaufen, und die ganze Zeit kniete meine Mutter in dem Blut und schrie.«

Grace drückte die Zigarette aus.

»Sie hat geschrien, bis der Krankenwagen kam und jemand ihr eine Spritze gegeben hat.«

»Scheiße«, sagte Turner.

»Ja.«

Sie trank den letzten Schluck aus ihrer Flasche.

»Ich war fünf Jahre mit Megan zusammen und hab ihr das nie erzählt.«

»Warum nicht?«

»Sie hätte endlos rumpsychologisiert, warum ich angefangen hab, mir die Haare blond zu färben, wie ihre.«

»Hätte sie richtig gelegen?«

»Herrje, kann sein. Ich bin vorher noch nie mit einer Frau zusammen gewesen, also ist da wahrscheinlich auch einiges an altem Kram mit eingeflossen.«

»Warum lässt du es blond?«

»Gefällt's dir nicht?«

»Doch. Aber warum?«

»Weil ich, wenn ich damit aufhöre, wieder dunkel aussehe, wie *sie*.«

»Deine Schwester?«

»Nein. Wie die, die nicht gestorben ist. Ein Riesenberg Überlebensschuld, schätze ich.«

»Das tut mir leid.«

Sie zuckte mit einer Schulter. »Wir können alle traurige Geschichten erzählen.«

»Ja«, sagte er, »das stimmt.«

Sie sah ihn an.

»Dann erzähl mir deine.«

Vom Sex und der ungewohnten Intimität emotional bewegt, war er einen verrückten Moment lang versucht, ihr zu erzählen, was vor zehn Jahren in Johannesburg geschehen war.

Ihr alles zu erzählen.

Aber er tat es nicht.

Stattdessen erzählte er ihr, dass seine Mutter und Schwester von der Erde verschlungen worden waren.

Sie hörte zu, die Lippen über den Zähnen leicht geöffnet, während die Zigarette in der Gabel ihrer Finger herabbrannte.

»Gott. Wie furchtbar.«

»Ja.«

»Hast du deshalb angefangen, Drogen zu nehmen?«

Er zuckte mit den Schultern. »Möglich. Aber ich hab von klein an den Rausch gesucht.«

Sie lagen eine Weile stumm da, und sie streichelte seinen Arm.

»Soll ich dir mal was Komisches erzählen?«, fragte er.

»Ich glaub, noch mehr Belustigung verkrafte ich nicht.«

»Na ja, das würde eher unter die Kategorie des tragisch Grotesken fallen.«

»Ich höre.«

»An dem Morgen sind nicht bloß meine Mutter und meine Schwester vom Erdboden verschluckt worden.«

»Nein?«

»Nein. Eine Schwarze, eine Putzfrau, die in einer dunklen kleinen Hütte hinten auf dem Hof wohnte, ist auch gestorben. Aber das war Südafrika in der Zeit der Apartheid, und deshalb wurde sie gar nicht erwähnt. Ich bezweifle, dass man ihrer Familie, die irgendwo auf dem Lande in erbärmlichen Verhältnissen lebte, überhaupt erzählt hat, was passiert ist. Sie ist einfach verschwunden.«

»Großer Gott.«

»Ich meine, ich weiß, meine Mutter und Schwester sind verschüttet worden, aber sie wurden wenigstens gewürdigt. Man hat ihnen zu Ehren sogar ein hässliches kleines Denkmal neben dem Loch aufgestellt. Aber die Schwarze? Nichts. Ich kann mich nicht mal mehr an ihren Namen erinnern.«

Grace steckte sich eine Zigarette an.

»Wieso hast du mit deiner Familie Südafrika verlassen?«

Turner zuckte mit den Schultern und ließ sich Zeit, ehe er antwortete: »Wir sind Opfer eines Verbrechens geworden.«

Sie sah ihn an. »Willst du darüber reden?«

»Eigentlich nicht.«

»Sorry.«

»Schon gut.«

Er war nicht ehrlich. Es hätte ihm nichts ausgemacht, über das Verbrechen zu reden – über *dieses* Verbrechen zumindest, das Carjacking –, aber er wollte, während er nackt neben ihr lag, nicht an Tanya und Lucy denken, sich nach diesen Stunden der Freiheit wieder gefangen fühlen.

Grace spürte seine veränderte Stimmung und verließ das Bett, ging nackt zum Fenster und sah hinunter auf den Strip.

»Das war schön«, sagte sie.

»Ja, fand ich auch.«

»Zu schön.«

»Kann etwas wirklich zu schön sein?«

»Ja. Das hier. Was wir gehabt haben, war zu schön.«

»Wieso?«

»Weil es von jetzt an nur noch abwärtsgehen würde, wenn wir so dumm wären, es fortzusetzen.«

»Glaubst du das?«

»Ja.«

»Und?«

»Können wir bitte in diesem Zimmer bleiben, bis wir Montag wieder abfliegen?«

»Okay.«

»Und wenn wir auschecken, können wir dann wieder einfach nur zwei Leute sein, die miteinander arbeiten?«

»Willst du das?«

»Ja, das will ich.«

»Okay«, sagte er. »Können wir.«

Und vielleicht glaubte er es sogar.

12

Turner wurde von dem pochenden Schmerz in seiner linken Hand aus der Ohnmacht gerissen.

Irgendein Selbsterhaltungstrieb ließ ihn die Augen geschlossen halten und reglos liegen bleiben, seine Lage taxieren.

Er spürte etwas unangenehm Klebriges zwischen den Gesäßbacken und Oberschenkeln und begriff, dass er sich in die Hose gemacht hatte.

Gott.

Im Geist erlebte er erneut, wie Tanya ihm, gleich einer irren Heimwerkerin, den Ringfinger abschnitt und die beiden Dämonen aus der Hölle seinen blutenden Stumpf auf den Gasbrennerring drückten, wo das Feuer sein Fleisch ansengte und verkohlte.

Kauterisation.

Er kannte diesen Ausdruck aus einer Fernsehdokumentation über Amputationen auf einem Schlachtfeld des Bürgerkriegs, die er sich auf seinem Bett in Johannesburg angeschaut hatte, wobei die Mischung aus Alkohol und Stimmungsaufhellern, die er intus gehabt hatte, ihm eine gewisse Schadenfreude angesichts der Leiden dieser armen Schweine ermöglichte, deren einziges Anästhetikum ein paar Schlucke Fusel gewesen waren, ehe die Knochensägen ihre grausige Arbeit taten und klaffende Wunden und Blutgefäße mit heißen Brenneisen geschlossen wurden.

Er hatte nicht mal den helfenden Fusel gehabt.

Turner öffnete die Augen einen Spalt und sah, dass er auf dem Küchenboden lag, umgeben von Blutschlieren und -spritzern.

Als er seinen Finger entdeckte, der bleich, ausgefranst und blutig auf den Fliesen lag wie eine heruntergefallene Fritte, musste er würgen, und das Pochen in seiner Hand wurde schlagartig stärker.

Als er den Schmerz unter Kontrolle hatte, spürte er etwas Straffes an seinen Fußknöcheln. Sie hatten ihm die Beine gefesselt.

Er hörte leises Stimmengemurmel und konnte am äußersten Rand seines Gesichtsfeldes Tanya sehen, die mit Spack auf der Couch saß, wo das fette Monster Platz für zwei einnahm, sein riesenhafter Arm auf der Rücklehne des Sofas hinter Tanyas Kopf, eine Haltung, die sowohl entspannt als auch furchterregend wirkte.

Lukas Bone fläzte sich in einem Sessel ihnen gegenüber, Arme über dem Bauch verschränkt, Beine ausgestreckt, Füße gekreuzt.

Ein entspannter Mann.

Turner konnte nicht verstehen, was sie sagten, aber als er sah, dass Tanya nickte und sich vorbeugte, um Bone aufmerksam zuzuhören, vermutete er, dass er den schnellsten Fall von Stockholm-Syndrom beobachtete, den es je gegeben hatte, und begriff, dass die beiden Irren seine Frau als Partnerin in ihr geisteskrankes Spiel mit aufgenommen hatten, bereit, nur so zum Spaß brutales Chaos und Verwüstung anzurichten.

Turner, überhitzt, fiebrig, lag mit dem Kopf nah an der Tür zur Vorratskammer, und als er das herzzerreißende, ängstliche Japsen seiner Tochter hörte, wusste er, dass er diese Männer wie Rachegötter heraufbeschworen hatte, dass sie von dem, was er vor einem Jahrzehnt in Südafrika getan hatte, angelockt und aus ihrem Schattendasein in sein Leben gerufen worden waren.

»Lucy«, flüsterte er.

»Daddy, hilf mir. Bitte, Daddy.«

»Kleines, du musst jetzt ganz leise sein, okay? Nur noch ein kleines bisschen länger.«

»Es ist dunkel, Daddy.«

»Ich weiß, Kleines.«

»Ich hab Angst.«

»Ich weiß, dass du Angst hast.«

»Warum hast du so geschrien?«

»Ist nicht weiter schlimm, Luce.«

»Und Mom?«

»Der ist auch nichts passiert.«

»Wer sind die Männer?«

»Einfach bloß böse Männer.«

»Was wollen die?«

»Geld. Wir geben es ihnen, und dann gehen sie.«

Eine Pause. Ein Schluchzen. Ein Schniefen.

»Gehen die wirklich?«

»Ja, versprochen.«

»Ich hab mir in die Hose gepinkelt.«

»Ist nicht schlimm, Baby«, sagte Turner, der den Fäkalbrei zwischen seinen Beinen spürte. »Halt noch ein bisschen durch. Ich hol dich da raus.«

»Ehrenwort?«

»Ehrenwort, Kleines. Aber sei jetzt still.«

Turner, angewidert von dem, was er selbst in Gang gesetzt hatte, hin und her gerissen zwischen Glauben und Wunschdenken, gab sich der kindischen Fantasievorstellung hin, wie er Bekkers Pistole in der Hand hielt und auf die beiden Wahnsinnigen zielte.

Die Waffe, die noch immer in Bekkers Jeansbund steckte.

Nicht abgefeuert.

Sechs Kugeln im Magazin und eine in der Kammer.

Turner konnte die Automatik nicht sehen, weil sie unter der schwarzen Windjacke des Toten steckte, aber er konnte sich den kurzen Lauf vorstellen, eingeklemmt zwischen Jeans und Fleisch, das allmählich erstarrte, den gummierten Griff, gefangen zwischen dem Rückgrat und dem glänzenden hellen Holz des Wohnzimmerbodens.

Turner konzentrierte sich so intensiv auf die Pistole – wie Uri Geller, der eine Gabel durch bloße Willenskraft verbog –, dass er einen wahnsinnigen Moment lang glaubte, er könnte sie telekinetisch zu sich herüberbefördern.

Als seine Hand leer blieb, begann Turner, sich zentimeterweise auf den Ellbogen vorzurobben, schleifte die gefesselten Beine hinter sich her über die besudelten Fliesen, fest entschlossen, näher an die Waffe des Toten zu kommen.

13

Auf dem Weg zur Küche beschloss Grace, dass es Zeit für einen Erwachsenendrink war. Sie nahm eine Flasche Jack Daniel's aus dem Schrank über der Spüle, goss einen ordentlichen Schluck in ein Glas und gab lediglich einen Spritzer Cola dazu.

Als sie das Glas an die Lippen hob und das kräftige Aroma des Whiskeys roch, drehte sich ihr der Magen um, und sie musste die Übelkeit wegatmen, ehe sie sich traute zu trinken.

Doch nachdem der Alkohol sich seinen Weg in ihren leeren Magen gebrannt hatte, drang er barmherzig schnell in ihre Blutbahn und löste eine Ruhe und Entschlossenheit in ihr aus, ein Gefühl, von dem sie wusste, dass es ein völlig künstliches Nebenprodukt des Whiskeys war.

»Scheißegal«, sagte sie zu ihrem verzerrten Spiegelbild im verchromten Wasserkessel, »Hauptsache, es macht mir Mut.«

Sie kippte den restlichen Whiskey herunter, goss sich noch einen ein und trank ihn in zwei Zügen.

Grace stellte das leere Glas auf die Arbeitsplatte und ging durchs Schlafzimmer ins Bad. Sie wusch sich die Hände mit warmem Wasser und Seife, dann riss sie die Packung des Schwangerschaftstests auf und nahm das Stäbchen heraus, ehe sie es sich anders überlegen konnte.

»Nun mach schon, Grace«, sagte sie zu ihrem Spiegelbild. »Mach's einfach.«

Sie legte das Stäbchen auf den Waschbeckenrand, öffnete den Reißverschluss ihrer Jeans, zog Hose und Schlüpfer herunter und setzte sich auf die Toilette. Sie nahm das Stäbchen.

Sie konnte nicht pinkeln.

Verdammt.

Sie summte und schloss die Augen und dachte an Wasserfälle und murmelnde Bäche, bis endlich die ersten Tropfen kamen. Sobald Grace das Plätschern in der Schüssel hörte, hielt sie das Stäbchen mit dem Testende in den Urinstrahl.

Als sie fertig war, legte sie das Stäbchen aufs Waschbecken, wischte sich ab, drückte die Klospülung, stand auf und starrte dann auf die leere Anzeige.

Sie wusste, es würde ein paar Minuten dauern, deshalb ging sie zurück in die Küche und goss sich noch einen Drink ein – diesmal mehr Cola als Jack Daniel's. Sie nahm das Glas mit ins Wohnzimmer und zwang sich, langsame Schlucke zu nehmen, während sie hinunter auf den Verkehr starrte.

Als das Glas leer war, stellte sie es neben der Couch ab und ging wieder ins Bad, wo sie sich dabei ertappte, dass sie überall hinschaute, nur nicht auf den Schwangerschaftstest.

Sie schaute auf den hässlichen Duschvorhang mit dem Blümchenmuster.

Sie schaute auf den Sticker der Arizona Cardinals, den ein früherer Bewohner an eine Wandfliese geklebt hatte.

Sie schaute auf die Spuren eines Wasserschadens an der Decke, die an einen Atompilz erinnerten.

Dann endlich schaute sie auf das Stäbchen auf dem Waschbecken, wo das Wort »schwanger« klar und deutlich in dem winzigen Anzeigenfeld stand.

Grace schloss die Augen, doch als sie sie wieder öffnete, hatte sich nichts verändert.

Sie war noch immer schwanger.

Sie warf das Stäbchen in den Abfalleimer, ging ins Wohnzimmer und griff nach dem schnurlosen Telefon.

Sie rief Johns Handy an.

Und landete direkt bei seiner Mailbox.

Sie rief auf seinem Festnetz an und hätte das Telefon fast in die Ecke geschleudert, als sie Tanya Turners knappe, herablassende, britisch klingende Stimme hörte, die ihr befahl, eine Nachricht zu hinterlassen.

Verzweifelt wählte sie erneut die Nummer ihres eigenen Handys und sank dann auf die Couch, zog die Beine an und lauschte, wie es am anderen Ende klingelte und klingelte und klingelte.

14

Turner hörte auf zu kriechen, als Tanya, wie die Gastgeberin einer Dinnerparty, die sich auch mal um die anderen Gäste kümmern will, die beiden relaxten Mutanten im Wohnzimmer allein ließ, zu ihm in die Küche kam und vor ihm in die Hocke ging. Sie starrte zu ihm herunter, sein getrocknetes Blut ein Sprühnebel von Sommersprossen auf ihrer Nase und ihren Wangen.

»Tja, Johnny, ich wollte mich kurz verabschieden.«

»Tanya ...«

»Ich schwöre, wenn du jetzt sagst, dass du das alles bedauerst, schneide ich dir die Zunge raus.«

Turner wusste, dass das keine leere Drohung war, und wartete, bis sie wieder langsamer atmete, ehe er etwas sagte.

»Wie geht's jetzt weiter?«

»Jedenfalls nicht so, wie du es geplant hattest.«

»Nein.«

»Ich spaziere hier raus. Du nicht.«

»Gehst du etwa mit Ihnen?«

»Ja.«

»Mein Gott.«

»Ich ergreife die Chance, die sie mir geben.«

»Einfach so?«

»Ja.«

Tanya sah zu Lukas Bone und Spack hinüber, die sie nachsichtig betrachteten, dann wandte sie sich wieder ihm zu.

»Eigentlich sollte ich dir danken«, sagte sie.

»Wofür?«

»Hierfür. Dafür, was du getan hast. Dass du mich befreit hast.«

»Und was ist mit Lucy?«

Sie zuckte mit einer Schulter.

»Ich sorge dafür, dass es schnell geht. Für dich kann ich das leider nicht garantieren.«

»Um Himmels willen, Tanya, sie ist deine Tochter.«

Tanya schüttelte den Kopf.

»Nicht mehr. Ich hab sie vor Jahren verloren. Sie ist jetzt eine von denen.«

Er starrte in die entsetzliche Leere ihrer Augen.

»Wirst du damit leben können, ihr das angetan zu haben?«

»Ich bin deine Frau, Johnny, und du wolltest mich von Bekker umbringen lassen. Und damit *leben.*« Sie lachte. »Ach, willst du mir erzählen, das wäre was anderes? Dass ich mich von einem obskuren Mutterinstinkt leiten lassen sollte?«

Er sagte nichts.

»Ehrlich gesagt, sie verkörpert alles, was ich verabscheue. Jeden verdammten Tag ist sie für mich eine Provokation auf zwei Beinen, und ich werde den Teufel tun und mich brav für den Genickschuss hinknien. Da draußen in dem Bus ist noch ein Platz frei, und den nehme ich.«

»Es gibt noch eine andere Möglichkeit«, flüsterte Turner.

»Und die wäre?«

»Hilf uns Tanya.«

»Euch *helfen?*«

»Ja. Hilf uns, damit wir alle hier rauskommen.«

»Wie?«

»Tu so, als würdest du dich auf sie einlassen, und versuch, an eine Waffe zu kommen.«

»Was denn? Ich soll das Trojanische Pferd spielen?«

»Ja.«

»Das kann nicht klappen, und selbst wenn, was hätte ich davon? Nichts. Du und Lucy, ihr wärt doch sowieso über alle Berge.«

»Ich hab mit Grace Schluss gemacht.«

»Schwachsinn. Das war bloß ein Ablenkungsmanöver. Ich wäre noch nicht ganz kalt gewesen, da hättest du schon wieder deinen Schwanz in ihr gehabt.«

»Ich schwöre, ich werde sie nicht wiedersehen. Alles wird wieder wie vorher.«

»Ehrlich?«

»Ja.«

»Und das soll mich begeistern? Unsere verlogene Ehe?«

»Willst du lieber mit diesen debilen Sumpfungeheuern losziehen?«

»Ist das nicht ein klitzekleines bisschen scheinheilig, Johnny? Immerhin hast du sie ins Haus geholt.«

Das ließ ihn verstummen.

»Du und dein kleines Helferlein, ihr habt sie in unser Haus geholt, einen Ort, den sie normalerweise scheuen wie die Pest. Männer wie die trauen sich nicht in bessere Gegenden, Johnny, die fahren die Interstates ab und schnappen sich Herumtreiber und Nutten, den menschlichen Abfall, für den sich kein Schwein interessiert. Aber Bekker hat wahrscheinlich gedacht, er könnte sie unter Kontrolle halten, sie rumkommandieren.«

»Ja, ich glaube, das hat er gedacht.«

»Dieser verdammte arrogante kleine Angeber. Tja, du hast den Geist aus der Flasche gelassen, Johnny. Trag die Konsequenzen.«

»Was, denkst du, werden sie mit dir machen, Tanya?«

»Keine Ahnung.«

»Glaubst du wirklich, die lassen dich am Leben?«

»Eine Zeit lang wenigstens. Ich amüsiere sie.«

»Und? Willst du mit dem Soundtrack der Doors leben? ›There's a killer on the road‹ und so? Eine Ausbildung zum Serienkiller machen und Folterpornos mit deinem iPhone aufnehmen?«

Sie zuckte mit den Schultern.

»Menschenskind, Tanya. Du hast Bekker in Notwehr getötet.

Den Finger hast du mir in einem emotionalen Ausnahmezustand abgeschnitten. Denkst du wirklich, du kannst losziehen und irgendwelche armen, nutzlosen Schweine verstümmeln und abschlachten, die du noch nie im Leben gesehen hast?«

Sie zuckte wieder mit den Schultern. »Die Frage kann ich nicht beantworten.«

Er starrte sie an.

»Ich weiß nur, dass ich lebend hier rauskommen will. Und dass ich etwas höchst Amerikanisches tun werde: Einfach losfahren und ein ganz neues Leben anfangen.«

Sie verengte die Augen.

»Verrat mir eins, Johnny, bist du zufrieden mit dem, was du angerichtet hast?«

»Nein, ich bin nicht zufrieden.«

»Nein?«

»Nein. Ich bedauere es.«

»Sag das bloß nicht, ich hab dich gewarnt.«

»Es musste aber gesagt werden.«

»Was bedauerst du denn? Dass es nicht geklappt hat oder dass du es verursacht hast?«

»Dass du mich nicht einfach gehen lassen konntest, Tanya.«

Sie lachte. »Meine Fresse, was bist du für ein rückgratloses kleines Arschloch.«

Tanya starrte ihm in die Augen.

»Weißt du schon das Neuste?«

»Was denn?«

»Ich *lass* dich gehen, Johnny. Ich lass dich gehen.«

Sie stand auf, als das Brummen eines Automotors und das Quietschen von Bremsen zu hören waren.

Lukas Bone reagierte schnell, ging hastig zu dem Fenster neben der Haustür.

»Scheiße, hier herrscht ja mehr Verkehr als an einem Drive-in von McDonald's.«

Spack beugte sich auf der Couch nach vorne, legte den gewaltigen Kopf schief wie ein Retriever.

»Das ist ein Mazda 2«, sagte er. »Ein paar Jahre alt. Auspuff im Eimer.«

»Verdammt, Spack, du bist gut«, sagte Bone. Er spähte aus dem Fenster. »Wäre jetzt bitte mal jemand so nett, die füllige blonde Tusse zu identifizieren, die da gerade aufs Haus zumarschiert?«

Tanya trat neben ihn, sah nach draußen und sagte: »Das ist seine Nutte.«

Bone lachte: »Du verarschst mich, oder?«

Tanya schüttelte den Kopf. »Nein, tu ich nicht.«

»Nun denn«, sagte Bone, »wie hat meine liebe gute Mama immer gesagt: ›Wenn die Blume blüht, kommen die Bienchen von allein.‹«

15

In den Tagen nach ihrer Rückkehr aus Las Vegas erwähnten weder Turner noch Grace, was an jenem rauschhaften Wochenende geschehen war.

Wenn sich ihre Blicke über die Computerbildschirme hinweg trafen, während sie an ihren Schreibtischen arbeiteten, schaute er weg.

Jeden Tag nahm Grace in der Mittagspause ihren mitgebrachten Lunch – ein Sandwich, ein Apfel und eine Flasche Wasser – mit zum Pool und setzte sich im Schatten eines Sonnenschirms in einen Liegestuhl. Turner blieb an seinem Schreibtisch und stocherte in Resten vom Abendessen, die er aus dem Haus mit ins Büro genommen hatte.

Jeden Nachmittag um fünf Uhr sammelte Grace ihre Sachen zusammen, während ihr Computer mit einem munteren kleinen Trällern runterfuhr, lächelte, sagte »tschüss« und fuhr nach Hause. Turner lud sie nie auf einen Drink ein, und sie schien nie darauf zu warten.

Dann fiel Turners Blick eines Nachmittags, als sie nach einem Meeting in seinem Wagen saßen und auf der Oracle Road vor einer roten Ampel standen, auf Grace' linke Hand, die sie im Schoß liegen hatte, wo die Sonne auf ihre lackierten Fingernägel fiel, und bemerkte, dass sie wieder abgekaut aussahen.

Als die Ampel umsprang, fuhr er los, bog aber nach rund dreißig Sekunden in die Zufahrt eines Motels, stellte den Motor ab und schaute durch die Windschutzscheibe auf die ausgeschaltete Neonreklame.

Grace lehnte sich gegen die Kopfstütze und schloss die Augen hinter der Sonnenbrille.

»Was wird das mit uns?«, fragte sie.

»Ich weiß es nicht.«

»Keine glattzüngigen Lügen aus dem Almanach für Ehebrecher?«

»Nein.«

»Na, immerhin etwas.«

Sie löste ihren Sicherheitsgurt, der sich mit einem Geräusch, als würde Stoff zerreißen, aufrollte. Sie öffnete die Beifahrertür und stieg aus, stand vor einem Himmel so ausgebleicht wie ihre Haare.

Während John zahlte, wartete Grace vor dem Motelbüro, rauchte, den rechten Ellbogen in die linke Hand gestützt. Sie beobachtete einen roten Habicht, der träge über ihr in einem warmen Aufwind trieb, bis John mit einem Schlüssel, an dem ein schmutziger brauner Anhänger aus Pappe baumelte, aus dem Büro kam.

Sie folgte ihm in ein unpersönliches Zimmer, drückte ihre Zigarette in dem verschrammten roten Coors-Aschenbecher auf dem Nachttisch aus und streifte sich das Kleid über den Kopf, während sie noch Rauch ausatmete.

Sie vögelten, bis Neonlichter den zartvioletten Himmel draußen vorm Fenster tüpfelten.

Hinterher saß Grace in der Dunkelheit an das Kopfteil des Bettes gelehnt, und als sie sich eine Zigarette anzündete, leuchtete ihr Gesicht für einen Moment orangefarben auf.

»John?«

»Ja?«

»Ich hab dich angelogen«, sagte sie, »in Las Vegas.«

»Was denn? Hast du etwa nie in Dessous Black-Jack-Karten ausgegeben?«

Sie schüttelte den Kopf, und das Kopfteil klapperte gegen die Wand, wie Münzen in der Bettlerschüssel eines Blinden.

»Nein, das mein ich nicht. Das mit meiner Zwillingsschwester war gelogen. Sie ist nicht gestorben, als wir sechs Jahre alt waren.«

»Lebt sie noch?«

»Nein, sie ist tot. Aber sie ist gestorben, als wir fünfzehn waren.«

»Und warum hast du gelogen?«

»Weil sie ermordet worden ist.«

John sagte nichts, aber sie konnte spüren, dass er ihr Gesicht musterte.

»Ein Mann namens Henry Saul Simmons hat sie im Auto mitgenommen und ist mit ihr zu einem verlassenen alten Haus außerhalb der Stadt gefahren, und da hat er sie gequält und vergewaltigt und umgebracht.«

»Großer Gott.«

»Sie war auf dem Heimweg von der Bibliothek. Sie war die brave Schwester, Klassenbeste. Bei mir wäre es wahrscheinlicher gewesen, dass ich zu einem fremden Mann ins Auto steige.«

»Oder vielleicht auch nicht.«

Grace nickte im Dunkeln, und das Kopfteil klapperte wieder.

»Ja, vielleicht auch nicht.« Sie zog an der Zigarette und spürte den warmen Rauch in der Lunge. »Er hat Bibeln verkauft. Also ehrlich, wer macht so einen Scheiß? Durch die Gegend fahren und Bibeln verticken?«

»Könnte eine Figur von Flannery O'Connor sein.«

»Hab nie was von ihm gelesen.«

»Von ihr.«

»Sorry, ich bin unbelesen.«

»Nein, das stimmt nicht. Ich hab dich schon öfter lesen sehen.«

»Ach ja?«

»Klar. *Vogue* und *Cosmopolitan*.«

»Und *Vanity Fair* nicht zu vergessen. Die ist ganz schön anspruchsvoll.«

Grace knipste die Lampe an, zog blinzelnd die Schublade neben sich auf und nahm die Gideon-Bibel heraus.

»Da ist es.« Sie wiegte es in der Hand. »Das Buch der Bücher.«

»Ich fand die dünnen Seiten früher ganz praktisch, um Joints zu drehen«, sagte John.

Grace legte die Bibel zurück, schloss die Schublade und machte das Licht aus.

»Ein Teil von mir hätte dich damals gerne kennengelernt«, sagte sie.

»Welcher Teil?«

Johns Hand, die auf ihrem Bauch lag, glitt tiefer, aber er zog sie weg, als Grace sagte: »Er ist hingerichtet worden. Henry Saul Simmons. Zehn Jahre später. Todesspritze, in Huntsville, Texas. Er hatte siebzehn Mädchen ermordet. Siebzehn, an die er sich erinnern konnte, hat er gesagt. Wie kann man denn so was vergessen?«

»Keine Ahnung.«

»Ich war dabei.«

»Bei der Hinrichtung?«

»Ja. Meine Eltern waren inzwischen gestorben, also bin ich hin.«

»Allein?«

»Ja, allein.«

»Scheiße.«

»Es hat über zwei Stunden gedauert. Er hat geschrien und geflucht, sich gewunden und gekeucht und gewürgt, und die haben den Vorhang immer wieder auf- und zugemacht, als wäre es eine Art Schauspiel. Weißt du, was ich hinterher empfunden habe?«

»Was denn?«

»Nichts.«

»Nichts?«

»Überhaupt nichts. Die hätten ihn von mir aus mit Rohrreiniger vollpumpen können, aber als ich dasaß und zusah, wie dieser Fremde starb, konnte ich ihn nicht mit Nancy in Verbindung bringen, konnte absolut keinen Sinn darin sehen. Also fuhr ich nach Hause und stürzte mich in die Partyszene. Ließ mich treiben. Lernte Megan in irgendeiner Bar kennen und verliebte mich in sie, färbte mir die Haare blond und steckte mir einen unechten Ehering an. Das waren dann die nächsten fünf Jahre meines Lebens.«

»Und jetzt bist du hier mit mir«, sagte John, und seine Hand war wieder auf ihrem Bauch.

»Und jetzt bin ich hier mit dir.«

Grace berührte ihn und spürte, dass er wieder hart war.

Sie drückte die Zigarette aus, setzte sich rittlings auf ihn, nahm seinen Penis und schob ihn in sich hinein, stöhnte leise.

»Keine Bange, John«, sagte sie, während sie sich langsam auf ihm bewegte, »ich werde mich nicht in dich verlieben.«

Aber sie tat es doch.

16

Als Spack mit einem Hakenmesser neben ihm auftauchte, machte Turner sich darauf gefasst, dass die Klinge ihn von der Kehle bis zum Schambein aufschlitzen würde, doch das Monster schnitt bloß das Klebeband durch, mit dem seine Füße gefesselt waren, und riss ihn auf die Beine.

Bone stand neben der Tür, die Pistole in der Hand, und sagte: »Komm her und begrüß deine Freundin.«

Turner, der das Geräusch von Grace' Schritten auf dem Kiesweg hörte, rührte sich nicht.

»Wenn du dich weigerst«, sagte Bone, »geht Spack in die Vorratskammer und amüsiert sich ein bisschen mit deinem Kind.«

Spack wankte Richtung Vorratskammer, und Turner wusste, dass das Monster die Schiebetür, hinter der Lucy im Dunkeln kauerte, mühelos aus der Führungsschiene heben könnte. Er ging zu Bone hinüber.

Tanya trat von der Tür weg. Ihre Arme hingen schlaff herab, während sie ihn ausdruckslos beobachtete.

Als Turner den Raum durchquerte, sah er kurz sein Spiegelbild in der Scheibe der Terrassentür. Sein Haar war dunkel von Schweiß, die Augen lagen tief in den Höhlen, Nase, Hemd und Chino-Hose blutig; sein Gang war der eines deutlich älteren Mannes, eines Mannes, der kleine, unsichere Schritte machte, weil er gelernt hatte, der Erde zu misstrauen.

Bone beugte sich vor und zischelte ihm ins Ohr: »Du sagst, dass sie reinkommen soll. Überredest sie, bei unserer kleinen Feier mitzumachen.«

Turner wartete, bis es an der Tür klopfte, und griff mit der linken Hand nach dem Knauf, doch als er den verkohlten Stumpf seines Ringfingers sah, ließ er die Hand sinken und hob stattdessen die rechte.

Als er die Tür öffnete, sah er im Licht der Außenlampe, wie Grace gerade lange und nervös an ihrer Zigarette zog, Rauch aus geblähten Nasenlöchern pustete.

Sie hatte sich alles Make-up aus dem Gesicht gewaschen, das Haar zu einem Pferdeschwanz nach hinten gebunden. Sie trug ein weißes Oberhemd und Jeans.

Nie hatte sie für ihn schöner ausgesehen.

»Entschuldige die Störung, aber ich glaube, ich hab mein Handy im Büro vergessen.« Sie verstummte, starrte ihn an. »John, alles in Ordnung?«

Er nickte und suchte nach Worten.

»John?«

Lukas Bone stieß ihm von der Seite den Pistolenlauf in die Rippen, und Turner sage: »Ja, klar, ich hab versucht, einen Wasserhahn zu reparieren und mich irgendwie ziemlich blöd dabei angestellt.«

»Einen Wasserhahn?«

»Ja, als Heimwerker bin ich die totale Niete.« Er versuchte ein Lächeln, das ihm misslang. »Dein Handy ist drinnen. Komm doch rein.«

Sie schüttelte den Kopf. »Nein, ich sehe, ihr habt Besuch. Würdest du es mir nur schnell holen?«

»Das sind bloß Handwerker«, sagte er.

Er sah, dass ihre Augen schmal wurden.

»Klempner, die mein Chaos beheben«, sagte er. »Tanya und Lucy sind nicht da, und ich würde mich wirklich freuen, wenn du reinkommst. Ich muss mit dir reden.«

»Tanyas Auto steht in der Einfahrt.«

»Sie ist mit Freunden unterwegs.«

»Ich hätte nicht herkommen sollen, John. Hol mir doch einfach mein Handy.«

»Bitte, Grace.«

Sie zögerte.

»Okay, aber nur ganz kurz«, sagte Grace und machte einen Schritt auf ihn zu.

Und Turner, der ihre großen blauen Augen sah, war wieder in den zahllosen Motelzimmern, spürte für einen Moment deutlich den Hauch ihres warmen Atems auf seinem Gesicht, wenn sie sich vorbeugte, um ihn zu küssen, hörte das kehlige Stöhnen, wenn sie zum Höhepunkt kam und verbotene Worte der Liebe flüsterte, riss den Arm hoch, stieß sie zurück, schrie: »Hau ab, Grace. Um Gottes willen, hau ab!«, und knallte die Tür vor ihr zu.

Ein Schlag traf ihn am Kopf, und er fiel benommen zu Boden, während Bone die Tür aufriss und in die Dunkelheit sprintete, Grace einholte wie ein Raubtier seine Beute, sie umriss und in den Bauch boxte.

Bone packte sie an den Füßen und schleifte sie ins Haus, ließ ihre Flipflops auf dem Kies liegen. Grace stöhnte, als ihr Kopf gegen die Stufe vor der Tür knallte, und verlor das Bewusstsein.

TEIL FÜNF

Jeder Schuldige ist sein eigener Henker.

Seneca

1

»Grace? Grace, kannst du mich hören?«

Eine Männerstimme, leise und undeutlich wie aus einer alten Radiosendung, die aus einem längst versunkenen Kinderzimmer an ihr Ohr drang.

»Grace?«

Ein nadeldünner Lichtstrahl durchdrang die Dunkelheit, ein flimmernder Leuchtturm an einem fernen Strand, und sie sah die verschwommenen Umrisse von John Turner vor sich. Er schnippte mit den Fingern vor ihrem Gesicht herum wie ein Zirkushypnotiseur, blinzelte wild, als hätte er einen epileptischen Anfall.

Jetzt voll bei Bewusstsein, öffnete Grace die Augen und sah eine Szene, die so infernalisch war, dass sie sich im ersten Moment einredete, sie hätte ihre Wohnung nie verlassen, sondern läge in ihrem Bett und hätte den grässlichsten Albtraum aller Zeiten.

Aber Grace träumte praktisch nie – zumindest nicht, wenn sie schlief.

Nein, stattdessen stopfte sie ihren blöden, wasserstoffblonden Kopf offenbar im Wachzustand mit irgendwelchen Fantastereien voll, mit Hirngespinsten von Liebe und Glück und dem ganzen anderen erbärmlichen Schwachsinn.

Wenn sie nachts doch mal träumte, dann konnte sie morgens beim Aufwachen höchstens noch irgendein verschwommenes Bruchstück erhaschen, das sich immer verflüchtigte wie ein Atemhauch auf einem Spiegel.

Deshalb war das hier für sie ein Albtraum von erstaunlicher Klarheit.

Sie träumte, dass sie direkt neben dem leblosen Körper eines dicklichen, kahlköpfigen Mannes lag, dessen Kehle so tief und weit aufgeschlitzt war, dass sie Knochen in der klaffenden Wunde sehen konnte. Sie nahm den kupfrigen Geruch seines Blutes wahr (Blut, das sich um seinen Körper herum gesammelt hatte wie ein Umhang, zu einer schellackartigen Konsistenz getrocknet, klebrig an ihren Händen, Armen und der Gesichtshälfte, die auf dem Holzboden lag), und der Gestank seines entleerten Darms drang ihr in die Nase.

Grace schloss die Augen wieder und war überzeugt, dass sie einen von diesen Träumen hatte, in denen man flog, von denen sie gehört, aber nie einen gehabt hatte, denn ihr Körper wurde hochgehoben und herumgewirbelt und wahnsinnig schnell durch die Luft geschleudert.

Als sie auf dem Boden aufschlug (diesmal ein Fliesenboden), öffneten sich ihre Augen ruckartig, und sie wusste, dass es kein Traum war.

Ein massiger Mann kniete über ihr, sein ranziger Atem brodelte in ihr Ohr, und der widerliche Gestank seines unsauberen Körpers überlagerte sein Deo, das nach Desinfektionslösung roch. Seine Augen, flinke kleine dunkle Fische in einem Ozean aus Falten, huschten über ihr Gesicht und ihren Körper, sodass sie sich besudelt und geschändet fühlte.

Jähes Entsetzen packte sie tief in den Eingeweiden, und ihre Blase entließ ein paar Urintropfen in ihren Schlüpfer – ein filigranes, sündig schwarzes Höschen, das sie für ihre Stelldicheins mit John gekauft hatte. Nackte Panik durchfuhr sie, und sie versuchte, sich hochzustemmen, doch der schreckliche Mann drückte sie mit einer suppentellergroßen Hand wieder nach unten.

Grace wollte eine Frage stellen, aber die Zunge lag ihr schwer und unbeweglich im Mund.

Sie drehte den Kopf und sah, dass John in der Küche stand, die Hände schlaff herabhängend, und sie betrachtete.

Tanya, die sehnigen Arme verschränkt, der Mund ein dünner Spalt, lehnte an der Kücheninsel und beobachtete die Szene. Trotz ihres blutigen Shirts, des Pflasters auf der Wange und der provisorischen Schiene an der linken Hand wirkte sie wie eine Hausfrau, die darauf wartete, sich ein neues Küchengerät vorführen zu lassen.

Ein anderer Mann, blond und kleiner als das Monster, das rittlings auf ihr saß wie ein stinkender Seeelefant (aber dennoch groß und auf seine Art noch bedrohlicher, weil eine bösartige Intelligenz seine wässrig blauen Augen belebte), trat in Grace' Gesichtsfeld.

»Spack, ich pass auf die Nutte auf. Hol du mal das Kind auf unsere Party, ja?«

Schnaufend, grunzend, mit einem schleimig rasselnden Räuspern stemmte und wippte das Ungeheuer sich auf die Beine und watschelte zur geschlossenen Tür der Vorratskammer. Er zog ein Bein nach, das kürzer und dünner war als sein Gegenstück.

Er packte die Vorratskammertür – eine massive Platte aus gefurchtem, auf alt gemachtem Eisenholz – und hob sie mühelos aus ihrer Führungsschiene, als wäre sie aus Pappe. Er warf die Tür beiseite, die eine Reihe von kobaltblauen Dekoflaschen auf der Küchentheke zerschmetterte, ehe sie mit einem dumpfen Knall auf dem Boden aufschlug. Dann griff der Mann nach unten in die dunkle Vorratskammer und zog Lucy Turner heraus, die strampelte und weinte und in seiner Umklammerung furchtbar klein aussah.

Er trug sie dahin, wo Grace lag und setzte sie ab. Lucy blinzelte in das grelle Licht, die Wangen tränenverschmiert.

Der Anblick des verängstigten Mädchens brachte Grace auf die Beine, erfüllt von dem instinktiven Drang, sich Lucy zu schnappen und zu fliehen.

Mit einer unglaublichen Schnelligkeit trat der blonde Mann mit einem stahlharten Bein zu und erwischte Grace an der Taille. Sie knallte so fest gegen die Arbeitsplatte, dass ein Küchenmesserblock umkippte und die Messer scheppernd neben ihr auf dem Boden landeten.

Obwohl Grace keine Luft bekam, griff sie nach einem der Messer. In dem Augenblick, in dem ihre Finger den Knochengriff berührten, traf sie der Arbeitsstiefel des Mannes am Mund und schleuderte ihren Kopf nach hinten.

Für einen Moment war sie wieder auf dem Karussell in dem Park, in den ihre Mutter oft mit Nancy und ihr gegangen war, als sie noch klein waren; ihre Schwester hatte den Kopf in den Nacken geworfen, ihr Haar flatterte, ihr Mund war weit geöffnet, ihr Gesicht strahlte vor Verzückung, und die schreckliche Symmetrie ihrer beider Schicksale ließ Grace nach Luft schnappen und blinzeln, Blut und irgendetwas Festes auf den Boden von Turners Küche spucken.

Als sie nach unten blickte, sah sie einen ihrer Schneidezähne in dem roten Spritzmuster auf den weißen Fliesen liegen.

Der blonde Mann ging vor ihr in die Hocke und nahm ihr Gesicht in seine dicke Hand.

»Oooch, den kannst du ja für die Zahnfee unter dein Kopfkissen legen, du ehebrecherische kleine Hure«, sagte er und ohrfeigte sie mit solcher Wucht, dass sie lang ausgestreckt auf dem Rücken landete.

Während er sich aufrichtete, blickte Grace durch einen schmerzerfüllten Strudel nach oben und rollte sich in Embryonalhaltung zusammen, zum Schutz vor dem nächsten Tritt.

2

Als Turner auf Lukas Bone zutaumelte, der mit seinen stahlkappenbewehrten Arbeitsstiefeln präzise, konzentriert und mit unverhohlener Freude Grace' Kopf und Oberkörper bearbeitete und jeden Tritt mit einem »Nutte« oder »Flittchen« untermalte, streckte der kichernde Spack, ohne die Augen vom blutigen Tun seines Ehemanns zu nehmen, die Hand aus und stieß Turner zurück.

Turner prallte mit der Hüfte gegen die Granitplatte der Kücheninsel, und er rutschte neben seiner blutbesudelten, stinkenden Frau zu Boden, die sich den brutalen Angriff mit der gierigen Aufmerksamkeit einer Hahnenkampfsüchtigen ansah.

Turner schloss die Augen und dachte an Tanyas Eltern, und er dachte an Grace' Schwester. Und er dachte daran, was er damals in Südafrika getan hatte, suchte nach Schnittlinien und versuchte, irgendeinen Sinn in dem Ganzen zu finden, aber er konnte es nicht.

Er konnte es einfach nicht.

Turner öffnete die Augen und wandte den Blick von Bone und Grace ab, richtete ihn auf Bekkers Leiche, suchte sie nach der unsichtbaren Waffe ab.

Ein Schrei, ganz nah an seinem Ohr, riss ihn aus seiner Trance, als Lucy auf Lukas Bone losging und ihn anbrüllte: »Hör auf! Lass Grace in Ruhe! Lass sie in Ruhe!«

Turner packte seine Tochter und drückte ihr eine Hand auf den Mund.

»Lucy«, sagte er in ihr Haar, in einem Flüstern, der bei Grace' Schreien, Spacks meckerndem Lachen und Bones zischenden Flüchen kaum zu hören war.

Das Kind wehrte sich weiter gegen ihn.

»Kleines, du musst mir zuhören.«

Sie hörte auf, sich zu winden, und sah ihn mit großen Augen an.

Er schob den Mund dicht an ihr Ohr.

»Siehst du den Mann, der da hinten neben dem Tisch liegt?«

Sie wandte den Kopf in Bekkers Richtung.

»Siehst du ihn?«

Sie nickte, und er lockerte die Hand auf ihrem Mund.

»In seinem Hosenbund steckt eine Pistole. Und die musst du dir schnappen, wenn keiner auf dich achtet. Hast du verstanden?«

Das Kind nickte wieder.

»Du musst sie dir schnappen und mir bringen.«

3

Turner, der im wilden Rausch der zweiten Meth-Pfeife trudelte (er hatte sie inhaliert, nachdem er Bekker angerufen hatte), wich bis zu der von Einschusslöchern vernarbten Wand zurück, als der Cop wie ein Revolverheld unter sein Shirt griff, eine Automatikpistole zückte und in einer fließenden Bewegung zielte und schoss, während Turner die Hände in einem kläglichen Schutzversuch hob und sah – seine drogeninduzierte Panik verlangsamte die Zeit zu Sirup –, wie das blauschwarze Instrument seines Ablebens mit einer ätzenden Schießpulververpuffung aus dem gezogenen Lauf flog und kreiselnd auf seinen Kopf zuraste, um nun auch sein Blut und seine Hirnmasse auf den besudelten Teppich im Haus des Todes zu verspritzen.

»Was zum Teufel hast du dir dabei gedacht, du Arschloch?«

Bekkers kompakter Körper war angespannt wie ein vibrierender Draht, die Sturmlaterne auf dem Boden warf seinen gigantischen Schatten auf Wände und Decke, als er auf Turner zuging, die Hände fragend ausgebreitet.

Leere Hände. Die Pistole noch im Holster.

Überzeugt, dass das Meth ihm die ungewollte Gabe geschenkt hatte, in die Zukunft zu sehen, entspannte Turner sich nur unwesentlich, als er die Arme sinken ließ.

Der Cop, der Wut und Brandy mit Cola schnaubte, schüttelte den Kopf.

»Verdammt, du bist ein unfähiges Stück Scheiße. Weißt du das?«, sagte Bekker, und zum ersten Mal war das gutturale Schnarren seiner Herkunft in seiner Stimme zu hören.

Turner nickte, außerstande, mit seinen schleimverklebten Lippen einen Ton von sich zu geben.

Der Afrikaaner fuhr sich mit der Hand durchs verschwitzte Haar, seine normalerweise gestylte Frisur hing ihm in schwarzen Ringellocken in die Stirn.

»Ich hab das Scheißgeld im Auto«, sagte Bekker. »Es ist gelaufen wie am Schnürchen, Engländer. Der Mohrenkopf hat geliefert. Wir hätten dem Mädchen bloß die Augen verbinden und es irgendwo laufen lassen müssen, dann hätten wir in unsere rosige Zukunft davonfahren können, frei und sauber wie zwei Singvögelchen.«

Turner sagte nichts. Die Wut des Cops brachte die Luft um ihn herum zum Brodeln.

Bekker zeigte auf die gesplitterte Schlafzimmertür, hinter der das Mädchen war.

»Sie wird dich identifizieren. Und du wirst singen, du Wichser.«

»Nein, bestimmt nicht. Ich werde keinen Ton sagen«, beteuerte Turner, quetschte die Worte geradezu aus seiner Kehle.

»Doch, garantiert. Du wirst mich verpfeifen, um deinen eigenen Arsch zu retten.«

»Das mach ich nicht, ich schwöre.«

»Das Risiko ist zu groß, Engländer. Das ist wie Russisches Roulette mit drei Kugeln in der Trommel.«

Bekkers Hand bewegte sich, hob den Zipfel seines Shirts an, das er über der Hose trug, und da war sie, die Pistole, und der Cop spannte sie mit einem knackenden, fast röchelnden Laut.

Turner suchte krampfhaft nach einem Gegenargument, aber sein rasendes Hirn zischte und knisterte, wie eine gerissene Hochspannungsleitung.

Dann ging der Cop an Turner vorbei Richtung Schlafzimmer und zog seine Maske über den Kopf. Er blieb einen Moment vor der Tür stehen, ehe er sie mit dem Fuß aufschob und den Raum betrat. Das staubige Licht der Lampe fiel auf das Mädchen, das auf der Matratze saß und zu Bekker hochstarrte.

4

Grace, das Gesicht verborgen unter einem Haarvorhang dunkel von Schweiß und Blut, lag so still auf dem Küchenboden, dass Turner sich fragte, ob sie tot war, und dachte, es wäre ein Segen, wenn sie es wäre.

Aber sie bewegte sich, schluchzte und setzte sich auf, starrte ihn aus Augen an, die bereits zuschwollen von den Tritten, die Bone gelandet hatte.

Ihre Nase war gebrochen, und Blut lief ihr aus dem Mund.

Ihr Hemd war blutig und zerrissen und klaffte bis zur Taille auf. Eine Brust hing aus ihrem schwarzen Spitzen-BH.

Turner wollte sie in den Arm nehmen und ihr irgendeine tröstliche Lüge erzählen, doch er blieb abrupt stehen, als Lukas Bone die Kreissäge von der Küchentheke nahm und sie kurz und schrecklich aufjaulen ließ.

»Ich denke, jetzt wird wieder ein bisschen heimgewerkelt«, sagte er und blickte zu Grace hinunter, ließ die DeWalt erneut rotieren.

»Lass mich die fette Kuh erledigen«, sagte Tanya und trat vor.

Bone schüttelte den Kopf.

»Nein. Ich hab eine bessere Idee.« Er grinste Turner an wie ein Halloween-Kürbis. »Wir lassen ihn das machen.«

Turner hob die Hände und schüttelte den Kopf und sagte: »Nein. Nein.«

»Nein?«

»Nein.«

»Ganz sicher?«, sagte Bone.

»Ja.«

Bone drehte sich zu Spack um, nahm den plump vertraulichen Tonfall des Moderators einer Late-Night-Show an, wenn der seinen Sidekick anspricht.

»Hast du das gehört, Spack?«

»Ich hab's gehört, Lukas.«

»Daddy lehnt mein Angebot ab.«

»Sehr undankbar.«

»Ganz genau. Undankbar. Aber, Spack, ich akzeptiere kein Nein.«

»Musst du auch nicht, Lukas. Musst du auch nicht.«

»Spack, bring die niedliche Kleine hier rüber.«

»Schon unterwegs, Lukas. Schon unterwegs.«

Der Rohling schnappte sich Lucy und trottete mit ihr zu Bone, der die Säge wieder anwarf.

»Nein«, sagte Turner, doch seine Stimme ging im Jaulen der Maschine unter. »Nein!«

Bone achtete nicht auf ihn, sondern nahm Lucys Arm und drückte ihn auf die Theke. Ihr Shirt rutschte hoch und enthüllte den dünnen Arm.

Als Turner vorsprang, prallte er gegen Spacks stinkende Fleischmasse.

»Du hast deine Chance gehabt«, sagte Spack.

Turner versuchte, an ihm vorbeizukommen, doch Spack kicherte und hob ihn hoch, presste ihn an seinen Körper.

Wieder drückte Bone den Starterknopf der Säge, und Turner sah zu, wie der gezackte Schatten des sich kreischend drehenden Blatts auf Lucys Arm fiel, während seine Tochter ihn mit Augen ansah, aus denen nacktes Entsetzen schrie.

»Nein!«, rief er wieder, obwohl der widerliche Koloss ihm die Luft aus dem Körper quetschte.

Bone überhörte ihn einfach, und das Sägeblatt zupfte an der Haut von Lucys Unterarm, schnitt ins Fleisch. Blut quoll auf die Theke.

Der Schrei des Kindes übertönte das Jaulen der Säge.

Turner sog Luft in seine berstende Lunge und brüllte: »Stopp! Ich tu's!«

Bone lachte und stellte die Säge ab.

Er ließ Lucy los, und das Kind wich zurück, hielt sich schluchzend den Arm. Blut strömte aus der Wunde hinunter zur Hand und tropfte auf den Boden.

Spack ließ Turner los und hockte sich grunzend und schnaufend neben Grace, die zu Turner hochstarrte, und in ihrem Blick lag etwas, das weit über Panik hinausging.

»Hast du es dir anders überlegt?«, fragte Bone.

»Ja«, sagte Turner. Er konnte Grace nicht ansehen.

»Bist du sicher?«

»Ja. Ich bin sicher.«

»Dann sei so nett und bring mir den Kopf der Hure«, sagte Bone, hielt Turner die Säge hin.

Turner nahm die Säge.

Grace schloss die Augen.

Tanya konzentrierte sich auf das Display ihres iPhones (die Idee, das Ganze zu filmen, war ihr nach der rührenden kleinen Abschiedsszene mit ihrem jämmerlichen Ehemann gekommen, und Lukas Bone hatte ihren Wunsch erfüllt, als sie ihn um ihr Handy bat und erklärte, wozu sie es haben wollte). Sie nahm das Gesicht der fetten Schlampe ins Visier und das graue, rotierende Sägeblatt, das sich ihrem Hals näherte. Sie erinnerte sich an ein Fernsehinterview mit einem Kameramann, der in Kriegsgebieten filmte und gesagt hatte, solange er die Gräuel durch den Sucher seiner Kamera sah, bliebe er distanziert genug, um sie aufzuzeichnen.

Aber Tanya wollte keine Distanz und keine Ablenkung.

Scheiß drauf.

Sie wollte dieses Ereignis aufzeichnen – ihren süßen, blutigen Moment der Rache (danke, Chris Bekker, du toter kleiner Schwanzlutscher, dass du mir diese wunderbaren Geisteskranken beschert hast, böse Dschinns, einer Wunderlampe entwichen, um meine dunkelsten Begierden zu erfüllen) – und gleichzeitig zutiefst emotional daran teilhaben.

Tanya filmte den Kopf der Nutte und schwenkte dann auf Johnny, der mit fahlem und gequältem Gesicht die Säge hob und sich auf die Milchkuh zubewegte.

An jenem frühen Morgen vor vielen Jahren, als er neben dem Loch stand, in dem seine Familie verschwunden war, hatte Turner einen gefährlichen Trick gelernt: Er hatte sich selbst wie aus der Ferne gesehen, sich als eine Figur in einem Drama verortet, dessen Zuschauer er war.

Diese Fähigkeit hatte ihn in dem Glauben bestärkt, dass er ein Schriftsteller war und dass er denkwürdige Literatur erschaffen könnte, wenn er seine Gabe der Distanziertheit anwendete.

Aber er war ein schlechter Autor und ein noch schlechterer Mensch gewesen, und er hatte seit über zehn Jahren kein einziges Wort Prosa mehr geschrieben, weil sein Leben letzten Endes interessanter war als sein schriftstellerisches Werk, und natürlich war sein Leben das eine Thema, über das er niemals schreiben konnte.

Nachdem er clean und trocken geworden war, hatte er festgestellt, dass es ihm unmöglich war, seinen unvollendeten Roman zu lesen, ein hässliches unförmiges Monstrum, ein Zerrspiegel, der den Turner reflektierte, der er einst gewesen war und der er – jedenfalls redete er sich das ein, nachdem er sein Leben mosaikartig, Augenblick für Augenblick neu zusammengesetzt hatte – nie mehr sein würde.

Ehe er Südafrika verließ, war er mit seinem Laptop in die hinterste Ecke seines Gartens in Johannesburg gegangen, hatte ihn mit Benzin übergossen, angezündet und dabei zugesehen, wie er brannte. Der Bildschirm hatte Risse bekommen und war geplatzt, das Gehäuse hatte sich verzogen und war geschmolzen, hatte sein Innenleben preisgegeben, um schließlich zu einem kleinen Häufchen aus verklumptem Plastik und verschmorten Drähten zu werden.

Doch auf genau diesen Schriftstellertrick griff ein verzweifelter Turner jetzt in seiner Küche in Arizona zurück, als er vor der einzigen Frau stand, die er je geliebt hatte und die mit Entsetzen in den Augen sah, wie er die Kreissäge aus Lukas Bones Händen nahm.

Er machte sich selbst zur Romanfigur.

Er hüllte sich in den Schleier der Fiktion.

Turner sah sich selbst, wie er neben Grace stand, deren bleicher Hals von Spack freigelegt wurde. Der Irre hatte mit der einen Hand ihr Haar gepackt und drückte mit der anderen auf ihre Brust, quetschte mit roher Gewalt alle Kraft aus ihren Beinen und Armen.

Turner drückte leicht auf den Starterknopf und spürte die Kraft der Säge, musste fester zugreifen, damit sie ihm nicht aus den Händen flog.

Er ließ den Starterknopf los.

Er sammelte sich und startete die Säge erneut, diesmal besser auf das Bocken vorbereitet, als sie ansprang.

Er beging den Fehler, Grace in die Augen zu sehen, und in dem Moment wurde er wieder er selbst, und er wusste, was von ihm verlangt wurde, war unmöglich.

Als hätte Bone seine Gedanken gelesen, stieß er Lucys blutenden Arm Richtung Säge.

»*Sophies Entscheidung,* Daddy. *Sophies verfickte Entscheidung.*«

Turner blinzelte keuchend, wandte die Augen von Grace' Gesicht und distanzierte sich wieder, die Säge Millimeter vor ihrer Kehle. Die scharfen Zähne rotierten über der Erhöhung ihres Schildknorpels, die Mulde darunter – ein duftendes Auffangbecken für ihren Schweiß beim Sex – eine Stelle, die Turner gern mit der Zunge liebkost hatte.

Er sah die hellen Spuren von parallelen Halsfalten, die ihre Kehle umringten wie ein enges Halsband.

Er sah den blauen Schatten ihrer Halsvene unter der bleichen Haut schimmern.

Er sah den Puls an ihrer Kehle, der ihr Leben abzählte.

Für einen kurzen Moment hätte sich ihm die Realität fast wieder aufgedrängt, und Turner spürte eine kleine seismische Verschiebung in sich.

Er konnte das nicht.

Aber als er zu seiner Tochter hinüberschaute und nicht nur sein panisches Kind sah, sondern auch das Mädchen, das er vor so vielen Jahren entführt hatte, wusste er, warum er es tun musste, und er verschloss die Bruchlinie und sah sich selbst, wie er die Säge aufjaulen ließ und das Universum auf das Stück Haut zwischen Grace' Schlüsselbein und Kehlkopf verengte.

Turner schloss für eine Sekunde die Augen, und als er sie wieder öffnete, senkte er die DeWalt, und das Sägeblatt drang knapp drei Zentimeter oberhalb von Grace' Schlüsselbein in den Hals, Haut und Fleisch teilten sich in einem Sprühregen aus Blut, und falls sie aufschrie, so hörte er es nicht durch das grelle Jaulen des Werkzeugs hindurch.

Zunächst bot sich dem Sägeblatt wenig Widerstand, dann stieß es auf Knochen und blockierte, der Motor röhrte, und Turner zog die Säge ein wenig zurück, übte dann mehr Druck aus und arbeitete sich durch den Knochen, wobei das Blatt kreischte – oder war es Grace? –, und dann glitt die DeWalt mühelos weiter, und er wäre fast nach vorne in den warmen Blutstrahl gestolpert, der zu ihm hochschoss, als er den Kopf seiner Geliebten abtrennte.

5

Turner, am Lenkrad des Toyotas, die alten Scheinwerfer gelb auf dem löchrigen Asphalt, folgte Bekker, der einen unauffälligen weißen Honda steuerte.

Sie passierten die Hüttensiedlung und fuhren auf einer verlassenen Straße, die flach und schnurgerade auf dem Land lag, lange Zeit durch die leere Nacht, unter einem Mond, der sich hinter dahinjagenden silbrigen Wolken versteckte.

An einer T-Kreuzung bremste Bekker und bog scharf rechts ab. Als Turner am Steuer des Toyotas kurbelte und mit der schwerfälligen Lenkung kämpfte, hörte er ein zischendes Schaben, weil die in eine Decke gewickelte Leiche des Mädchens im Laderaum verrutschte und gegen die Heckklappe prallte.

Turner schaltete das Radio ein und hörte nur statisches Rauschen, bis er einen Country-Sender fand, auf dem eine Afrikaaner-Möchtegern-Dolly-Parton, die nie irgendwas anderes gesehen hatte als Buschland, von der einsamen Prärie jodelte.

Bevor sie das Haus des Todes verließen, hatten Bekker und Turner, beide OP-Handschuhe tragend, schweigend sämtliche Spuren ihrer Anwesenheit beseitigt, hatten die Matratze und die Vorräte eingesammelt und alles in den Van geschafft.

Bekker hatte jeden Raum mit seiner Taschenlampe kontrolliert, bis er ganz sicher war, dass nichts mehr verriet, dass sie und das Mädchen hier gewesen waren.

Dann waren sie wortlos in das Schlafzimmer gegangen, hatten den in die Decke eingewickelten Körper angehoben und nach draußen zum Van getragen.

Bekker hatte das Haus abgeschlossen, und sie waren im Konvoi zur Straße gefahren.

Turner, der gegen Panik und ein übermächtiges Grauen ankämpfte, hatte nicht gefragt, wo sie hinfuhren, sondern war Bekker anstandslos gefolgt, obwohl er wusste, dass er noch immer in Gefahr war, dass er möglicherweise zusammen mit dem Mädchen in dem abgelegenen Grab landen würde, das der Cop nun ansteuerte.

Aber Turner fuhr weiter, als wäre der Toyota an den Honda gekoppelt, ohne auch nur an Flucht zu denken, ohne jede Willenskraft nach den Geschehnissen im Haus, während ihm Bruchstücke der letzten paar Stunden durch den vom Meth benebelten Kopf schwirrten.

Der Honda vor ihm blinkte, und Turner fuhr hinter Bekker her auf einen Feldweg, der sich zwischen grasbewachsenen Halden hindurchwand, Zeugen der goldenen Vergangenheit der Stadt.

Der Mond grinste durch die Wolken hindurch, als die Umrisse des stillgelegten Rads eines verfallenen Förderturms sichtbar wurden, und Turner war wieder ein Junge, der auf seinem Fahrrad in eine Zukunft aus Schmerz und Verwirrung fuhr.

Nach ein paar Minuten stoppte Bekker, und Turner hielt hinter ihm. Er schaltete das Radio ab.

Der Cop stieg aus, kam zum Toyota und öffnete die Heckklappe.

Turner kletterte aus dem Wagen, seine Füße knirschten auf Schotter, und er nahm den nostalgischen Dufthauch von Strychnin wahr, das bei der Reduktion von Golderz eingesetzt worden war und noch immer in der kraterübersäten dicken Schlackehalde steckte.

Bekker packte die Decke und zog den eingewickelten Körper aus dem Toyota. Turner nahm die Füße des Mädchens, damit sie nicht auf die Erde fielen.

»Pass auf, wo du hintrittst«, sagte Bekker, die Taschenlampe in der freien Hand. »Hier gibt’s offene Schächte.«

Turner gehorchte, und sie stapften ein paar Minuten durch die Mondlandschaft, vorbei an verrosteten Drahtrollen, eingefallenem Gemäuer und liegen gebliebenen alten Güterloren – sein Vater hatte sie Hunde genannt –, ehe sie das Skelett eines verfallenen Gebäudes passierten.

Bekker blieb stehen, und sie legten den Körper ab.

Der Cop ließ den Strahl der Taschenlampe über den holperigen Boden gleiten, bis er ein Loch fand, halb von struppigem Gras überwuchert, das schwarz in der Erde klaffte.

Bekker bückte sich, hob das Mädchen hoch, und Turner half ihm.

Sie gingen bis dicht an den Lüftungsschacht heran. Ihre Schuhe traten kleine Steinchen los, die mit einem Geräusch wie Reiskörner in einem Sieb in die Dunkelheit fielen.

»Bei drei«, sagte Bekker.

Sie zählten und schwangen und warfen den Leichnam des Mädchens in den schwarzen Schlund.

Er prallte einige Male ab, bis er verschwunden war, fiel zu tief hinab in die Erde, als dass sie hätten hören können, wie er aufschlug.

Turner blieb an der Schachtöffnung stehen, wobei er sich vorkam wie ein Mann, der sein eigenes Grab geschaufelt hatte und jetzt auf die tödliche Kugel wartete.

Aber Bekker wandte sich ab und ging zurück zum Honda, ohne ein Wort zu sagen.

Turner stand dicht am abschüssigen Rand und spürte den Sog der Schwerkraft, spürte die Erde unter seinen Füßen wegrutschen, und einen Moment lang war er bereit, aufzugeben, loszulassen und sich in die Schwärze zu stürzen.

Aber er tat es nicht.

Er trat weg von dem Loch und folgte Bekker zurück zu den Autos.

6

Turner kniete auf Fliesen, die in Blut schwammen, und kotzte sich die Seele aus dem Leib. Die Schnüre aus bitterem Erbrochenem, die ihm von den Lippen baumelten, wippten bei jedem erneuten Würgen wie Jo-Jos.

Neben ihm, vor den rot bespritzten Küchenschubladen, lag Grace' Körper noch da, wo er hingefallen war, ein nackter Fuß in seine Richtung gestreckt, der dunkelrote Lack auf den Zehennägeln ein Echo des dickflüssigen Bluts, das die Fliesen wie Sirup überzog.

Turner fokussierte sich auf den Boden vor ihm, reduzierte das Universum auf die verstreut herumliegenden Kühlschrank-Poesiemagneten, deren wirre Sequenz, die sie da in Blut und Kotze bildeten, eine tiefere Bedeutung erahnen ließ.

Er blickte unwillkürlich auf, als das grelle Neonlicht auf Grace' sich bewegendes Haar fiel, und für einen kurzen Moment war er überzeugt, dass alles bloß eine verrückte Halluzination war und dass sie vor ihm tanzte, sich mit flatterndem Haar drehte, wie sie das tat, wenn sie glücklich war oder high, und dann sah er, dass der irre Spack wie ein Kastrat kichernd herumhüpfte, ihren abgetrennten Kopf mit ausgestreckten Armen hielt und ihn kreisen ließ wie die Bänder an einem Maibaum, während Tanya und Lukas Bone über die abartigen Mätzchen des Idioten lachten.

Turner brach unter der Last dessen, was er angerichtet hatte, zusammen und fiel mit einem Stöhnen auf den klebrigen Boden, eine Wange auf das warme Blatt der Kreissäge gedrückt.

Zwei Schüsse, so schnell hintereinander abgefeuert, dass sie gut einer hätten sein können, ließen Turner hochfahren, und er sah Spack taumeln, aber – unfassbar – auf den Beinen bleiben, obwohl seine gewölbte Stirn zerplatzt war und sein präfrontaler Cortex herauslugte.

Turners Blick schwenkte zu Lucy, die neben Bekkers Leiche kniete, die Pistole mit beiden Händen hielt und erneut auf den Koloss schoss. Diesmal traf sie ihn in den oberen Rücken.

Sie feuerte ein viertes Mal, der Rückschlag der Waffe warf sie auf den Hintern, und die Kugel schlug in einen der freigelegten Deckenbalken.

Turner fand die Zeit, sich zu fragen, woher sie gewusst hatte, wie man die Pistole entsichert.

Einer der Vorteile, wenn man zu viel amerikanisches Fernsehen konsumierte, vermutete er.

Dann sah er Lukas Bone in der Nähe der Spüle, der hastig nach der Waffe im Hosenbund seiner Wrangler griff.

Irgendwas hatte sich wohl in der zu engen Jeans verfangen – vielleicht das Korn vorn am Lauf? –, und Bone musste zweimal heftig zerren, um die Pistole freizubekommen, was Turner Zeit gab, die Kreissäge vom blutigen Boden zu greifen, den Starterknopf zu drücken und sich auf den Mann zu stürzen, das kreisende Sägeblatt auf seinen Hals gerichtet.

Turner rutschte auf den glitschigen Fliesen aus, und die Säge glitt harmlos an Bones Kehle vorbei, aber im Fallen trieb Turner mit seinem vollen Körpergewicht das Sägeblatt in das Brustbein des blonden Mannes und riss die Säge mit nach unten, öffnete Bone wie einen Reißverschluss von der Brust bis zum Schambein – die Dixie-Gürtelschnalle sprang ab und flog davon wie ein Frisbee, um im dünnen Stamm des neben der Cuisinart stehenden Bonsai-Bäumchens stecken zu bleiben, was die Spurensicherer am nächsten Tag amüsieren würde –, sodass die Gedärme in nassen, schweren Windungen aus seinem Unterleib purzelten.

Eine blutige Sprechblase quoll aus Bones Mund, und er hob die

Pistole und gab einen Schuss ab, der Lucy weit verfehlte, dafür aber Tanya ins rechte Auge traf und eine Mischung aus Blut und Gehirn gegen die Glasscheibe der Terrassentür schleuderte.

7

»Johnny? Was zum Teufel ist los mit dir?«

Turner lag zusammengekrümmt und zitternd im Dunkeln auf seiner Matratze, und als er aufschaute, sah er Tanya im Türrahmen des Cottages stehen, eine Silhouette im Mondlicht.

»Verschwinde, Tanya.«

Aber sie blieb. Sie trat in den Raum und machte Licht und starrte ihn an.

»Du blutest«, sagte sie.

Er blickte an sich herab und sah, dass sein T-Shirt blutverschmiert war, und konnte sich nicht gegen das Bild wehren, wie Bekker den Kopf des Mädchens, einen Brei aus Blut und Hirn, in eine gelbe Plastiktüte von Checkers wickelte und die Leiche dann in die Decke rollte.

»Das ist nicht mein Blut«, sagte er.

Tanya stand jetzt dicht neben ihm.

»Steckst du in Schwierigkeiten?«

»Bitte verzieh dich.«

»Red mit mir, Johnny.«

Er sah zu ihr hoch.

»Ja, ich stecke in Schwierigkeiten.«

»Hat es was mit dem Cop zu tun?«

»Ja, mit dem Cop.«

Sie ging zur Haustür, schloss sie, nahm dann schmutzige Kleidung und einen Kaffeebecher von einem Stuhl und setzte sich.

»Gib mir etwas Geld«, sagte sie.

»Warum?«

»Tu's einfach.«

»Wie viel?«

»So viel du willst. Völlig egal.«

Turner griff in seine Jeanstasche, doch dann fiel ihm ein, dass ihm die Hure, die ihm im Van einen geblasen hatte, sein ganzes Geld geklaut hatte, und er hob den Rucksack auf, den er neben dem Bett hatte fallen lassen.

Den Rucksack, den Bekker ihm mit den Worten: »Wehe, ich muss das irgendwann bereuen«, gegeben hatte, als er ihn auf der Ontdekkers Road bei einem Taxistand absetzte und davonbrauste, nachdem sie den Toyota am Stadtrand von Soweto abgestellt hatten.

Turner warf Tanya den Rucksack zu, sie öffnete den Reißverschluss und sah die dicken Geldscheinbündel.

»Ach du Scheiße«, sagte sie.

Sie griff hinein und nahm sich einen Fünfziger.

»Okay. Damit hast du mich als deine Anwältin engagiert. Ab sofort fällt alles, was du mir erzählst, unter die anwaltliche Schweigepflicht. Verstehst du das?«

»Ja, ich verstehe.«

»Also, schieß los.«

Er zögerte, und dann redete er sehr lange und erzählte ihr alles, was er getan hatte.

Sie verzog keine Miene, behielt ihre durchtriebenen kleinen Augen die ganze Zeit auf sein Gesicht gerichtet.

Als er fertig war, sagte sie nichts, blickte nur zum Fenster hinaus in die Nacht.

Es hatte angefangen zu nieseln, und Turner hörte das leise Tropfen des Regens auf die Decke, die das Mädchen in seinem Grab anderthalb Kilometer unter der Erde umhüllte, sah, wie der Stoff nass wurde und sich an ihr Gesicht schmiegte, der Mund flehend geöffnet.

»Johnny?«

Er blinzelte, konzentrierte sich auf Tanya, die jetzt vor ihm kniete und ihm eindringlich in die Augen sah.

»Ja?«, sagte er.

»Du tust jetzt genau das, was ich dir sage, okay?«

»Okay«, sagte er.

»Wie viel ist in dem Rucksack?«

»Eine halbe Million.«

»Okay. Ich nehme die fünfzig Riesen aus dem Rucksack, die du diesem Nigerianer schuldest …«

»Mr. Paul.«

»Genau, Mr. Paul.« Sie legte ein Bündel Scheine neben ihm auf die Matratze. »Du bezahlst gleich morgen früh. Hast du verstanden?«

»Ja, ich hab verstanden.«

»Ich möchte, dass du dich jetzt komplett ausziehst. Unterhose, Schuhe, einfach alles, okay?«

»Okay.«

Er tat wie geheißen und stand nackt vor ihr, zitternd vor Angst und als Folge der ersten Entzugserscheinungen.

»Wo hast du Müllbeutel?«

Er zeigte in die Küche. »Unter der Spüle.«

Sie kramte zwischen leeren Flaschen und Abfall herum, bis sie einen schwarzen Müllbeutel fand und seine Klamotten hineinstopfte.

»Nimm jetzt ein Bad. Schrubb dich ab. Wasch dir die Haare. Mach deine Fingernägel sauber. Hast du verstanden?«

»Ja, verstanden.«

Tanya nahm Müllbeutel und Rucksack und ging Richtung Tür.

»Wo willst du hin?«, fragte er.

»Ich werde deine Kleidung vernichten und das Geld verstecken«, sagte sie. »Jetzt tu, was ich dir gesagt habe. Ich bin nicht lange weg.«

Tanya schloss die Haustür, und Turner hörte ihre Schuhe auf

dem Kies und das Rattern ihres alten VWs, als sie mit genug Beweisen, um ihn für den Rest seines Lebens ins Gefängnis zu bringen, davonfuhr.

Turner wusste, dass er fliehen sollte, aber er tat es nicht. Er ging ins Bad und ließ die Wanne volllaufen.

Das Cottage war früher das Dienstbotenquartier des großen Hauses gewesen, und die Wanne war uralt, die Emaille unter den Wasserhähnen schwarz und rot verfärbt und so schartig wie alte Haut. An den Schmutzrändern, die sich wie Baumringe um die Wanne zogen, ließ sich ablesen, seit wie vielen Monaten sie schon nicht mehr geputzt worden war.

Während Wasser in die Wanne plätscherte, ging er zurück ins Vorderzimmer und durchstöberte das Cottage nach Whiskeyflaschen, Tütchen mit Gras und verirrten Tablettenpackungen, die er allesamt mitten im Raum auf den Boden warf.

Turner starrte den kleinen Haufen lange Zeit an, dann holte er einen weiteren schwarzen Müllbeutel aus der Küche und füllte ihn mit dem Tennessee-Whiskey, dem Durban Poison, dem Mumbai Mandrax und den Tütchen mit bolivianischem Koks. Er knotete den Sack zu, warf ihn zur Tür hinaus, schloss ab und ging zurück ins Bad.

Er ließ das Licht aus, um sich vor seinem eigenen Spiegelbild zu verstecken, und sank in die Wanne.

Turner nahm sein stärkstes Reinigungsmittel, ein Antischuppenshampoo, und schrubbte sich von Kopf bis Fuß mit dem beißenden Selendisulfid ab, als könnte es ihn von Sünde reinwaschen.

Schließlich stand er auf und trocknete sich ab, bis die Haut brannte, dann ging er ins Schlafzimmer und zog die saubersten Sachen an, die er finden konnte.

Er setzte sich auf den Stuhl, Hände auf den Knien, und starrte ins Leere, bis er Tanyas Auto und dann ihr Klopfen an der Tür hörte. Er machte auf, und sie kam herein, das kurze Haar feucht vom Regen.

»Erledigt«, sagte sie.

»Wo hast du meine Sachen hingebracht?«

Sie schüttelte den Kopf. »Frag nicht.«

Er sah sie an. »Warum machst du das, Tanya? Ich dachte eigentlich, du könntest mich nicht besonders gut leiden.«

Sie spuckte ein Lachen aus. »Ich kann dich auch nicht leiden, Johnny. Du bist gut im Bett, aber meine Fresse, als Mensch …« Sie schüttelte erneut den Kopf.

»Also, warum?«

Sie starrte ihn an, zog einen Mundwinkel zu einem bitteren Lächeln nach unten.

»Ich bin schwanger«, sagte sie.

Er blinzelte.

»Ja, es ist von dir. Du bist der Einzige, mit dem ich im letzten Jahr gevögelt habe.«

»Mein Gott«, sagte er.

»Ich werd's behalten. Das Baby. Ich bin fast fünfunddreißig. Ich hab nicht viel Glück bei Männern, nicht mal bei Losern wie dir. Das ist wahrscheinlich meine einzige Chance, und die werde ich nicht verkacken.«

»Was willst du von mir?«

Sie zuckte mit einer schmalen Schulter. »Eins nach dem anderen. Als Erstes müssen wir dich aus diesem Schlamassel rauskriegen. Dann können wir überlegen, was aus uns wird.«

»Es gibt ein *uns?*«, sagte er.

Sie lachte wieder, dieses trockene kurze Bellen.

»Ja, Johnny, gewöhn dich dran.«

In dem Moment öffnete sich eine Falltür unter ihm, und das Gefühl, zu trudeln, zu fallen, das ihn begleitete, seit er ein Junge war, überkam ihn erneut, doch diesmal stürzte er nur ein kurzes Stück, ehe die Schlinge um seinen Hals den Fall jäh stoppte und er in der Luft baumelte, stranguliert wurde, allmählich verreckte.

8

Turner ließ die Kreissäge fallen, stieg über Bones Körper und wich dem brüllenden Spack aus, der im Wohnzimmer herumtorkelte wie ein Kretin, der Blinde Kuh spielt. Er lief rasch zu Lucy hinüber, die lautlos schluchzend dasaß und ihre tote Mutter anstarrte. Er hob das Mädchen hoch, löste die Verriegelung der blutigen Glastür und trat hinaus in einen blassvioletten Morgen.

Als Turner seine Tochter auf die Terrasse stellte und noch einmal hineinging, um Tanya nach ihrem Handy abzusuchen, fiel Spack in der Küche auf die Knie und nahm Bone in die Arme.

Durch reine Willenskraft hievte er sich wieder hoch, ging schwankend, taumelnd, stöhnend, Hirnflüssigkeit und Blut in den Augen, auf die offene Tür zu, wie ein Bräutigam, der seine Braut über die Schwelle trägt. Er torkelte an Turner und Lucy vorbei auf die Terrasse, wo das Leben ihn verließ und er zusammen mit Bone in den Swimmingpool kippte. Ihr Blut verfärbte das Wasser, als sie, noch immer in liebender Umarmung, auf den Grund sanken, die zuckende Nabelschnur des PoolSharks sie umschlang und seine gierige, wulstige Schnauze ihr totes Fleisch mit flatterigen kleinen Küssen kitzelte.

Turner zog Tanyas iPhone aus der Gesäßtasche ihrer Jeans und wählte den Notruf, während er Lucy hochhob und sie am Pool vorbei und weg vom Haus trug.

9

Turner döste vor dem Fernseher, als ihn die Schreie seiner Tochter aufweckten.

Er starrte müde auf die Mattscheibe – Tag fünf eines Kricket-Länderspiels, Australien gegen England in London –, doch als Lucys Kreischen immer lauter wurde, stemmte er sich aus dem Sessel und ging Richtung Kinderzimmer, geblendet vom grellen Winterlicht, das durch die Wohnzimmerfenster hereinfiel.

Als er an der geschlossenen Tür zu Tanyas Arbeitszimmer vorbeikam, holte das Baby kurz Luft, um neue Kraft zu sammeln, und er hörte das nagetierartige Getrippel von Tanyas Fingern auf der Computertastatur.

Als das Gebrüll erneut einsetzte, rief Tanya: »Verdammt noch mal, jetzt stopf ihr doch endlich das Maul!«

Turner betrat Lucys Zimmer, manövrierte sich durch verstreute Spielsachen hindurch und hob seine neun Monate alte Tochter aus dem Kinderbett, ihr kleines Gesicht hochrot vor Wut. Er wiegte sie, aber sie brüllte unvermindert weiter.

Mit Lucy in den Armen ging er in die Küche und machte einhändig ein Fläschchen für sie fertig.

Sobald ihre Lippen den Schnuller fanden, hörte sie auf zu weinen und nuckelte und schmatzte so gierig wie er selbst früher an Flaschen und Pfeifen.

Turner öffnete den Kühlschrank, rümpfte die Nase, als er verdorbenes Essen roch und nahm eine Dose Cola heraus.

Lucy noch immer im Arm haltend, zog er die Lasche hoch und hörte das Zischen der Kohlensäure.

Während er aus der Dose trank, den süßlich metallischen Geschmack auf der Zunge, blickte er aus dem Küchenfenster in den Garten des Hauses in Parkview, kahle Bäume, schwarz vor dem kalten Johannesburger Augusthimmel, der Rasen gelb verbrannt von Sonne und Frost.

Trocken.

Trocken wie er seit sechzehn Monaten und zweiundzwanzig Tagen.

Turner trug Lucy wieder in ihr Zimmer, legte sie ins Bett und blieb bei ihr stehen, bis sie eingeschlafen war.

Er kehrte zurück ins Wohnzimmer und ließ sich erneut vor dem Fernseher nieder, wo er aufgrund der Monotonie des Spiels, das allmählich auf ein Unentschieden hinauslief, fast wieder eindöste.

In London begann es zu regnen, das Match wurde unterbrochen, und etliche Männer zogen hastig Abdeckplanen über das Spielfeld.

Turner nahm die Fernbedienung und zappte ziellos durch die Sender, bis er bei Live-Bildern des Ministerpräsidenten der Provinz hängen blieb. Der Mann war klein, geschmeidig und fidel wie eine Robbe, und er stieg gerade vor einem Hotel in Sandton, in dem irgendeine Politveranstaltung stattfand, aus seiner Limousine in ein Blitzlichtgewitter, während seine stämmige, übertrieben elegant gekleidete Frau auf stelzenartigen Absätzen hinter ihm her stolperte.

In einer klaustrophobischen Nahaufnahme lächelte der Ministerpräsident so breit, dass seine Augen in dem dunklen Gesicht zu Messerschlitzen wurden.

Das Gesicht eines Mannes, der seine Seele in einem faustischen Pakt verkauft hatte.

Das Gesicht des Mohrenkopfs.

Die Entführung und mutmaßliche Ermordung seiner Stieftochter waren zu seiner rühmlichsten Stunde geworden. Er hatte

Haltung gezeigt, und jeder anfängliche Verdacht auf eine mögliche Komplizenschaft war durch die fernsehwirksame Kombination aus Stärke und tragischer Verletzlichkeit hinweggefegt worden.

Als sein Schwiegervater zusammengebrochen war, aus Gram über das Schicksal seiner geliebten Enkelin, hatte der Mohrenkopf in den Medien geglänzt, indem er Gerechtigkeit forderte, die Entführer anflehte, seine Tochter freizulassen (zum ersten Mal bezeichnete er sie als sein Kind), und – als aus den Tagen Wochen wurden – sie anflehte, den Ort zu nennen, wo der Leichnam des Mädchens zu finden sei, um ihn beerdigen zu können. Das überwältigende Mitgefühl, das ihm die Öffentlichkeit entgegenbrachte, hatte zur Folge, dass er, wie bei derlei Ereignissen oftmals der Fall, zum Wortführer der Bewegung zum Schutz von Frauen und Kindern gegen Gewalt wurde. Eine Rolle, die sich in politischen Einfluss verwandelte, und als der amtierende Ministerpräsident wegen unsittlichen Verhaltens und Amtsmissbrauchs abgesetzt wurde, hievte die regierende Partei den Mohrenkopf an die Macht, strahlend und rein und eingehüllt in die unwiderstehliche Aura der Trauer. Jetzt hieß es, dass sein nächstes politisches Ziel das höchste Staatsamt sei.

Chris Bekker, so war Turner jedenfalls gerüchteweise zu Ohren gekommen, hatte gemeinsam mit dem Mohrenkopf die Karriereleiter erklommen, da die beiden Männer durch ihre gemeinsamen Geheimnisse untrennbar aneinandergebunden waren, und jetzt übte der Cop eine Macht aus, die weit oberhalb seiner Gehaltsklasse lag.

Turner hatte Bekker seit der Schreckensnacht nicht mehr gesehen und nur ein einziges Mal mit ihm gesprochen, vor neun Monaten, in der Nacht, als Lucy zur Welt gekommen war.

In dieser Nacht hatte Turner zugesehen, wie sein Kind sich aus Tanya herauskämpfte, die ihre Fingernägel in seine Handfläche krallte, bis diese blutete, und brüllte und ihn aufs Vulgärste beschimpfte, ihm alles unterstellte, was schlecht und niederträchtig war.

Als das Neugeborene schließlich weggebracht und in einen Brutkasten gesteckt worden war, hatte man ihn aus dem Raum geschickt, in dem Tanya gerissen und blutend lag. Sie wurde geklammert und genäht, fand aber ihre Leidenschaft für Sex nie wieder.

Oder vielleicht hatte sie nur ihre Leidenschaft für Turner gänzlich verloren.

Er hatte das Gefühl, sich selbst von Weitem zu beobachten, als er mit dem Fahrstuhl in die Lobby des Krankenhauses fuhr und in die Nacht hinausging, die nach Benzin und ersten Frühlingsblüten roch.

Als sein Handy klingelte (eine neue Nummer, das alte aus seiner Drogendealerzeit hatte er weggeworfen) und er »Unbekannte Nummer« im Display las, zögerte Turner, ging aber dann doch ran, weil er dachte, es wäre eine von Tanyas Kolleginnen, die sich nach dem Stand der Dinge erkundigen wollte.

»Ja?«

»Engländer.«

Turner sah einen leeren Bus vorbeifahren, der bucklige Fahrer wie ein Flüchtling aus einem Hopper-Gemälde.

»Was willst du?«

»Nur gratulieren.«

Turner sagte nichts, hörte das Heulen eines nahenden Krankenwagens.

»Immer schön sauber bleiben«, sagte Bekker. »Schließlich hast du jetzt was zu verlieren.«

Der Anruf hatte geendet, und Turner war zurück ins Krankenhaus gegangen.

Die Erinnerungen schlugen Turner auf die Stimmung, und er machte den Fernseher aus. Ein jähes Verlangen nach einem Drink und irgendeinem Rauschmittel trieb ihn aus dem Sessel zur Terrassentür, wo er auf den kleinen Pool blickte. Die Wasseroberfläche wurde von dem PoolShark-Reiniger aufgewühlt, diesem neumodischen Teil, auf das er, von Tanya überredet, sein ganzes Geld gesetzt hatte – sie hatte den verarmten Erfinder in einem Patentrechtsstreit erfolgreich vertreten –, und bei Gott, es fing an, sich richtig zu rentieren, weil Turner wesentlich erfolgreicher Poolreiniger verkaufte als Drogen.

Er öffnete die Tür, spürte die kühle frostige Luft im Gesicht und ging zum Wasser, starrte nach unten.

Wie lange er dort stand, wusste er nicht, aber als er irgendwann hörte, dass die Tür hinter ihm aufging, waren seine Nase und die Ohren eiskalt.

»Johnny?«, sagte Tanya.

Sie stand in der offenen Tür, trug Jeans, eine weiße Bluse und darüber einen dunkelgrauen Pullover. Für ihre Verhältnisse war sie ziemlich schick.

»Scheiße, jetzt sag nicht, du hast es vergessen.«

Er sah sie verständnislos an.

»Die Einladung?«

Es fiel ihm wieder ein.

Eine Verabredung mit ihren Mitstreitern in einer wahnsinnig löblichen Rechtshilfegruppe.

Was bedeutete, dass er rumstehen und an einer Cola nippen würde, während ihre unsympathischen Kollegen Wein aus Tetrapacks tranken und sich in blasiertem, selbstgefälligem Ton über Menschrechtsverletzungen unterhielten.

»Geh doch allein hin«, sagte er. »Ich bleib hier bei Lucy.«

»Nix da«, sagte sie. »Du kommst gefälligst mit. Ich hab's satt, ständig solo aufzutauchen. Ich hol sie.«

Er ging zurück ins Haus, packte Babyfläschchen und Windeln in eine Tasche.

Tanya kam mit Lucy, die eingemummelt war wie ein Inuit-Baby, Turner schaltete die komplizierte Alarmanlage ein, und sie gingen nach draußen zu dem neuen Nissan, der in der Einfahrt ihrer von Mauern und Zäunen umgebenen Festung stand.

Er stellte die Tasche auf die Rückbank und schnallte Lucy in den Kindersitz.

Als er zurücksetzte, die Fernbedienung an seinem Schlüsselbund aktivierte und das Tor sich rasselnd öffnete, drang ihm ein vertrauter, durchdringender Geruch in die Nase.

»Sie hat die Windeln voll«, sagte er und stoppte außerhalb des Tors, das sich ruckelnd wieder schloss.

»Verdammt«, sagte Tanya, stieg aus, öffnete die hintere Tür und packte Lucy so grob, dass das Kind anfing zu weinen. »Mach das Tor auf, ich wickele sie drinnen neu. Lass den Motor laufen und dreh gefälligst die Heizung auf.«

Turner sah seiner Frau nach, die eilig ins Haus lief, und als er die Autoheizung einschaltete, zerbarst sein Seitenfenster mit einem lauten Knall; ein Scherbenregen landete in seinem Schoß.

Eine Pistole wurde ihm an die Schläfe gehalten und eine Stimme schrie: »Raus. Sofort!«

Turner fiel aus der offenen Tür, landete auf den Knien, die Hände erhoben, die Waffe noch immer am Kopf.

Zwei junge Männer.

Schwarze.

Einer hielt ihn in Schach, der andere hechtete hinters Steuer.

Turner sah, dass Tanya sich zu ihm umdrehte, die spitze Nase hamsterrosa von der Kälte, und den Mund öffnete, um irgendwas zu rufen, als der Mann die Pistole herumriss und auf sie und ihr Baby richtete.

Turner spürte den eisigen Wind des Karmas und wusste, das war's.

Jetzt würde er für das, was er getan hatte, bezahlen.

Doch Tanya unterdrückte ihren Schrei, und plötzlich war die Waffe nicht mehr an Turners Kopf, stattdessen saßen die beiden Männer im Auto und rasten die Straße hinunter davon.

Tanya stand neben ihm.

»So ein Scheißland.«

Sie stakste zurück zum Haus, und Turner rappelte sich auf, holte sein Handy aus der Tasche und wählte den Notruf.

10

Turner und Lucy, blutbesudelt wie zwei Komparsen in einem Splatterfilm, saßen unten, wo die Einfahrt in die Straße mündete, auf einem Felsen, starrten über Sand und Buschwerk zu den fernen Bergen, während die aufgehende Sonne den Himmel einfärbte, und lauschten einem unsichtbaren Kojoten in einem Ruf-und-Gegenruf-Spiel mit der jaulenden Sirene, die sich ihnen näherte.

Das Kind zitterte, und er hielt seine Tochter an sich gedrückt. Der verkohlte Stumpf seines Ringfingers ruhte auf ihrem Arm, direkt über dem kleinen Schnitt von der Kreissäge. Das Blut war bereits geronnen, und die Wunde musste wohl nicht genäht werden. Die Narben, die diese Nacht bei ihr hinterlassen würde, würde man ihr nicht am Körper ansehen.

»Daddy?«

»Ja?«

Sie schwieg zunächst, und in der Stille spürte er all ihre unbeantwortbaren Fragen zu dem, was ihnen zugestoßen war.

Nach einer ganzen Weile sagte sie: »Warum? Warum ist uns das passiert, Daddy?«

»Es ist einfach passiert.«

»Aber warum?«

»Für manche Dinge gibt es keinen Grund. Sie passieren einfach.«

»Sie passieren einfach?«

»Ja.«

»Dann könnte es wieder passieren?«

»Nein«, sagte er.

»Warum nicht?«

»Weil ich glaube, dass jeder Mensch seine eigene Ration Glück oder Unglück hat. Ich denke, wir haben unsere Ration Unglück aufgebraucht.«

»Und unser Glück?«

»Tja, immerhin sitzen wir hier.«

Aus der einzelnen Sirene war jetzt ein vielstimmiger Chor geworden, und blinkende Lichter pulsierten zwischen Büschen und Saguaros hindurch.

»Hat Gott uns gerettet?«, fragte Lucy.

»Nein.«

»Glaubst du denn nicht an Gott?«

»Nein«, sagte er. »Ich glaube nicht an Gott.« Turner stockte, blinzelte, als sähe er etwas, das er nicht sehen wollte. »Aber ich glaube an den Teufel.«

11

Turner, im inneren Gespräch mit der massakrierten Afrikaaner-Familie, die der Atmosphäre dieses Hauses des Todes als Erinnerungsspur anhaftete, rutschte an der Wand nach unten und blieb auf dem fleckigen Teppich sitzen, starrte die Einschusslöcher im Putz an, wartete auf den Pistolenschuss im Schlafzimmer, mit dem Bekker das Mädchen tötete.

Nach einer Minute kam der Cop wieder heraus, und Turner dachte, dass sein benebeltes, überlastetes Hirn, unfähig, das Geschehen zu verarbeiten, den Knall ausgeblendet hatte.

Bekker blieb vor ihm stehen und schüttelte den Kopf, während er die Maske abnahm.

»Wir haben ein Problem«, sagte er.

»Was denn?«

»Ich kann's nicht.«

»Was kannst du nicht?«

»Himmelherrgott. Ich kann sie nicht erschießen.«

»Wieso nicht?«

»Scheiße, sie ist noch ein Kind. Ich kann sie nicht erledigen.« Er hob die Waffe und drückte sie an Turners Schläfe. »Dich dagegen schon.«

Und wieder wartete Turner darauf zu sterben.

»Es sei denn ...«, sagte Bekker.

»Es sei denn, was?« Die Worte, rau wie Sandpapier, kratzten Turner in der Kehle.

»Es sei denn, *du* erledigst sie.«

Bekker senkte die Pistole und ging vor Turner in die Hocke.

»Dir ist doch klar, dass einer von euch beiden sterben muss?«

»Ja, das ist mir klar.«

Bekker zuckte mit den Schultern. »Okay, also schaffst du das?«

Turner schloss die Augen, hörte irgendetwas im Schädel kreischen.

Die Pistole stupste gegen seinen Kopf, und er sah Bekker an.

»Nein«, sagte Turner.

Wieder zuckte Bekker mit den Schultern. »Okay.«

Turner sah, dass Bekkers behandschuhter Finger sich am Abzug krümmte.

»Warte«, sagte er.

Bekkers Finger verharrte.

»Gib mir die Pistole«, sagte Turner.

Bekker lachte. »Hältst du mich für total bescheuert, Engländer?«

Turner blinzelte verblüfft.

»Glaubst du, ich geb dir die Pistole, damit du mich damit abknallen kannst?«

Daran hatte Turner nicht gedacht, aber jetzt kam ihm die Idee gar nicht so abwegig vor.

»Nee, nee«, sagte Bekker. »Die gebe ich nicht aus der Hand. Du gehst rüber zu meiner Tasche und nimmst dir meine Wegwerfknarre.«

Natürlich hatte Chris Bekker stets irgendeine illegale, nicht registrierte Waffe bei sich.

Turner stemmte sich an der Wand hoch und durchquerte den Raum. Er ging vor Bekkers Tasche in die Knie, auf deren öligem schwarzem Stoff sich das Licht spiegelte, und griff nach der Reißverschlusslasche, befingerte die kalte kleine Träne, zog sie mit einem Wespennestsurren der sich lösenden Zähne in seine Richtung, und sofort stieg ihm der unverkennbare Geruch von Baumwollpapier und Druckerfarbe in die Nase.

Was er dann sah, hätte sich gut auf dem Cover einer der zahllosen Billigkrimis ausgenommen, die er jahrzehntelang verschlungen hatte: eine Pistole auf einem dicken Stapel Geld.

Turner nahm die Pistole.

Er hatte noch nie eine in der Hand gehabt und war erstaunt, wie schwer sie war.

Er sah zu Bekker hinüber, der mit seiner Automatik auf Turners Herz zielte.

»Was muss ich machen?«, fragte Turner.

»Entsichern.«

»Wie?«

»Auf der linken Seite, knapp über deinem Daumen, befindet sich ein kleiner Hebel.«

Turner richtete sich auf, drehte die Pistole ins Licht und sah den Sicherungshebel, den er mit dem Daumen nach unten klappte. Ein leises Klicken ertönte, als würde ein Stift gegen einen Zahn geschlagen.

»Jetzt spann sie«, sagte Bekker.

Turner stierte ihn an.

»Mann, Engländer. Nimm den hinteren Teil der Waffe in die linke Hand, als wolltest du sie wichsen. Zieh ihn nach hinten.«

Turner tat wie geheißen und hörte ein Ratschen, als er die Waffe spannte.

»Jetzt bist du startklar«, sagte Bekker, der seine Automatik unverwandt auf Turner gerichtet hielt.

Ein Schweißtropfen löste sich aus Turners Haar und landete auf dem schwarzen Metall der Pistole.

»Tu es«, sagte Bekker.

Turner rührte sich nicht.

»Verdammt nochmal, tu es, Engländer.«

Die Luft, durch die Turner sich bewegte, als er zu dem Schlafzimmer wankte, war so dick und zähflüssig wie Öl, das Licht waberte und zuckte. Sein rasendes Herz versuchte, sich durch das Brustbein zu hämmern, der Raum wurde plötzlich heller, als seine

Pupillen sich weiteten, und das Geräusch seiner Schuhe auf dem Teppich dröhnte ihm in den Ohren.

Das Mädchen saß auf dem Bett, die Hände im Schoß, das gelbe Licht der Lampe auf den Wölbungen ihrer Wangen. Sie sah zu ihm hoch.

»Es tut mir leid«, sagte Turner.

Das Mädchen starrte in die Mündung der Waffe, und dann starrte sie ihm sehr lange in die Augen. Was auch immer sie in seinen Augen sah, es brachte sie dazu, die ihren zu schließen, und diese Bewegung, das Senken der Lider wie der Verschluss einer Kamera – die nicht nur Turners Bild, sondern auch seinen dunklen und verdorbenen Kern einfing – zwang ihn dazu, abzudrücken.